Wettstreit
der Literaturplattformen
2005

Renntag in Kruschar
Herausgegeben von Utz – R. Kaufmann
Erschienen im Web-Site-Verlag, Ebersdorf, Dezember 2005

Die Deutsche Bibliothek – CIP-Einheitsaufnahme
Ein Titeldatensatz für diese Publikation ist bei
Der Deutschen Bibliothek erhältlich.

Umschlaggestaltung: Sophia Konitzky

Satz: Digitalsatz im WSV

ISBN 3-935982-61-5

Renntag in Kruschar

Geschichten von der Dracheninsel

herausgegeben von
Utz-R. Kaufmann

Inhalt

Annemarie Nikolaus

Die Piratin

Nanja überlegte nicht lange. Sie griff nach dem nächstbesten Enterhaken und schlug zu. Der Matrose fiel auf die Knie und krümmte sich vor Schmerz.

„Das nächste Mal denkst du erst nach, bevor du deine Witze erzählst." Sie warf den Enterhaken beiseite und lief die Treppe hoch zum Steuermann.

Sitaki grinste ihr entgegen. Ohne die Pfeife aus dem Mund zu nehmen, quetschte er seinen üblichen Kommentar hervor. „Kapitänin, lass die Männer leben. Sie probieren doch nur aus, wie weit sie gehen können."

„Dieser Ron ist jetzt drei Wochen an Bord – da sollte er es wohl begriffen haben! – Landratte!" Sie blickte zu den Segeln hoch. „Wenn es weiter so wenig Wind gibt, wird das Wasser knapp, bevor wir Kruschar erreichen."

„Die Pferde saufen entschieden zu viel. Was will Margoro eigentlich mit den Viechern?"

„Spielzeug." Sie zuckte die Achseln. „Seit wann denkt ein Adliger darüber nach, wozu er etwas braucht? Hauptsache, er hat es."

„Kann uns auch egal sein, so lange wir unser Geld kriegen."

Nanja sah zu dem Unterstand hinüber, den sie im Heck der Brigantine für die Tiere errichtet hatten. „Schöne Tiere eigentlich. Anmutiger als unsere Drachen."

„Spielzeug", wiederholte Sitaki.

„Vielleicht sind sie schneller als Drachen." Sie erhob sich und ging hinunter.

Da sie nicht wusste, ob Pferde Gedanken lesen konnten wie die Drachen ihrer Heimat; sprach sie laut mit ihnen. So wie sie es bei den Sabienne gesehen hatte, streckte sie eine Hand flach aus und ging langsam näher. Das männliche Tier – Stallone nannten ihn die

7

Sabienne – warf den Kopf hoch und schnaubte, doch dann kam es neugierig heran und beschnupperte ihre Hand. Ein Sonnenstrahl fiel auf seinen Rücken. Obwohl das Fell pechschwarz war, schimmerte es im Licht wie die silbernen Schuppen ihres Drachen. Fasziniert beobachtete Nanja die Reflexe. Vorsichtig legte Nanja die Hand auf seinen Hals. „Gibt man euch eigentlich auch Namen? Und hört ihr darauf wie unsere Drachen?" Das Pferd legte seinen Kopf auf ihre Schulter und sie kraulte es hinter den Ohren; aber es schnurrte nicht.

Neben der Luke zum Laderaum stand Ron und ließ sich einen Ballen Heu hochreichen. Er brachte das Futter ans Gatter und sprach leise mit einer der Cavalla, die ihren zierlichen Kopf auf seinen Arm gelegt hatte.

Nanja lächelte; das weiße Pferd und der schwarzhaarige Mann ergaben ein Bild wie aus einer alten Legende. „Wie schön sie sind. Fast so schön wie Tiruman."

Ron sah auf; überrascht, dass sie ihn ansprach. „Wer ist das?"

„Mein Drachen."

„Ich habe noch nie einen Drachen gesehen: Bei den Sabienne gibt es keine."

„Sie sind viel größer als die Pferde. Und natürlich wachsen keine Haare auf ihrem Panzer. Aber ihre Haut schillert in der Sonne genauso wie das Fell der schwarzen Pferde."

In der Dämmerung des dritten Morgens ragten in der Ferne die Klippen der Baritinen aus dem Dunst, eine Inselgruppe, die Kruschar vorgelagert war. Fast alle bestanden aus karstigen Felsen, auf denen sich kaum ein paar Moose hielten. Nur auf zweien gab es Bäche und Bäume.

An Deck ertönte das Gelächter der Matrosen. Die Männer freuten sich auf das Besäufnis in den Hafenkneipen. Doch für die Pferde wäre die Stadt kein guter Ort. Die wochenlange Überfahrt vom Kontinent hatte ihnen geschadet und sie brauchten Erholung auf einer Weide, bevor sie gegen die Drachen antreten mussten.

Sitaki nahm Kurs auf Gemona, die größte der Inseln. Schlagartig wurde es ruhig. Der erste Maat sprang die Stufen zu ihnen hoch. „Was ist passiert, Kapitänin?"

„Nichts." Nanja lächelte. „Wenn wir Margoros Gold für unsere Pferde haben wollen, dürfen wir sie nicht in diesem Zustand liefern. Wir werden sie vorher ein paar Tage hätscheln."

Der Maat runzelte die Stirn und warf einen Blick hinunter zu den Männern. „Wir sind Matrosen, keine Pferdehirten." Er sprach sehr laut, sodass es alle Umstehenden hören konnten.

„Und ihr denkt jetzt nur noch an Frauen und Rum. Ich weiß. Für beides braucht ihr Geld." Sie grinste schadenfroh. „Wir werden vor Gemona Anker werfen."

Die Matrosen begannen zu murmeln; einzelne Stimmen wurden schärfer.

Nanja hörte eine Weile zu, während ihr Blick von einem zum anderen glitt. Den lautesten sah sie eindringlich in die Augen. „Was wird das?", rief sie. „Eine Meuterei?"

Sofort kehrte Stille ein. Nur noch das Plätschern der Wellen gegen das Schiff war zu hören.

Die letzten Meter übernahm Nanja selbst das Ruder. Sie ließ Anker werfen, als sie schließlich auf der Höhe einer Felsplatte lagen, die wenig niedriger als das Schiffsdeck war.

Vier Männer schwangen sich mit einem Tau an Land; andere legten drei breite Planken aus, die von den Matrosen auf dem Felsen mit Steinbrocken zu einer stabilen Brücke verankert wurden.

Zuerst holten sie zu zweit eins der jungen Pferde. Das Junge wehrte sich dagegen, aus dem Unterstand geführt zu werden, und wieherte nach seiner Mutter, die prompt antwortete. Daraufhin stemmte es sich gegen die Männer und war nicht mehr bereit, weiterzugehen. Doch die beiden Matrosen waren stark und nachdem sie ihm ein Tau um den Bauch geschlungen hatten, konnten sie es aus dem Unterstand zerren. Schließlich sprang ein dritter hinzu und schob von hinten. So gelang es ihnen, das Tier übers Deck zur Reling zu schleifen. Erst ein empörter Aufschrei Rons ließ sie innehalten.

„So wird das nicht gehen", sagte Sitaki leise.

„Hast du einen anderen Vorschlag?"", fragte Nanja.

Der Alte nahm seine Pfeife aus dem Mund und deutete zu Ron hinunter. „Ich nicht. Aber der da hat lange bei den Sabienne gelebt."

Sie blickte ihn überrascht an. „Woher weißt du das?"

Sie eilte aufs Deck hinunter. „So geht aas doch nicht", fuhr sie die Männer an. „Es sei denn, ihr tragt das Tier über die Planken."

„Dem Muttertier wird es anstandslos folgen", bemerkte Ron gleichmütig.

Sie warf ihm einen schnellen Blick zu; er sollte nicht merken, dass sie an seinem Rat interessiert war.

„Traust du dir zu, mit der Cavalla vorauszugehen?"

„Zuerst der Stallone. Pferde sind Herdentiere. Denkst du, du hast das Leittier erwischt?"

Sie zuckte die Achseln. „Er ist das einzige Männchen; das sollte genügen."

Ron nickte, ging zu dem Schwarzen und holte ihn aus dem Unterstand, während er beruhigend auf ihn einsprach. Der Stallone schnaubte unwillig und warf den Kopf, als sie sich der Mannschaft näherten. Ron redete weiter auf ihn ein; da beruhigte sich das Tier. Er dirigierte ihn ein paar Schritte vorwärts, dann drehte er sich zu Nanja um. „Schauen wir, was passiert, wenn auf jeder Seite einer der Männer geht, um uns über die Planken zu geleiten."

Nanja befahl den Maat an Rons Seite. Da wieherte das Pferd zornig, stieg und keilte aus. Ron knallte an den Mast und blieb reglos liegen. Der Stallone sprang noch einmal hoch; dann trabte er zum Unterstand zurück.

Ron drehte sich langsam zur Seite und Sitaki half ihm aufzustehen. „Ich bin gleich wieder in Ordnung", murmelte er. Aber er taumelte und stützte sich gegen den Mast.

Nanja verschränkte die Arme und wartete.

Ron ließ den Mast los und hinkte zu den Pferden. Er streckte seine Hand dem Schwarzen entgegen und auf dem Schiff wurde es still. Nanja hielt unwillkürlich den Atem an.

Das Pferd versenkte seine Nase in der Hand und beschnupperte ihn. Rons Finger krochen langsam den Kopf entlang, dann strich er über den Hals. Das Pferd schnaubte, blieb jedoch stehen. Plötzlich griff er in die Mähne und führte es langsam vom Unterstand fort. Niemand rührte sich.

Als Ron bei Nanja ankam, sagte er: „Ich versuche jetzt, ihn hinüber zu bringen."

Zu Nanjas Verblüffung ließ er das Pferd los, nachdem er das Spalier der Matrosen passiert hatte. Er klopfte ihm beruhigend auf den Hals, dann drehte er sich um und ging gemächlich zu den Planken. Das Pferd schnaubte, senkte den Kopf – und folgte dann.

Nanja konnte nicht fassen, was sie sah. Ron ließ ihm Zeit, redete unaufhörlich. Langsam, ganz langsam tat das Pferd einen Schritt nach dem anderen über die Planken.

Als sie auf der Klippe angekommen waren, winkte er. Nanja verstand und schickte einen Mann hinüber. Ron führte das Pferd ein paar Schritte weiter und kam selber zurück.

Nanja nickte ihm zu und über sein Gesicht ging ein Leuchten. Sie legte ihm die Hand auf die Schulter. „Traust du dir zu, die anderen Tiere genauso hinüberzubringen?"

Seine Stimme war plötzlich heiser. „Ich werde es schaffen."

Und er brachte die Pferde eines nach dem anderen an Land.

„Wo hast du das gelernt?", fragte sie.

Die Muskeln in seinem Gesicht zuckten, als er die Zähne zusammenbiss statt zu antworten. Seine Augen wurden schmal. „Es wird ungleich schwieriger, sie zurückzubringen."

***

Nanja hatte mehr Grün auf der Insel erwartet, doch wichtiger noch als die Weide war eine Süßwasserquelle. Sie fanden einen Bach in einer schmalen Senke; ideal, um die Pferde beisammen zu halten. Nur einen Wetterschutz brauchten sie.

„Aber sie warten in Kruschar auf uns", protestierte der Maat erneut.

„Wer wartet?", fragte Nanja. „Deine Rumflasche? Du wirst noch ein paar Tage ohne sie auskommen."

Er sah sie finster an. „Das Fest ist in knapp zwei Wochen. Wird nicht Margoro die Tiere vorher sehen wollen?"

„Wie lange willst du wirklich bleiben?", fragte Sitaki am Abend, als sie in der Kapitänskajüte zusammensaßen. „Kruschar fast in Sichtweite; das kann Probleme geben."

„Sollen die Männer wetteifern, wer sich die Gunst verdient, Margoro in Kruschar abzuholen." Sie drehte sich um und blickte Sitaki nachdenklich an. „Du hast gesagt, Ron hat den Umgang mit den Pferden bei den Sabienne gelernt. Woher weißt du das?"

„Ich habe ihn einmal auf einem ihrer Märkte gesehen."

„Warum hast du mir nichts davon erzählt, als er angeheuert hat?"

Sitaki paffte heftig an seiner Pfeife. Irritiert hob sie die Augenbrauen. Auch Ron hatte seltsam reagiert, als sie ihn nach seinen Kenntnissen gefragt hatte.

„Wozu?", fragte der Steuermann schließlich. „Hättest du dich anders entschieden?"

Plötzlich kam von draußen ein grollendes Geräusch, das nicht dorthin gehörte. Noch ein seltsam donnernder Ton und das Schiff schwankte einen Augenblick heftig. Sie stürzten an Deck. Von der Insel kam ein lautes Rumpeln. Nanja griff ein Tau, schwang sich zur Klippe hinüber und lief hinunter zur Schlucht.

Plötzlich spürte sie eine Eigenbewegung des Bodens unter ihren Füßen. Und dann kam ein Grollen von dem Hang hinter ihr. Sie sprang über Schatten, die vor ihr aus dem Boden zu steigen schienen. Eine Staubwolke holte sie ein, als sie den letzten Hügel erklomm, der seewärts den Eingang zur Klamm begrenzte.

Dann war sie oben angekommen. Der Mond beleuchtete eine Gerölllawine. Nanja fluchte alle Flüche, die sie in ihrem Leben gelernt hatte. In mancher Schlacht hatte sie mehr Matrosen opfern müssen. Aber schade wäre es um die Pferde; dann hätten sie die ganze Fahrt umsonst gemacht. Plötzlich sah sie Rons Gesicht vor sich; aber wenn sie die Pferde nicht mehr hätten, wäre er genauso überflüssig wie die anderen beiden.

Mit dem Abstieg mussten sie warten, bis es Morgen wurde. Als sie endlich unten ankamen, stand die Sonne bereits hoch.

Von der gegenüberliegenden Wand hatten sich große Felsbrocken gelöst und waren ins Tal geschleudert worden. Der Unterstand für die Pferde lag in Trümmern, aber die Tiere waren nicht angebunden gewesen. Auch ein Teil des Krüppelwäldchens war verschüttet; über eine Ecke mussten die Felsen hinweggedonnert sein, denn die Bäume lagen geknickt übereinander. Dort hatten die Männer ihr Lager gehabt.

Sie liefen ins Tal hinein.

Schon von weitem sah Nanja vier Pferde am Bach stehen. Damit war der Zweck der ganzen Reise gesichert.

Am Waldrand stand einer der Matrosen. Er drehte sich erst um, als sie fast hinter ihm standen. Sein rechter Arm hing unnatürlich an der Seite herab; das Hemd war zerfetzt und blutverklebt. „Ron", sagte er und deutete mit dem Kopf auf einen Verhau aus Stämmen, Ästen und Steine. „Er muss dort drin sein."

Nanja schluckte. „Wo ist der dritte?"

„Der liegt dort hinten." Als er den abwartenden Blick bemerkte, fügte er hinzu: „Den hat es erwischt."

Die Matrosen zerrten vorsichtig Äste und Felsbrocken beiseite. Zwei dicke Stämme hatten eine Art Widerlager gebildet, über dem sich die Kronen anderer Bäume verhakt hatten. Darunter gab es einen freien Raum; Ron hatte vielleicht Glück gehabt. Aber wenn er noch lebte, so würden seine Chancen in dieser Hitze von Minute zu Minute geringer.

Dann, endlich, sahen sie zwischen gebrochenen und verkanteten Ästen ein Bein. Nanja hielt den Atem an.

Sitaki drehte sich zu ihr um, wollte erst etwas sagen; stattdessen musterte er sie schweigend.

„Er rührt sich nicht", sagte der Maat trocken. „Warum sollen wir ihn ausgraben und hinterher ein Grab schaufeln!"

Nanja zog ihren Dolch und setzte ihm die Spitze an den Hals. „Noch einmal ein falsches Wort und du gehst über die Planken!"

„Diese Pferde sind verflucht!" Der Maat blickte mit zusammengekniffenen Augen auf den Dolch. „Erst die Windstille, jetzt das hier. Wir dürfen sie nicht nach Kruschar bringen."

Vorsichtig arbeiteten sie sich näher an Ron heran. Schließlich konnte Sitaki zu ihm hindurchkriechen. „Er lebt noch!"

Ron hatte Platzwunden am Kopf und viele kleinere Verletzungen am ganzen Körper, einen unmäßig geschwollenen Knöchel und eine große klaffende Wunde an einem Oberschenkel. Vermutlich gebrochene Rippen, denn er hatte Mühe zu atmen.

Er sah ihnen aus fiebrig glänzenden Augen entgegen. „Kapitänin, du hast mir das Leben gerettet. Jeder andere hätte mich aufgegeben."

„Du bist der einzige, der Erfahrung mit Pferden hat", wehrte sie ab.

Sitaki zog die Augenbrauen hoch; sie hatte wohl schroffer geklungen als sie beabsichtigt hatte. Aber auf Rons zerschundenem Gesicht zeigte sich die Spur eines Lächelns.

„Vorwärts, räumt das Geröll aus dem Weg und sucht die fehlenden Pferde." Nanja lief zu den Tieren, die am Bach grasten. Es schien ihr, als hätte die kurze Zeit ausgereicht, um ihnen viel ihrer ursprünglichen Kraft und Geschmeidigkeit wiederzugeben. Aber vielleicht war es auch nur Wunschdenken, um schnell nach Kruschar zu kommen.

Nachdem sie den Koppelzaun instand gesetzt und alle Pferde eingefangen hatten, ging Nanja zu Ron zurück, dem Sitaki ein Lager gebaut hatte.

„Noch einen Tag hier draußen wird er nicht überleben. Er bräuchte eine erfahrene Heilkundige."

Sie kniete sich neben die beiden. Ron schlief oder war bewusstlos; seine Lippen vom Fieber aufgesprungen. „Können wir ihn überhaupt den Hang hinauf transportieren?"

„Wenn wir ihn gut festschnallen." Sitaki hob die Schultern hoch. „Ich weiß nicht, vielleicht."

„Aber besser, er bliebe hier liegen?" Nanja kaute auf der Unterlippe, während sie nachdachte.

„Sollte nicht jemand Margoro holen? Der könnte gleich eine Heilfrau mitbringen." Der Steuermann benetzte Rons rissige Lippen und legte dann seine Hand auf Rons Brust. „Fast fühle ich seinen Herzschlag nicht mehr."

Nanja riss sich mit den Zähnen Hautfetzen aus der Unterlippe. „Ich fahre selbst."

Sitaki beugte sich so tief über Ron, dass sie sein Gesicht nicht mehr sehen konnte. Mit halb erstickter Stimme sprach er weiter. „Aber auch du wirst kaum schnell genug zurück sein."

Nanja wischte sich einen Tropfen Blut fort, der aus ihrer zerbissenen Lippe sickerte. „Ich werde es schaffen."

Sitakis Kopf sank noch tiefer. Kaum verstand sie, was er flüsterte. „Ja, wenn du die Kraft der Magie besäßest."

Margoro stand schon am Kai, als sie in Kruschar einliefen; unübersehbar in seinem Prunkgewand. Behände sprang er an Bord und kam mit langen Sätzen die Treppe herauf.

„Wo sind sie denn?", rief er von weitem.

Nanja übergab das Ruder ihrem Maat. „Auf Gemona." Sie schmunzelte über seinen grimmigen Gesichtsausdruck. „Die lange Überfahrt hat sie mitgenommen. Dort können sie sich ein paar Tage erholen, bevor du sie ins Rennen schickst."

„Ich will sie sehen", murrte der Adlige.

Sie nickte. „Es wäre klug, sich praktischer zu kleiden. Die Insel ist unwegsam; zudem hat ein Erdbeben große Schäden angerichtet."

„Und meine Pferde?" Margoro schrie fast vor Schreck.

„Denen geht es gut, aber wir brauchen Hilfe für einen der Matrosen. Erst dann fahren wir zurück."

„Kein Problem, überhaupt kein Problem." Margoro zog einen Beutel aus den Tiefen seines Gewandes und hielt ihn Nanja hin. „Damit könnt ihr alle Hilfe kaufen, die es in Kruschar gibt."

„Wirklich alle? Auch das, was es eigentlich nicht gibt?" Margoro wurde blass; offensichtlich hatte er verstanden, dass sie nach Magie fragte. Er flüsterte. „Magie kann man nicht kaufen; aber ich weiß vielleicht, wo du sie findest."

Am Kai wartete eine prunkvolle Kutsche mit zwei grün und lila schimmernden Laufdrachen als Gespann. Sein Wappen ließ Margoro mit einem Tuch verhängen, als sie den Hafen verließen. Aber den Drachen sah man doch an, dass der Besitzer edlen Geblüts sein musste. Doch Nanja war es gleich; nicht sie würde Schwierigkeiten mit den Priestern bekommen.

Sie fuhren zu einer Herberge. „Nimm dir ein Zimmer und erzähle der Wirtsfrau, dass du für einen schwer Verletzten jemanden brauchst. Sag ihr, dass nur die Macht der Götter ihn noch retten kann." Er blickte sie prüfend an. „Das ist doch so, oder? Sprich laut, dass es alle hören. Man wird verstehen, was du meinst."

Nanja kniff die Augen misstrauisch zusammen.

Aber Margoro zuckte nur die Schultern und öffnete ihr die Tür der Kutsche. „Mehr kann ich dir nicht bieten. In zwei Stunden lasse ich dich wieder abholen und dann will ich nach Gemona."

Einen Augenblick zögerte Nanja; dann stieg sie aus. Letztlich konnte Margoro es sich nicht leisten, sie zu verraten. Noch nicht.

Wer hier abstieg, hatte entweder kein Geld oder etwas zu verbergen. Wahrscheinlich wimmelte es im Essen von Maden und in den Betten tummelten sich die Flöhe. Aber vielleicht gab es einen genießbaren Rum, denn darauf bestanden selbst die heruntergekommensten Gesellen.

Noch bevor sie die Tür öffnete, hörte sie hinter sich das Stampfen der davontrabenden Zugdrachen Margoros.

Hinter der Eingangstür musste sie erst einen düsteren Flur durchqueren, von dem zwei Treppen abgingen, bevor sie den Schankraum betrat. An einem der drei wackligen Tische saßen zwei ältere Männer; ohne Schuhe, in geflickten Hemden. An dem zweiten saß ein junges Paar. Das Mädchen wog ein bisschen zu viel, hatte aber ein hübsches Gesicht. Unter ihrem Stuhl lag ein Hund mit langem Fell. Der junge Mann kam ihr bekannt vor. Zumindest hatte sie schon einmal jemandem getroffen, der ihm sehr ähnlich sah.

Neben dem Tresen stand eine junge Frau; die Schürze kennzeichnete sie als die Wirtin. Nanja fragte nach einem Zimmer.

„Wie lange wollt Ihr bleiben?"

Nanja breitete die Arme aus. „Das weiß die Göttin! So lange, bis ich gefunden habe, was ich suche."

Die Wirtin schmunzelte. „Ihr sprecht in dunklen Worten."

Nanja hob die Stimme, wie Margoro ihr geraten hatte. „Ich suche eine Heilerin. Auf Gemona liegt ein Freund, der beim Erdbeben verschüttet wurde." Sie vermeinte, aus den Augenwinkeln eine Bewegung an dem Tisch in der Ecke zu sehen.

„So braucht Ihr eine, die Zeit hat, mit Euch zu gehen. Habt Ihr denn ein Schiff?"

„Ich bin Nanja."

Die Wirtin bekam große Augen, dann strahlte sie. „Welche Ehre für meine bescheidene Herberge. Ich werde mich für Euch umhören."

„Mein Steuermann sagt, es brauche ein Wunder, dass der Matrose überlebt. Und wenn ich nicht bald komme, wird auch das nichts mehr helfen."

„Es gibt keine Wunder." Die Wirtin schien zu zögern, als sie diese Worte aussprach.

Nanja lächelte. „Ich glaube an die Allmacht der Götter. – Hast du einen guten Rum, Wirtin?"

Die Wirtin stellte eine Flasche und ein Glas auf den Tresen. „Ich gehe zu der alten Ratika."

Nanja setzte sich an den dritten Tisch. Von dort hatte sie die anderen Gäste direkt im Blick und wirkte doch nicht neugierig. Sie kippte ihren Stuhl, bis er mit der Lehne an die Wand stieß; dann machte sie es sich bequem und legte die Füße auf den Tisch.

Die beiden Männer unterhielten sich lautstark über das bevorstehende Fest. Margoro hatte das Rennen großartig angekündigt und sie spekulierten über die fremden Renntiere.

Grübelnd trank sie ein Glas Rum nach dem anderen. Zwischendurch fragte sie sich, wo die Wirtin blieb. Aber wenn Margoro sie hierher geschickt hatte, vertraute er der Frau. Sie würde ihr nicht die Hexenjäger auf den Hals schicken.

Das Paar an dem anderen Tisch unterhielt sich flüsternd; der junge Mann sah immer wieder zu ihr herüber. Kannte auch er sie?

Als er lachte, fuhr Nanja hoch. Er musste einer der Söhne Katarans sein: entweder einer der Rebellenführer selbst oder er wusste, wo sie zu finden wären. Sie dachte an die Waffen aus Metall, die den Laderaum ihres Schiffes füllten. Vielleicht konnte sie sie verhökern, bevor sie nach Gemona zurückfuhren. Nur durfte Margoro nichts davon bemerken.

Sie packte die Flasche und ging zu den beiden hinüber. „Darf ich mich setzen?"

Die beiden sahen sich an; das Mädchen kaute auf ihren Lippen. Dann nickte er. „Wir haben gerade überlegt, ob wir dich ansprechen."

Nanja zog die Brauen hoch. Dann schenkte sie den beiden die Gläser voll.

„Nämlich, wir haben gehört, dass du Hilfe brauchst", fuhr er fort.

Das Mädchen blickte auf den Tisch, als sei ihr etwas peinlich. Nanja wartete darauf, wie es weitergehen mochte. Aber anscheinend war sie jetzt dran.

„Einer meiner Matrosen ist schwer verletzt. Wisst ihr eine, die mit mir gehen würde?"

„Sondria hat die Heilkunst gelernt. Übrigens, ich bin Wribald. – Wir sind nicht von hier; so kann sie fort."

Wribald, natürlich; so hatte einer der Jungen geheißen. War nicht sein Bruder einer der Rebellenführer? Fürs Erste schien es Nanja jedoch nicht mehr sinnvoll, auf ihre Waffen zu sprechen zu kommen.

„Wenn du niemanden sonst findest", sagte Sondria leise. „Ich weiß nicht, ob meine Fähigkeiten reichen. Und gewiss gibt es Erfahrenere als mich."

„Aber nicht doch." Wribald protestierte so laut, dass die beiden Männer zu ihnen herübersahen. Sofort senkte er wieder seine Stimme. „Ich weiß, dass Sondria gut ist." Er zögerte einen Augenblick. „Bis zum Fest kannst du doch problemlos aus der Stadt verschwinden."

Nanja musste sich beherrschen, um nicht loszulachen. Das war eine eindeutige Mahnung an das Mädchen, dass es die Gelegenheit nutzen sollte. Der Bursche war wenig geschickt. Vor wem musste Sondria auf der Hut sein, dass der Schutz der Rebellen nicht reichte – oder die Rebellen sie nicht schützen wollten?

Nanja stützte den Kopf auf beide Hände und musterte das Mädchen unverhohlen. Es machte einen sympathischen Eindruck. Wenn es auf der Flucht war, würde sie ihm helfen, gleich, ob es heilen konnte oder nicht. Aber über diesen Punkt brauchte sie Klarheit. Wenn sie auslief, musste jemand an Bord sein, der in der Lage war, Ron zu retten. Trotz der schwarzen Haare schien ihr Sondria kein Elfenblut in den Adern zu haben. Und sie war jung; zu jung wohl für eine Magierin.

Nanja entschloss sich, mit offenen Karten zu spielen. „Hat Sondria einen Grund, aus der Stadt zu verschwinden?"

Wribald riss die Augen auf. „Wieso? Wie kommst du auf die Idee?"

Nanja sah das Mädchen an. „Ist es so oder nicht? Sag mir die Wahrheit. Ich nehme dich mit – auf jeden Fall. Aber ich muss es wissen."

Sondria senkte wieder den Blick; Wribald legte wie beschwörend eine Hand auf ihren Arm.

„Ich vertraue dir ein Leben an, Sondria. Er wird sterben, wenn du mich betrügst."

„Es stimmt", sagte das Mädchen leise und schob Wribalds Hand beiseite. „Lass mich!" Es blickte Nanja herausfordernd an. „Ja, ich bin auf der Flucht. Der Heilige und seine Mönche sind hinter mir her. Sie möchten mich tot sehen wie meinen Vater. Und die Rebellen auch – Wribalds Bruder, meine ich. Aber ich kenne wirklich Rituale, die zu heilen vermögen. Doch fehlt es mir an Übung."

Nanja entspannte sich. „Behaupten die Mönche bloß, dass du eine Hexe bist oder besitzt du wirklich magische Fähigkeiten?"

Sondria biss sich auf die Lippen und schielte zu Wribald hinüber. Der wusste wohl nicht alles. Nanja entschied, dass ihr dieser abwägende Blick Antwort genug war und fragte nicht weiter.

Wribald richtete sich auf und sagte lahm: „Sondria ist keine Hexe; wir sind zusammen aufgewachsen."

Was für eine Begründung. Nanja wurde nie müde, sich über die Männer zu amüsieren. Sie lächelte Sondria an. „Ich nehme dich auf jeden Fall mit."

Sondria nickte nachdrücklich. „Ich werde deinem Matrosen helfen."

Nanja war nun überzeugt, dass das Mädchen magische Fähigkeiten besaß und so focht sie es nicht weiter an, dass die Wirtin ergebnislos zurückkam.

Bald stand Margoros Drachenlenker in der Tür.

Als Sondria zögerte, sich von Wribald zu verabschieden, schlug Nanja ihm vor, sie zum Schiff zu begleiten.

Wribald errötete. „Das ist nicht nötig. Ich werde hier auf Sondria warten. Du bringst sie doch wieder zurück nach Kruschar, nicht wahr?"

„Natürlich komme ich zurück. Ohne die Pferde kann Margoro sein Rennen nicht veranstalten."

Einer der alten Männer horchte auf, erhob sich leicht schwankend und kam auf Nanja zu. „Du ... du weißt mehr von den Renntieren?"

Nanja nickte amüsiert.

„Sag, auf wen ... auf wen sollen wir wetten?", fragte sein Kumpan. „Wer ist schneller?"

Nanja grinste. „Ihr seid zu zweit. Wettet auf beide, dann gewinnt einer auf jeden Fall."

Die Männer starrten sie mit dümmlichem Gesichtsausdruck an, viel zu betrunken um zu begreifen.

Nanja wandte sich an Wribald. „Es könnte sich für dich lohnen, wenn du zum Schiff mitkämst. Vielleicht wirst du feststellen, dass du bis zum Fest etwas Besseres zu tun hast als auf Sondria zu warten und hier herumzusitzen."

Wribald sah erleichtert aus – als ob es ihm schwer gefallen wäre, Sondria alleine gehen zu lassen.

„Vorwärts", befahl Nanja dem Drachenlenker. „Margoro bezahlt dich nicht fürs Herumstehen."

Wribald kicherte. „Ich glaube nicht, dass er ihn überhaupt bezahlt", flüsterte er.

Da fiel Nanja ein, dass sich auch auf der Dracheninsel die Sklaverei immer weiter ausbreitete. Sie fand es völlig unwirtschaftlich: wenn sie sich nur vorstellte, sie hätte ihre Matrosen auf Gedeih und Verderb am Hals. Aber diese Adligen mussten immer um die neueste Mode wetteifern, um ihren Reichtum zur Schau zu stellen. Eines Tages würde ihnen ihr Geprotze das Genick brechen.

Nanja führte Wribald hinunter in den Laderaum.

„Ein prächtiges Arsenal. Kein Wunder, dass ihr als unbesiegbar geltet", knurrte er.

„Schätzt du diese Waffen so hoch ein?", fragte Nanja lauernd.

Er langte nach einem besonders prächtigen Eisenschwert. „Das ist eine Waffe; gegen die kommt keiner der Söldner des Heiligen an. Ich wette, sie ist sogar immun gegen Magie."

„Der Heilige hat Magie verboten", erinnerte Nanja ihn.

Wribald lachte. „Das hat nichts zu sagen. Weißt du nicht, dass manche gleicher sind als gleich? So viel Bosheit kann nicht in einem einzelnen Menschen wohnen; der Heilige muss von einem Dämon besessen sein."

„Er hat seinen Glauben." Nanja zuckte gleichmütig mit den Achseln. „Es sind nicht die Religionen, die das Übel in die Welt bringen, sondern die Habgier der Menschen."

„Aber wenn sich Religion mit Habgier paart ..." Wribald ereiferte sich und schwang das Schwert durch die Luft, als griffe er einen imaginären Gegner an. Er senkte es, strich mit der anderen Hand über die Klinge. „Es fühlt sich an ... Ich habe immer geglaubt, Eisenschwerter müssten unendlich schwer sein. Dieses jedoch!"

Sie winkte ihm, den Laderaum zu verlassen.

Mit einem sehnsüchtigen Ausdruck in den Augen beobachtete er, wie sie die Tür fest verschloss. Nanja sah ihm aufmerksam ins Gesicht. „Es ist euch ernst mit diesem Aufstand, nicht wahr?"

Wribald biss die Zähne zusammen und versuchte, sich ein entschlossenes Aussehen zu geben.

Nanaj lächelte unwillkürlich; er musste noch jünger sein als sie geschätzt hatte. „Wie viel wäre es euch wert, diese Waffen zu besitzen?"

„Damit könnten wir eine Armee ausrüsten", flüsterte Wribald. Auf der Treppe blickte er noch einmal zur Tür zurück.

Nanja lachte. „Daran solltest du nicht einmal denken. – Aber kaufen könnt ihr sie."

„Ich ... ich frage meinen Bruder." Wribald schluckte und seine Stimme war heiser, als er weitersprach. „Ich meine, was auch immer ihr wollt, wir werden einen Weg finden, sie zu bezahlen."

Margoro ließ auf sich warten. Als er endlich kam, war sie schon im Begriff, die Anker zu lichten. Nanja empfing ihn höchst ungnädig und Margoro war zornig darüber, dass sie beinahe ohne ihn ausgelaufen wäre.

„Du hättest mir mit deinem Boot folgen können."

„Und wie hätte ich euch gefunden?"

Nanja grinste. „Einmal um die Insel herum; mein Schiff ist nicht zu übersehen."

Er war streitsüchtig und suchte nach etwas, wo er gewinnen konnte. Aber er wurde schon leiser. „Es sind meine Pferde", murrte er.

Da lachte Nanja ihn erst recht aus. „Noch nicht! Erst, wenn du sie bezahlt hast."

Missgelaunt folgte er ihr auf die Brücke. „Wie sind sie?"

Sie warf ihm einen kurzen Blick zu; dann konzentrierte sie sich darauf, zwischen den anderen Schiffen hindurch zu steuern. „Sie sind sehr schön. Neben unseren Drachen werden sie zerbrechlich wirken. Doch sie sind stark."

„Sind sie auch schnell?"

Nanja zuckte die Achseln. „In der Herberge haben sie von dem Rennen geredet. Es ist wohl schon Stadtgespräch." Sie schaute ihn an. „Ich nehme an, du hast auf die Pferde gesetzt?"

Margoro grinste. „Noch habe ich nicht gesetzt. Mehr als der eigene Einsatz interessiert mich, wie ich die Wetten organisieren muss, damit ich auf jeden Fall gewinne."

„Hast du denn Männer, die sie reiten können?"

„Ist doch egal, ob jemand ein Pferd oder einen Drachen reitet."

Margoro zerrte nervös an seinen weiten Ärmeln. Es schien eine Angewohnheit zu sein, denn der Goldbesatz an den Rändern war ganz abgegriffen. „Vielleicht sollte ich nicht Pferde gegen Drachen setzen lassen, sondern auf die einzelnen Tiere?"

Nanja lachte immer weiter. Prustend stieß sie hervor: „Aber du wolltest doch mit den Pferden etwas beweisen." Sie hörte auf zu lachen und dachte einen Moment nach. „Was für einen Zweck hat das Ganze?"

„Das Volk will unterhalten werden. Das haben die Menschen verdient."

Also brauchte er die Gunst der Bevölkerung für irgendetwas. Sie musterte ihn von oben bis unten. Diese Landbewohner hatten doch nichts als Macht und Reichtum im Sinn. Und Stroh im Kopf.

Kurz vor Sonnenuntergang erreichten sie Gemona. Der Weg zur Klamm schien Nanja in ihrer Unrast unendlich weit; dennoch wurde ihr Schritt immer zögerlicher, je näher sie kam. Die Angst, zu spät zu kommen, schnürte ihr den Atem ab.

Als sie die Anhöhe erreichten und ins Tal hinabschauen konnten, legte die Heilerin Nanja ihren Arm um die Taille. „Einer dort unten ist am Verlöschen – aber noch ist es nicht vorbei. Er wehrt sich, in die Dunkelheit gezogen zu werden."

Nanja erschrak bei Rons Anblick. Seit ihrem Aufbruch hatte sich sein Gesicht in eine wächserne Maske verwandelt. Er atmete pfeifend; dann hustete er und Blut floss aus einem Mundwinkel. „Sind wir zu spät gekommen?"

In Sitakis Gesicht stand Hoffnungslosigkeit. Sein Blick glitt zwischen ihr und Sondria hin und her. Dann räusperte er sich und setzte zum Sprechen an, aber er brachte nur drei unzusammenhängende Worte hervor.

Ron stöhnte, hustete erneut. Sein Anblick zerriss Nanja das Herz. „Er stirbt", flüsterte sie mit erstickter Stimme.

Sondria zog einen Kräuterbeutel aus ihrem Gewand. „Ich brauche kochendes Wasser." Sie kauerte sich neben ihn.

Sitaki stürzte davon. Sondria tastete Rons Oberkörper behutsam ab. „Wenn es wirklich schlimm wäre, wäre er längst verblutet."

Nanja fand, das sei nur ein schwacher Trost.

„Der ist hinüber", erklang plötzlich Margoros kalte Stimme hinter ihr.

Mit einem Wutschrei wirbelte Nanja herum und sprang auf. Margoro und der Maat standen mit verschränkten Armen da und beobachteten sie. Der Maat sah gelangweilt aus; Margoro schaute angewidert auf den Verletzten. Nanja hätte sie beide erdolchen mögen.

„Zeig ihm die Pferde", herrschte sie den Maat an.

Der riss erschrocken die Augen auf, drehte sich dann zögernd um. Nanja feixte; sie wusste, dass er sich vor den Tieren fürchtete. Margoro folgte ihm aufgeregt plappernd.

Sitaki kam mit dem heißen Wasser, einem Becher und einem Teller. In den Becher schüttete Sondria so viel von ihren Kräutern, dass der Boden bedeckt war, und goss dann auf. Ein beißender Geruch stieg Nanja in die Nase. Sondria sah sie an und Nanja begriff, dass sie sich zurückziehen sollte. Jetzt war sie sicher, dass das Mädchen magische Fähigkeiten besaß. Sie zog Sitaki fort. Ein paar Ruderlängen entfernt blieben sie stehen und wandten sich wieder um.

Sondria nahm etwas aus ihrer Tasche und zündete es an. Es qualmte mehr als dass es brannte. Nanja wartete gespannt, was passieren würde. War das nun Magie? Es sah eigentlich ganz harmlos und unverfänglich aus. Sie hatte noch nie einem magischen Ritual von Landmenschen beigewohnt. Die Elfen benötigten keine sichtbaren Hilfsmittel; sie schienen allein ihre Gedankenkraft zu benutzen.

Plötzlich schreckte sie das Wiehern eines Pferdes auf. Eine der Cavalla kam auf sie zugetrabt. Der Dummkopf von Maat musste den Pferch geöffnet haben. Nanja versuchte das Pferd festzuhalten, aber es sprang zur Seite und lief weiter. Es wieherte noch einmal. Sondrias Singsang verstummte; die Heilerin drehte sich um und starrte das Pferd an. Sie stand auf und ging mit weit ausgestreckten Armen darauf zu.

„Was macht sie denn?", fragte Sitaki kopfschüttelnd.

Nanja fiel ein, dass Bhiel, der Göttin der Heilerinnen, eine pferdeähnliche Gestalt zugeschrieben wurde. „Ich weiß nicht; das kann nicht richtig sein." Sahen die Heilerinnen Pferde, wenn sie in Trance fielen?

Die Cavalla war inzwischen stehen geblieben. Im gleichen Augenblick, als Sondria das Pferd berührte, schrie Ron so schrecklich wie Nanja noch nie einen Menschen hatte schreien hören. Er bäumte sich auf und griff sich an den Hals, als wolle er sich selbst erwürgen.

Sondria ließ das Pferd los und stürzte zu ihm zurück. Sie zerrte an seinen Händen, bis sie sich lösten und legte sie ineinander. Dann fiel sie einfach um.

Nanja und Sitaki warteten nicht länger und rannten los.

Während sich Sitaki um die starre Sondria kümmerte, beugte sich Nanja über Ron, der sich noch immer wand. Er hatte die Augen weit offen, schien aber nichts zu sehen.

„Ron!" Sie hielt ihn fest; er zitterte und war glühend heiß. Sein Gesicht brannte an ihrer Wange. „Ron!"

Er stöhnte, krächzte etwas Unverständliches, dann entspannte er sich. Sie ließ ihn zurücksinken und kniete sich neben ihn. Er keuchte, aber er blickte sie an. Und plötzlich stand das Leuchten in seinen Augen, das sie schon einmal gewärmt hatte. Er sah sie!

Ein Funken Hoffnung schlich in ihr Herz.

Ron hustete heftig und würgte; dann schloss er wieder die Augen. Sie sprach ihn an, aber er reagierte nicht mehr. Eben hatte sein Herz noch gerast; jetzt spürte sie es fast nicht mehr.

Mit zusammengebissenen Zähnen drehte sich Nanja um. Die Heilerin lag starr und mit verdrehten Gliedern im Gras.

Sitaki stand auf und musterte Ron. „Ob sie etwas ausrichten konnte?"

Nanja schüttelte den Kopf. „Etwas ist schief gegangen."

Er legte ihr seine Hand auf die Schulter. „Magie ist gefährlich. Aber es war richtig, dass wir es versucht haben. Es war seine einzige Chance."

„Wenn ich nur eine andere Heilerin mitgebracht hätte.

Sitaki blickte auf Sondria. „Mach dir keine Vorwürfe; du hast dem Mädchen vertraut. Du warst sicher, dass du es richtig machst."

„Aber es war falsch", klagte sie. „Nur das zählt."

Darauf hatte Sitaki keine Antwort.

Bald darauf stand ein empörter Margoro vor ihr: „Was ist hier eigentlich los?"

„Die Heilerin hatte einen Zusammenstoß mit einem der Pferde."

„Und jetzt sorgst du dich mehr um die Heilerin als um das Pferd?"

Nanja lachte. „Dem Pferd ist doch nichts passiert."

Margoro schien noch zorniger zu werden. „Was machst du hier eigentlich? Was soll das ganze Aufheben um diesen dummen Matrosen?"

„Dieser dumme Matrose ..." Sie brach ab; es ging ihn nichts an. Sie begleitete ihn zum Feuer und sorgte dafür, dass er Essen und einen Schlafplatz bekam.

Als sie zu Sitaki zurückkam, lag Sondria bewegungslos wie zuvor.

Sie setzten sich nebeneinander ins Gras; Sitaki legte wortlos den Arm um sie. Immer schon hatte er sie so getröstet, aber in dieser Nacht fühlte Nanja sich mutlos und einsam. Die Stimmen der Matrosen am Lagerfeuer wurden zuerst lauter, später verstummten sie eine nach der anderen, als sie sich schlafen legten.

Irgendwann verzogen sich die Wolken und der Mond stieg über den Horizont. Da sie nun mehr sah, stand Nanja auf und kniete sich an Rons Seite. Dass er immer noch lebte, ließ sie hoffen. Vorsichtig wischte sie ihm den Schweiß von der Stirn.

„Nanja", ließ sich plötzlich Sitaki vernehmen.

Sie drehte sich um. Er deutete auf Sondria. Der Mond schien ihr jetzt direkt ins Gesicht. Nanja sah genauer hin und ihr schien, als habe sich das Mädchen bewegt.

Plötzlich fuhr Sondria hoch; sie blickte um sich, als versuche sie zu erfassen, wo sie sich befand. Dann schlug sie die Hände vors Gesicht, rieb sich die Schläfen. „Bhiel!" Ihre Stimme zitterte.

„Was ist passiert?", drängte Nanja, aber Sondria schüttelte nur den Kopf.

Als sie zu Ron trat, wirkte sie, als sei nichts geschehen. Entweder war sie viel stärker, als Nanja geglaubt hatte, oder viel kaltherziger. Nanja war es gleich. „Kannst du noch etwas für ihn tun?"

„Jetzt nicht. Wenn die Sonne aufgeht und den bösen Geistern einen Teil ihrer Macht nimmt, werden wir weitersehen."

„Was ist passiert?", fragte Nanja noch einmal.

Diesmal antwortete Sondria. „Es ist besser, wenn du es nicht weißt." Sie nahm eine Decke, streckte sich im Gras aus und schlief sofort ein.

Sie war wirklich abgebrüht; Nanja fand das unglaublich für ein solch junges Mädchen.

Sie hockte sich neben Ron, schlang die Arme um die Knie und betrachtete ihn. Trotz seiner Stärke wirkte er feingliedrig; seine Finger waren lang und schmal wie die eines Musikanten. Zum ersten Mal kam ihr der Gedanke, er könne Elfenblut in seinen Adern haben. Wie war er zu den Sabienne gekommen? Was war er bei ihnen gewesen – ein Gefangener?

Er keuchte plötzlich und atmete immer hektischer; bekam er keine Luft mehr? Nanja richtete ihn auf. Sein Gesicht lag an ihrer Schulter, sie spürte die Hitze durch den dichten Stoff ihres Hemdes. Es beruhigte sie, den Schlag seines Herzens zu fühlen. Sie hielt ihn fest und bemühte sich, wach zu bleiben.

Dann schreckte sie eine Berührung auf. Es dämmerte und Sondria stand hinter ihr. So war sie doch eingedöst.

Ron atmete gleichmäßig in ihren Armen; sie ließ ihn auf die Decken zurückgleiten und Sodria beugte sich über ihn.

„Denkst du, dass es ihm besser geht?", fragte Nanja hoffnungsvoll, doch Sondria schüttelte den Kopf und Nanja schnürte es wieder die Kehle zu.

„Aber er ist stark", fuhr Sondria fort. „Noch ist er nicht verloren." Sie lächelte Nanja an. „Auch Liebe vermag eine Barriere gegen die Dämonen der Unterwelt zu errichten."

„Woher sollen die Dämonen das wissen?"

Sondria lächelte breiter. „Ich weiß es doch auch."

„Das ist absurd!" Doch dann erinnerte sie sich an das Leuchten in seinen Augen. Sie blickte in Rons bleiches Gesicht und wünschte sich, er möge sie noch einmal so strahlend ansehen wie zwei, nein, drei Tage zuvor. Ihr schien eine Ewigkeit vergangen seither.

„Ich versuche es noch einmal", sagte Sondria. „Bhiel möge mir verzeihen, dass ich sie schon wieder belästige."

28

Nanja weckte Sitaki. Sie würde dafür sorgen, dass das Mädchen diesmal ungestört blieb.

Am Pferch stand Margoro. Er trug keine Schuhe mehr und sein kostbares Gewand war verschmutzt und am Saum eingerissen. Aber er starrte mit glänzenden Augen auf die Pferde und schien seine Umgebung kaum wahrzunehmen.

„Wie kommt man hinauf?"

„Was?" Nanja sah ihn ratlos an.

„Ich meine, wie steigt man auf? Knien sich die Pferde hin wie unsere Drachen oder braucht man eine Leiter?"

„Eine Leiter?" Sie lachte und Margoro schaute sie böse an. Daraufhin tat sie ihm den Gefallen, sich zu entschuldigen.

Er nickte gnädig.

„Wir haben zwei Sättel an Bord: Die Frauen auf dem Kontinent sitzen seitlich auf dem Pferd; die Männer wie wir. Aber wie man hinaufkommt?" Nanja zuckte die Achseln.

Margoro streckte eine Hand aus und versuchte, die Pferde zu locken. „Wie lange wolltest du hier bleiben?"

„Bis sich die Pferde von den Strapazen erholt haben."

„Die sehen doch gut aus und ich muss zurück zu meinen Geschäften. Und das Rennen vorbereiten." Er musterte sie aufmerksam. „Bist du sicher, dass es dir um die Pferde geht und nicht um diesen Matrosen?"

„Gewiss; den Matrosen brauchen wir nicht; den können wir mit einem Mann und der Heilerin hier lassen." Nanja kaute auf ihrer Unterlippe. Vielleicht sollte sie Margoro jetzt doch mit seinen Illusionen konfrontieren. „Wenn du mit dem Stallone an dem Rennen teilnehmen willst, könntest du diesen Teil der Vorbereitung auch hier auf der Insel beginnen. Oder nicht?"

„Ich sagte dir bereits, dass es keinen Unterschied macht, ob man einen Drachen oder ein Pferd reitet!" Margoro reckte das Kinn; er erinnerte sie an einen Stier, der zum Kampf antrat.

Da ließ sie ihn wortlos stehen; sollte er sich doch blamieren.

„Wann laufen wir aus?", rief er ihr hinterher.

Ron sah unverändert aus; nur atmete er gleichmäßiger. Nanja hoffte, das sei ein gutes Zeichen. „Wie geht es ihm? Hast du etwas erreichen können diesmal?"

Sondria lächelte; sie wirkte erschöpft. „Für heute sind die Schatten gebannt. Aber du musst gut auf ihn aufpassen; in der Nacht sind sie immer noch mächtig."

Nanja kniff die Augen zusammen. „Wie meinst du das?"

„Nicht ich habe ihn gerettet. Du hast ihn heute Nacht vor den Dämonen der Unterwelt bewahrt."

Nanja starrte sie an.

„Wenn du ihn nicht festgehalten hättest ... – Ohne dich wäre meine Magie zu spät gekommen."

„Laufen wir jetzt aus oder nicht?", fragte Margoro hinter ihr; er war ihr gefolgt.

„Können wir ihn aufs Schiff bringen?", fragte sie die Heilerin.

„Du hast gesagt, er kann einfach hierbleiben!", protestierte Margoro.

Nanja wartete auf eine Antwort Sondrias, aber die zog nur die Brauen hoch. Nanja drehte sich um. „Ich habe mich geirrt."

Margoro klappte den Mund auf und schnappte nach Luft. Er war kurz vorm Explodieren. Sie sollte sich jetzt vielleicht mit ihm befassen. Ron war für den Augenblick bei Sondria gut aufgehoben. „Willst du mit oder ohne Sattel reiten?"

Margoro kratzte sich am Kinn und tastete dann über seine stoppelige Backe. „Lass mir den Sattel holen. Ich will doch sehen, wie so ein Ding aussieht."

Nanja blickte zur Sonne; es könnte ihr wohl gelingen, alles so weit zu verzögern, dass sie an diesem Abend nicht mehr an Bord gingen. Sie wünschte, Sondria hätte gesagt, ob Ron besser hier draußen oder auf dem Schiff aufgehoben wäre.

Sie entschied sich fürs Bleiben und schickte nicht nur nach dem Sattel, sondern ließ die Männer alles mitbringen, was für einen weiteren Tag an Verpflegung und Ausrüstung notwendig war. Als sie die beiden Fässer Rum erwähnte, die sie in Kruschar an Bord genommen hatte, legte sich der aufkeimende Unmut.

Margoro hörte mit wachsendem Misstrauen zu. „Mit betrunkenen Matrosen fahre ich nicht", knurrte er schließlich.

Nanja feixte. „Dann müssen wir noch eine Nacht bleiben. Die Männer haben sich ihr Fässchen verdient."

„Das machst du mit Absicht", stieß er hervor.

Sie nahm einen langen Strick und eine Mohrrübe und ging zum Pferch. Margoro tappte fluchend hinterher.

„Welchen willst du jetzt reiten?"

„Jetzt?" Margoro starrte sie an. „Ich denke, du willst bis morgen bleiben."

„Aber wieso denn?", log sie. „Ich habe nichts dergleichen gesagt. Wir müssen bleiben, weil du nicht mit betrunkenen Matrosen fahren willst."

Margoro blickte auf die Pferde und kratzte sich am Kinn. „Den Berg hoch sollte ich eines nehmen, das sehr sanft ist, nicht?"

Am liebsten hätte sie ihn schon wieder ausgelacht. „Dann holen wir die weiße Cavalla dort."

Er brummte irgendetwas. Sie hielt die Mohrrübe über das Geländer und lockte die Tiere. Als die Cavalla heran war, griff Nanja in ihre Mähne und legte lose das Seil um den Hals. Dann drückte sie es Margoro in die Hand. „Freunde dich an mit ihr."

Der Adlige blickte zwischen ihr und der Cavalla hin und her; dann streckte er die Hand nach dem Pferd aus und begann mit einschmeichelnder Stimme zu reden. Als Nanja gehen wollte, fragte er wieder: „Und wie kommt man denn nun hinauf?"

„Willst du es schon ausprobieren?" Nanja lächelte. „Steig aufs Geländer."

Er gab ihr den Strick und mühte sich die zwei Holme hoch. Als er rittlings oben saß, wollte Nanja ihm das Seil zurückgeben, aber er wehrte ab.

Die Matrosen waren inzwischen aufmerksam geworden und kamen näher.

Margoro griff nach der Mähne, während Nanja das Seil hielt. Statt gleich aufzusteigen, zog er das Pferd an der Mähne zu sich heran. Nanja bemerkte, wie sich die Männer zuzwinkerten und grinste.

Dann streckte Margoro die rechte Hand nach der Kruppe aus und versuchte, das Tier parallel zum Geländer zu stellen. Einer der Matrosen sprang in den Pferch und half ihm, indem er von innen schob. Margoro nickte ihm zu, dann schwang er sein rechtes Bein über den Pferderücken: Nur musste er dazu die Kruppe los lassen und sofort drehte sich das Pferd weg, da der Matrose nicht stehen geblieben war. Margoro gelang der Schwung nicht vollständig; er fiel nach hinten und plumpste zwischen Pferd und Geländer. Das Seil hatte er vor Schreck losgelassen und das Pferd sprang davon.

Die Matrosen lachten, während Margoro sich aufrappelte. Einer der Männer half ihm zurück aufs Geländer, während drei andere das Pferd in die gegenüberliegende Ecke drängten und schließlich einer von ihnen das Seil zu fassen bekam. Während die anderen beiden zurückwichen, sprach er auf die Cavalla ein. Nanja fand, dass er seine Sache ganz gut machte, denn er zerrte und zog nicht, sondern ließ ihr Zeit, ihm Schritt für Schritt zu folgen.

Schließlich stand er vor Margoro. Ein zweiter Matrose trat hinzu und drückte das Pferd dicht ans Geländer. Diesmal beugte Margoro sich nach vorne, legte sich halb über den Hals des Tieres und hielt sich an der Mähne fest, bevor er sein Bein über den Rücken schwang. So kam er richtig hinauf. Vorsichtig setzte er sich aufrecht hin und der Matrose gab ihm das Seil.

Erst saß Margoro ganz still; dann streichelte er mit der freien Hand den Pferdehals und murmelte vor sich hin. Das Tier hatte die Ohren gespitzt, als versuche es, ihn zu verstehen.

Alle warteten gespannt, aber es geschah nichts. Auch die Cavalla schien zu warten. Margoro sah sich nervös um und rutschte auf dem Pferderücken hin und her. „Lauf doch endlich."

Das Grinsen in den Gesichtern der Matrosen wurde immer breiter. Margoro konnte es nicht entgehen; er runzelte die Stirn.

Plötzlich gab er dem Pferd einen Klaps auf die Kruppe: Es reagierte mit einem Satz nach vorne – und Margoro saß auf der Erde. Das Gelächter der Matrosen brach sich an den Hängen.

Margoro fluchte, dann besann er sich seines Rangs und erhob sich so würdevoll wie möglich. Er trat zu Nanja. „Ich vergaß zu fragen, wie man es in Gang setzt. Anscheinend laufen sie nicht wie unsere Drachen von alleine los, sobald man Platz genommen hat."

„Ich glaube, das liegt daran, dass sie unsere Gedanken nicht lesen können." Sie konnte sich ein Lachen nicht mehr verkneifen, aber nun brauchte er es nicht mehr auf sich zu beziehen. „Sie sind wohl ein bisschen dumm."

Margoro sah sie erstaunt an. Da erst fiel ihr ein, dass die Landmenschen nicht wussten, dass Drachen Gedanken lesen konnten.

Er blickte zu den Pferden, dann sah er Nanja an. „Vielleicht warte ich besser, bis ihr mir den Sattel gebracht habt." Er grinste. „Die Sabienne werden einen Grund haben, dass sie Sättel benutzen."

„Ron kann ohne Sattel reiten", entfuhr es Nanja.

„Ron?" Margoro trat noch dichter an sie heran. „Wer ist das?"

Sie deutete mit einer Kopfbewegung zu dem Verletzten. „Der Matrose."

Margoros Augen wurden schmal; Nanja sah ihm an, dass seine Gedanken in Aufruhr waren und sie fragte sich, was er aushecken mochte. Zuerst verfluchte sie ihre Unachtsamkeit, aber dann sagte sie sich, dass er es früher oder später doch erfahren hätte. Spätestens, wenn sie Schwierigkeiten hätten, die Tiere wieder an Bord zu bringen, hätte sich jemand verplappert.

„Warten wir." Sie nickte ihm zu und ging davon. Sie war fast sicher, dass er ihr folgen würde, wenn sie zu Ron ginge und dass er alleine hinüberlaufen würde, wenn sie es nicht täte.

Aber Sitaki kam mit den Männern vom Schiff zurück und augenblicklich interessierte sich Margoro nur noch für den Sattel. Gemeinsam mit zwei Matrosen beriet er, wie der Sattel zu befestigen wäre. Nanja erinnerte sich an das Rennen, das sie bei den Sabienne gesehen hatte, und zeigte es ihnen.

Sie beobachtete einen Augenblick, wie sich die Leute mit Gejohle auf die Rumfässer stürzten. Dann wies sie Sitaki an, am Nachmittag die Verladung der Pferde vorzubereiten. Sie brauchten unbedingt eine stabilere Brücke. Die meisten der Matrosen fürchteten sich noch immer vor den Pferden und die Tiere würden sich davor fürchten, an Bord zurückzukehren. Eine brisante Mischung. Sie hätte Ron gebraucht; wenn er wenigstens in der Lage wäre, ihr einen Rat zu geben.

Nachdenklich ging sie zu ihm. Sondria hatte sich im Gras ausgestreckt. Schlief sie oder war wieder etwas passiert?

Nanja kniete sich neben Ron und musterte ihn. Das Gesicht war grau und eingefallen. Er atmete mit halb geöffnetem Mund. „Wach auf", flüsterte sie. „Ron, wach doch auf!" Für einen Moment schien ihr, als flatterten seine Augenlider, aber vielleicht täuschte sie sich. Sie biss die Zähne zusammen, bis sie knirschten. „Geh nicht fort", flüsterte sie. „Ich lasse nicht zu, dass die Dämonen dich mitnehmen."

Sie schaute zu Margoro. Er mühte sich immer noch erfolglos mit der Cavalla ab und kam nicht vom Fleck. Eben stieg er wieder ab. Er band das Tier ans Geländer und verließ den Pferch.

Dann kam er zu ihr. Erst betrachtete er Ron, dann schaute er mit zusammengekniffenen Augen zur schlafenden Sondria. „Er lebt noch", stellte er überflüssigerweise fest. Ein bisschen erstaunt klang es. „Doch er sieht schlimmer aus als gestern. Mit ihr hast du wohl kein Glück gehabt."

Nanja antwortete nicht und er brabbelte noch eine Weile in dieser Weise weiter. Plötzlich sagte er. „Bring mich nach Kruschar zurück. Ich kenne eine alte Hexe, die mir noch etwas schuldig ist."

„Bis du zurück bist, wäre es zu spät." Sie dachte an Sondrias Mahnung. Sie würde Ron in dieser Nacht nicht alleine lassen.

„Ich könnte es wenigstens versuchen", drängte er. Also hatte er begriffen, dass er Ron brauchte.

Nanja lächelte scheinheilig. „Warum ist dir plötzlich so wichtig, dass er am Leben bleibt?"

„Das weißt du ganz genau", knurrte er. „Du hast mich an der Nase herumgeführt."

Sie schüttelte den Kopf. „Er wird nicht für dich reiten können; es sind nicht einmal mehr zwei Wochen bis zum Rennen."

„Er muss!" Margoro trat dicht an ihn heran. „Einmal ein Sklave, immer ein Sklave. Ob auf dem Kontinent oder bei uns, das ist gleich." Er grinste hinterhältig. „Was dachtest du, was er bei den Sabienne gemacht hat?"

Nanja erschrak; er meinte es ernst. Und vermutlich hatte er Recht. Aber er konnte nicht beweisen, dass Ron ein entlaufener Sklave sei. „Wie kommst du darauf, dass er bei den Sabienne gelebt hat?"

„Du hast es mir verraten – als du sagtest, dass er ohne Sattel reitet." Er zerrte an einem Ärmel. „Ich habe gerade festgestellt, dass es ein Unterschied ist, ob man einen Drachen oder ein Pferd reitet. Ich brauche jemanden, der mich lehrt, den Stallone zu reiten. Und einen, der mit einem zweiten Pferd antritt. Der da kann beides."

Margoro zog einen Beutel aus seinem Gewand und warf ihn ihr zu. „Ich kaufe ihn dir ab."

„Nein."

Margoro starrte sie einen Moment an, dann blickte er zu den Matrosen hinüber und grinste. Den Beutel ließ er liegen, als er zum Feuer zurückging.

Als Nanja sich wieder zu Ron umwandte, hatte er die Augen geöffnet und sah sie finster an.

Sie lächelte, dann beugte sie sich nach dem Wasserbecher. Bevor sie ihm half zu trinken, strich sie ihm das Haar aus dem Gesicht. Die Düsternis verschwand für einen Moment aus seinem Blick.

Plötzlich stand Sondria neben ihnen. „Ich kümmere mich um ihn." Sie nahm Nanja den Becher ab und zog den Kräuterbeutel aus ihrem Gewand. Damit lief sie zum Feuer und kam gleich darauf mit einem dampfenden Gebräu zurück, das sie Ron vorsichtig einflößte. „Er wird jetzt schlafen – und das solltest du auch, Kapitänin. Ich werde bis zum Abend bei ihm wachen."

Im Einschlafen fragte sich Nanja, was Ron gehört haben mochte; sie musste herausfinden, was er verbarg.

Sitaki weckte sie, als der Koch das Abendessen verteilte. Margoro saß abseits; die Matrosen schienen ihn zu meiden. Hatte er versucht, sie aufzuwiegeln, um Ron in seine Hände zu bekommen? Aber die Hochseebewohner waren freiheitsliebende Menschen und ihre Männer hassten die Sklaverei. Von manch einem vermutete sie, dass er einen guten Grund dazu hatte.

Der Rum und die Erwartung, den kommenden Abend in den Spelunken Kruschars versaufen zu können, hatten die Stimmung der Matrosen gesteigert. Sie prahlten von ihren Erfolgen bei den Hafenmädchen, sangen und lachten.

Nanja hätte mit ihnen eingestimmt, hätte nicht Margoros Anblick sie mit Sorge erfüllt. Sie sprach mit Sitaki darüber: Er fragte, ob sie Ron nicht tatsächlich besser auf Gemona lassen sollte. Aber hier wäre er schutzlos; so verwarf sie den Vorschlag gleich.

Als die Matrosen sich einer nach dem anderen in ihre Decken wickelten, gingen Nanja und Sitaki zu Ron zurück und sie hockte sich mit angezogenen Knien neben ihn. Die Zeit verging und Nanja bemühte sich, wach zu bleiben. Ein paar Mal stand sie auf und lief ein paar Schritte auf und ab.

Plötzlich schrie Ron und warf sich keuchend hin und her. Sie sprach ihn an, aber er reagierte nicht auf ihren Ruf. Wie in der Nacht zuvor nahm sie ihn in die Arme. Er stöhnte und wand sich; kaum vermochte sie ihn zu halten. Etwas schien an ihm zu zerren.

Nanja erstarrte. Bewegten sich die Schatten um sie herum oder war es der Wind, der das Gesträuch bewegte? Sie hörte ein Geräusch, das sie nicht einzuordnen vermochte. „Nein", rief sie entschlossen. „Ihr bekommt ihn nicht!"

Sie fühlte eine Bewegung in ihrem Rücken; fast hätte sie sich umgedreht. Vielleicht konnten die Dämonen sie bannen, wenn es ihnen gelänge, ihren Blick zu fangen? Ihr war, als zupfe sie etwas am Ärmel. Sie schloss die Augen und umklammerte den ächzenden und stöhnenden Ron noch fester als zuvor. „Ron!", flüsterte sie. „Bei der Göttin, wach auf!" Doch er schien sie nicht zu hören.

Sie wagte die Augen zu öffnen und ihr schien, als seien die Schatten näher gerückt. Wo war der Mond geblieben? Jetzt spürte sie ganz deutlich, dass etwas versuchte, ihre Hände zu lösen, die sie auf Rons Rücken ineinander verschränkt hatte. Sie krallte die Finger in Rons Hemd. Wenn er nur aufwachte! Gemeinsam würden sie die Dunkelheit besiegen.

Oder Sondria? Sie rief nach der Heilerin. Im nächsten Augenblick stand sie neben ihr. Auch Sitaki erwachte. Aus den Augenwinkeln sah Nanja, dass er sich aufsetzte und mit schreckgeweiteten Augen um sich blickte.

Ron stöhnte und wehrte sich gegen Nanjas Umklammerung; sie keuchte vor Anstrengung, ihn zu halten. Sein Hemd zerriss unter ihren Fingern. Ihr schien, die Geister wollten ihn ihr ganz entreißen, nicht nur seine Seele.

Sondria befahl Sitaki, lange Zweige von den nächstgelegenen Büschen zu bringen. Dann verfiel sie in einen Singsang aus unverständlichen Worten, den sie auch nicht unterbrach, als Sitaki mit den Ästen kam. Mit einer Geste bedeutete sie ihm, dass sie noch mehr bräuchte.

Dann legte sie singend und murmelnd die Äste am Boden aus; ein großes Pentagramm, vermutete Nanja. In dem Augenblick, als Sondria die Figur schloss, ließ die Kraft, die an ihren Händen gezerrt hatte, schlagartig nach und Ron entspannte sich. Sein Kopf sank auf ihre Schulter; im ersten Augenblick erschrak sie, aber dann spürte sie seinen Atem. Sie holte Luft und sah hoch.

Sondria kniete am Boden, gestützt von Sitaki. Die Nacht erschien Nanja weniger dunkel als zuvor; die Schatten bewegten sich nicht mehr. War es vorbei?

Sondria ließ sich von Sitaki auf die Füße helfen und trat bis an die Zweige des Pentagramms. „Lass ihn nicht los. Es ist noch lange bis zum Morgen."

Nanja biss die Zähne zusammen und nickte. Aber sie fragte sich, wie sie einen solchen Angriff ein zweites Mal überstehen sollte, wenn Ron selber gegen sie kämpfte.

Sie strich ihm über den Rücken; endlich hob er den Kopf und Nanja blickte ihm ins Gesicht. Seine Augen glänzten fiebrig. „Ich habe Durst."

Sie ließ ihn los und erhob sich, um nach dem Becher zu greifen. Da schrie er auf und ehe sie reagieren konnte, riss ihn etwas von seinem Lager. Ihr gelang es, ihn an den Füßen zu packen und sie warf sich über ihn, um ihn besser halten zu können. Sitaki durchbrach das Pentagramm und stürzte ihnen zu Hilfe. Etwas zog an Nanjas Beinen; sie stemmte sich dagegen. Sitaki hatte Rons Arme ergriffen und umklammerte ihn. Sondria schob den Becher in das Innere der Figur und schloss das Pentagramm wieder. Die Gewalt verschwand.

Ron zitterte genauso wie Sitaki.

„Ich habe es gesehen", raunte der Steuermann. Seine Stimme bebte; er lallte fast. „Ich habe den Tod gesehen; ich werde sterben."

„Halte ihn fest", rief Sondria. „Wir werden abwechselnd wachen." Sie nickte Sitaki zu und er trat aus dem Kreis und setzte sich neben sie.

Als Nanja bewusst wurde, dass sie Ron soeben fast verloren hätte, liefen ihr die Tränen übers Gesicht. Sie wagte nicht, sie fortzuwischen, denn dann hätte sie mit einer Hand loslassen müssen.

Schließlich dämmerte der Morgen. Sondria trat zu ihnen. „Es ist vorbei."

Nanja starrte sie müde an. „Und heute Abend?" Sie ließ Ron los und massierte sich die verkrampften Hände. „Was war das?"

„Es ist besser, du weißt es nicht."

Sondria beugte sich über Ron und löste seine Verbände. Ron stöhnte, wenn sie Verklebtes abriss. Auf die Wunden, die daraufhin wieder bluteten, legte sie rötliche Blätter.

Sondria bemerkte Nanjas sorgenvollen Blick. „Auch Magie hat ihre Grenzen. Weißt du das nicht?"

„Kann er noch immer sterben?"

„Er wird bald einigermaßen gesund sein. Vielleicht wird er nie wieder kämpfen können wie früher. Doch er wird reiten können." So hatte Sondria das Gespräch mit Margoro gehört. „Hältst du das für klug?", fragte Nanja ohne Umschweife, während Sondria die Verbände erneuerte.

Sondria schüttelte den Kopf. „Und es wäre auch keine gute Idee, wenn er hier bliebe."

Das wusste Nanja bereits; sie ging zu ihren Männern, um die Rückkehr aufs Schiff zu organisieren.

Sitaki hatte am Vorabend begonnen, eine stabilere Brücke von der Klippe zur Brigantine zu bauen und würde fertig sein, bevor sie den Aufstieg geschafft hätten.

Margoro gedachte tatsächlich immer noch, den Weg reitend zurückzulegen. Aber es gelang ihm auch mit Sattel nicht, eines der Pferde zum Laufen zu bewegen.

Bis sie alle Tiere auf der Klippe hatten, war es fast Mittag. Nanja hieß den Koch an Bord gehen und ein ordentliches Essen zubereiten. Sie wollte Matrosen wie Pferde ausgeruht sehen, bevor sie sich an die Verschiffung wagten. Margoro drängte erst zur Eile, hatte dann aber ein Einsehen.

„Du lässt den Matrosen mit der Heilerin hier, nicht wahr?"

Wenn Nanja noch Zweifel gehabt hätte, nun wäre sie sicher, dass sie damit einen Fehler beginge. „Ich brauche ihn, um die Pferde sicher aufs Schiff zu bringen", log sie.

Margoro zog die Augenbrauen hoch. „Ich dachte, er kann sich nicht mal rühren; was soll er da tun können?"

„Er kann uns raten." Nanja ließ ihn stehen und holte mit drei Männern Ron und Sondria.

Auf der Klippe zurück, gelang es der Heilerin, Ron aus seiner Bewusstlosigkeit zu holen. Er nickte, als er die Brückenkonstruktion sah. „Ihr dürft euch nicht fürchten", sagte er. „Nur dann werden die Pferde euch vertrauen, wenn sie über die Brücke sollen."

„Das ist alles?", fragte Margoro. „Warum ist es dann so schwierig, sie zu reiten?"

Ron betrachtete ihn und kniff die Augen zusammen. Er kam wohl zu dem Schluss, dass Margoro wie ein wichtiger Mann aussah, denn er antwortete höflich: „Das kann ich Euch nicht sagen, Herr. Ich weiß nur, dass sie selbst Kindern schon gehorchen."

Margoro sah ihn zornig an. „Wie kannst du es wagen?" Ohne es zu ahnen, hatte Ron ihn an seine Blamage vom Vortag erinnert. Auf Margoros Stirn trat eine Ader pochend hervor. „Dafür wirst du mir büßen."

Nanja musterte ihre Leute einen nach dem anderen. Außer Sitaki gab es wohl nur einen Matrosen, der sich vor den Pferden nicht fürchtete. Dennoch wurde er blass, als sie ihm befahl, den Stallone zu holen und zur Brücke zu bringen.

Ron richtete sich auf. „Führ ihn her."

Er ließ sich das Seil geben und sprach auf das Tier ein, das mit gespitzten Ohren da stand und sich nicht bewegte. „Steig auf", sagte er dann zu dem Matrosen.

Der Mann blickte zur Brücke, dann zu Nanja; sie las Entsetzen in seinem Blick. Aber wenn Ron das richtig fand. „Halte dich an der Mähne fest", befahl sie dem Mann.

Der Matrose schloss einen Moment die Augen, dann holte er tief Luft und zog sich behutsam auf den Rücken des Tieres. Ron hielt immer noch das Seil und sprach auf den Stallone ein; der bewegte sich nicht.

Nanja ging langsam auf sie zu und nahm Ron den Strick ab.

„Rede mit ihm", sagte er. „Leg deine Fersen ganz fest an und drück; aber tritt ihn nicht."

Sitaki trat hinzu und führte das Pferd bis zu Brücke; dann gab er dem Matrosen den Strick in die Hand.

Nanja fing einen Blick Margoros auf, der mit verschränkten Armen zusah. Seine Augen glitzerten und sie fand, dass Hinterhältigkeit aus ihnen sprach. Er überlegt, ob der als Reiter in Frage kommt, dachte sie zornig.

Voller Stolz, mit strahlenden Augen, kam der Matrose zurück, nachdem er den Stallone in den Unterstand gebracht hatte. „Es ist ja ganz einfach", rief er schon von der Brücke. Und als er vor Ron stand, flüsterte er: „Es war ... es ist unbeschreiblich."

„Still", sagte Nanja und warf aus den Augenwinkeln einen besorgten Blick zu Margoro. Der Maat stand neben ihm und sprach leise auf ihn ein. Nanja gefiel das alles immer weniger.

Der Matrose riss verblüfft die Augen auf. „Versuche die Götter nicht", sagte Nanja daher schnell. „Noch müssen wir die anderen hinüberbringen."

Als Geste der Bescheidenheit senkte er den Kopf. „Verzeiht, Kapitänin."

Sie lächelte, als er sie wieder ansah. „Mach weiter."

Plötzlich tauchte Sitaki neben ihr auf. „Sobald wir unser Geld haben, sollten wir uns aus dem Staub machen."

Nanja traute Margoro nicht mehr. Doch nach der Ankunft in Kruschar ließ der ihr das Geld für die Pferde übergeben, noch bevor sie ausgeladen waren, damit die Matrosen, die sie nicht dafür benötigte, zu ihrem Vergnügen kämen.

„Heute müssen wir bleiben, sonst gibt es eine Meuterei", sagte Sitaki. „Aber dann sollten wir so schnell wie möglich verschwinden."

Aber nun, da Margoro fort war, sah Nanja alles viel gelassener. „Wir haben noch eine Verabredung." Sie erzählte Sitaki von Wribald und dem verabredeten Waffenhandel.

Ron erholte sich nur langsam und konnte wegen der tiefen Beinwunde nicht laufen, aber es gab keinen Grund mehr, sich um ihn Sorgen zu machen.

Es waren noch fünf Tage bis zum Beginn des Festes und eine Woche bis zum Rennen. Die Herbergen der Stadt füllten sich; in den Gasthäusern und Spelunken wurde es immer schwerer, Platz zu finden. Immer öfter kamen Nanjas Matrosen deshalb zum Schlafen und Essen an Bord zurück; sie war zufrieden: So hätte sie schnell genügend Leute beisammen, um zu einem Treffen mit den Rebellen auszulaufen.

Wribald ließ sich jedoch nicht blicken. Stattdessen tauchte drei Tage vor dem Rennen Margoro wieder auf.

Er brachte ein Kästchen, gefüllt mit wertvollen schwarzen Perlen, und einen Beutel Gold. „Ich will ihn haben", sagte er. „Der Preis spielt keine Rolle. Ich brauche ihn, um das Rennen zu gewinnen."

Nanja schüttelte den Kopf. „Er kann noch kein Rennen gewinnen. Aber frage ihn trotzdem, ob er es versuchen will."

„Was?" Margoro lachte schallend. „Was soll ich ihn fragen? Ich kauf ihn dir ab und dann muss er tun, was ich will."

„Ron ist ein freier Mann."

Margoro funkelte sie böse an. „Er ist ein entlaufener Sklave und das weißt du so gut wie ich."

Nanja stand auf und zog ihren Dolch. „Verschwinde."

Sein Blick sagte ihr, dass sie nun einen Feind hatte. Am Abend schickte sie den Koch Vorräte einkaufen und ließ jeden auffindbaren Mann an Bord zurückholen.

Mitten in der Nacht erwachte Nanja, auf Deck klangen schwere Schritte. Dann hörte sie jemanden aufschreien. Sie schlüpfte in ihre Kleider, griff nach dem Dolch und schlich die Treppe hoch.

Soldaten hatten die Bordwache überwältigt und das Deck war in ihrer Hand. Auch am Kai stand eine ganze Kohorte. Ihre Männer hatten sich ans Ruder zurückgezogen und wehrten sich verzweifelt.

Das war Margoros Werk.

Noch hatte man sie nicht entdeckt; sie lief zu der Kajüte, in der Ron schlief. Sie weckte ihn und verfluchte den Tag, an dem sie die Fenster hatte verglasen lassen. Sie konnte nur hoffen, dass es an Deck laut genug war, um das Geräusch des splitternden Glases zu übertönen.

Sie schlug eine Scheibe ein und lauschte. „Spring!"

Aber Ron rührte sich nicht. „Ich kann nicht schwimmen."

Nanja fluchte alle Flüche ihres Lebens. „Du musst! Es gibt nur diesen Weg."

Er schüttelte den Kopf. „Sie wollen mich." Er versuchte zu laufen, aber sein Bein trug ihn nicht. Stöhnend krallte er sich am Bettpfosten fest. „Hilf mir nach oben, bevor sie alle töten." Er keuchte vor Schmerzen.

„Nein", flüsterte sie, aber sie wusste keinen Ausweg.

Es blieb ihr auch keine Zeit mehr, einen zu finden. Soldaten polterten die Treppe hinab und hatten im nächsten Augenblick die Kajütentür eingetreten.

Ron lächelte schwach. „Margoro will doch nur, dass ich reite."

„Er wird dich töten, wenn du nicht gewinnst."

Sie wehrte sich nicht, als man sie fesselte. Ron, da er nicht laufen konnte, wurde brutal die Treppe hoch geschleift.

Die Matrosen waren an Deck in einer Ecke zusammengepfercht. So weit sie sehen konnte, hatten alle überlebt, die an Bord gewesen waren. Aber etliche waren verletzt.

Zuerst erstaunte es Nanja, dass man sie nicht zu ihren Männern brachte, sondern zusammen mit Ron vom Schiff schleppte, aber Margoro wollte ihre Unterschrift unter den Kaufvertrag.

Als sie sich weigerte, gab er ihr Bedenkzeit und ließ sie mit Ron allein.

„Er will doch nur, dass ich dieses Rennen für ihn gewinne", flüsterte Ron.

„Margoro wird dich niemals gehen lassen", widersprach sie.

Ron senkte den Kopf; dann sah er Nanja herausfordernd an. „Ich bin schon einmal geflohen." Jetzt war es heraus.

Nanja hielt seinem Blick stand. „Auf meinem Schiff hat es noch nie einen Sklaven gegeben." Sie holte tief Luft, als sie hörte, dass sich die Tür öffnete. „Wenn du für dieses Rennen in seinen Dienst treten willst, dann sei es so. Ich gebe dir drei Tage Urlaub; dann will ich dich wieder an Bord sehen."

Margoro lachte schallend. „Ist diese Komödie für mich?"

Nanja sah ihn kalt an. „Ron wird für dich reiten; jetzt lass mich zu meinen Leuten zurück."

„Du bleibst hier."

Nanja ballte die Fäuste. Sie glaubte, an ihrer Wut zu ersticken. Ron antwortete ihm und seine Stimme klang klar und stark. „Man kann ein Rennen auch verlieren. Ich vermag mich nicht einmal auf meinen Füßen zu halten."

„Du wirst alles daran setzen zu gewinnen, dessen bin ich gewiss. Ich werde schon dafür sorgen."

Die beiden Männer sahen sich lauernd an. Dann lachte Margoro dröhnend. „Es wird ein unterhaltsames Fest."

Er brachte sie auf sein Anwesen vor der Stadt.

„Selbstverständlich bist auch du mein Gast bis zum Fest." Margoro ließ Nanja Wein in einem Kristallglas reichen. Er hob das seine. „Auf unseren großen Erfolg."

„Bring mich zu meinem Schiff zurück."

„Mitten in der Nacht?" Margoro schüttelte den Kopf und lächelte. „Was für ein Unsinn, mein Kind." Er stellte sein Glas ab und kniff die Augen zusammen. „Ihr bleibt hier, Kapitänin."

Sie begriff, dass er sie nicht gehen ließe. Sie war sein Pfand, damit Ron das Rennen gewann.

Noch zwei Tage bis zum Fest. Nanja wollte Ron suchen und dann überlegen, wie sie Sitaki eine Nachricht zukommen lassen könnte.

Sie öffnete die Zimmertür und sah sich um; Margoro hatte die Wache abgezogen, aber gewiss liefen tagsüber hier so viele Leute herum, dass sie nicht ungesehen bliebe. Sie öffnete die nächste Tür und dann die übernächste. Beide Zimmer waren leer; sie sah sich sorgfältig um; man konnte nie wissen, wozu einem Ortskenntnisse nutzen könnten.

Margoro musste unermesslich reich sein. Alle Fenster waren bunt verglast; einige zeigten Kampfszenen mit vielen Details. Die Wände waren mit schweren Stoffen verkleidet; vermutlich von ihresgleichen auf dem Kontinent geraubt.

Im ersten Stock hing auf dem Flur von einer Treppe zur anderen eine Galerie von Porträts und anderen Gemälden, die offensichtlich alle Margoro zeigten, in unterschiedlichem Alter und bei verschiedenen Beschäftigungen. Das größte, direkt über dem Treppenabsatz, zeigte ihn in der Amtstracht des Rats. Darum also ging es ihm: Er wollte wieder gewählt werden.

Nanja fröstelte plötzlich; sie hatte nicht gewusst, dass er so mächtig war. Kruschar und seine Bewohner waren ihr immer fremd geblieben. In Zukunft würde sie nachforschen, bevor sie mit jemandem Geschäfte machte.

Bei dem Gedanken fielen ihr die Rebellen ein; zumindest Sondria hatte auch mit denen ein Problem. Sie sollte auf der Hut sein und unbedingt mit Sitaki sprechen, bevor Wribald zurückkam. Sie fragte sich, ob die Soldaten das Schiff durchsucht und die Waffen gefunden hatten.

Als sie in der Eingangshalle stand, kam Margoro aus einem der Räume. „Guten Morgen; suchst du ein Frühstück? Ich lasse in der Küche Bescheid sagen." Sie zuckte zusammen, als er den Arm um sie legte. Sofort ließ er los. „Ich begleite dich nur in den Esssaal."

Aber sie blieb stehen. „Zuerst will ich wissen, wie es Ron geht."

„Hauptsache, er kann reiten. Jedenfalls, er braucht dich nicht mehr."

Die Antwort war eindeutig. Sie wollte ihn nicht misstrauisch machen, indem sie zu viel Interesse zeigte. „Dann kann ich ja in Ruhe frühstücken."

„Aber ja doch." Jetzt strahlte er wieder. „Und anschließend wird mein Schneider für ein Festgewand Maß nahmen. Denn selbstverständlich wirst du mit mir zusammen auf der Ehrentribüne den Sieg feiern." Er zwinkerte. „Wessen Sieg auch immer. Immerhin verdanke ich dir dieses einmalige Schauspiel."

Am Abend erfuhr sie, dass ein Schiff der Sabienne im Hafen lag. Margoro prahlte damit: „Stell dir vor, sie sind extra zum Rennen gekommen."

Bis zum Rennen sollten die Sabienne für Ron kein Problem sein; er war nirgendwo sicherer als auf Margoros Anwesen. „Es ist ja in deren Interesse. Wenn ein Pferd gewinnt, haben sie ein neues Handelsgut."

Er strahlte; er fühlte sich verstanden. „Und meine Schiffe werden die ersten sein, die die Pferde zur Dracheninsel bringen. Oder ich betätige mich für die Sabienne als Zwischenhändler, wenn sie auf ihre eigenen Schiffen bestehen. Ja, Zwischenhändler." Margoro sah sie lauernd an. „Im Grunde kann es mir egal sein, wie die Pferde hierher kommen. Als Händler trage ich kein Risiko."

Sie tat belustigt und zwinkerte. „Ist das ein Angebot?"

„Warum nicht?"

„Da gibt es nur ein kleines Problem." Nanja runzelte die Stirn. „Habe ich denn noch ein Schiff?"

„Wenn du deine Brigantine meinst: die liegt an der Kette, dafür habe ich gesorgt."

„Du hast also das Schiff genauso beschlagnahmt wie mich!", antwortete sie sarkastisch.

Er streckte abwehrend die Arme weit aus. „Aber nicht doch, was denkst du von mir. Ich habe doch nur dafür gesorgt, dass sie nicht ohne die Kapitänin fahren können."

„Sehr gut", log sie. „Und habe ich auch noch eine Mannschaft oder liegt die irgendwo in Ketten?"

„So manch einer wird sich in diesen Tage wohl an eine schöne Frau gekettet haben", führte er das Wortspiel vergnügt weiter. „Aber spurlos verschwunden ist niemand. Ich weiß über alles Bescheid, was in dieser Stadt geschieht."

Das Schiff heimlich ungehindert aus dem Hafen zu bringen, würde dennoch nicht schwer sein. Das hatte sie mehr als einmal geschafft. Ihre Männer würden alle bei dem Rennen sein und erwarten, dass sie auch da wäre, wenn sie noch lebte. Es bedürfte nur eines Zeichens von ihr, um zu fliehen.

Es blieb das größte Problem übrig: Wo würde Ron vor und nach dem Rennen sein?

Am Abend nahm Margoro sie in die Stadt mit, als er die Rennstrecke besichtigte. Doch sie fuhren in einer geschlossenen

Kutsche und nur mit Mühe konnte sie überhaupt durch die dichten Vorhänge spähen.

Die Straßen waren voller ausgelassener Menschen. Auf den Plätzen spielten Musikanten und Gaukler; von vielen Essensständen stiegen ihr der Qualm und der Geruch von gegrilltem Fisch in die Nase; zuweilen stank es erbärmlich nach Verbranntem. Ihr Gefährt kam nur langsam voran, wurde aber kaum von den Menschen beachtet. Ein paar Mal sah sie einen ihrer Matrosen in der Menge auftauchen; Margoro hatte also in der Hinsicht nicht gelogen.

Einmal kam einer nahe an die Kutsche heran und sie hatte den Eindruck, er versuche hineinzuschauen; er hatte gewiss Margoros Wappen erkannt. Aber sie wagte nicht, sich bemerkbar zu machen. Sie redete sich ein, dass sie zufrieden sein konnte, die Rennbahn kennen zu lernen; es konnte nützlich sein.

Entsprechend aufmerksam sah sie sich dort um. Das Gelände war ein großes Oval; die Tiere müssten also immer im Kreis herum rennen. Die Vorstellung belustigte sie; bei den Sabienne war es querfeldein gegangen. Beim Bau dieser Rennbahn hatte man offensichtlich an erster Stelle die Unterhaltung der Zuschauer im Auge gehabt. Die Tribünen waren voneinander durch die vier Eingänge abgetrennt; das war gut, so konnte man nicht ohne weiteres von einem Block zum anderen. Nachdem Margoro ihr die Ehrentribüne gezeigt hatte und den Platz in der allerersten Reihe, der ihm als Veranstalter gebührte, fragte sie nach den Ställen. Aber er wies lediglich zum gegenüberliegenden Ausgang und erklärte, dort gebe es nichts zu sehen, weil die Tiere erst am Morgen gebracht würden. So hatte sie kein Bild davon, wo Ron zu finden wäre.

Als sie wieder auf die Straße hinaustraten, verschwand zwischen den Büschen auf der anderen Seite eine Gestalt. Kein Ort, wo jemand seinen Weg suchen würde. Der Gedanke gab ihr das beruhigende Gefühl, dass auch Sitaki am Werk war.

Margoro war entspannt und bester Laune; alles war zu seiner Zufriedenheit und es gab nichts mehr zu tun. So war er einverstanden, als sie vorschlug, ein paar Schritte zu laufen. Sie verwickelte ihn in ein Gespräch über die Aktionen der Rebellen im Süden und so merkte er zu spät, dass sie dabei waren, die ganze Rennbahn zu umrunden. Es blieb ihm nichts anderes übrig als weiterzugehen. Nanja versuchte, sich jeden Weg einzuprägen, stellte sich vor, wohin er führen mochte; betrachtete jedes Gesträuch, ob es als mögliches Versteck oder als Hinterhalt dienen könnte.

Am nächsten Morgen sah sie vom Fenster ihres Schlafzimmers dem Abtransport der Pferde zu. Ron wurde gegen Mittag zu einer Kutsche gebracht. Sie beobachtete jede seiner Bewegungen und versuchte abzuschätzen, wie gut es ihm inzwischen ging. Zuerst glaubte sie, die Männer würden ihn stützen, um sein Bein zu schonen. Dann sah sie, dass man ihm die Hände auf den Rücken gefesselt hatte. Margoro scheute sich nicht, ihn offen als Gefangenen zu behandeln.

Margoro hatte den Rat der Stadt und die einflussreichsten Kaufleute zu einem Festessen geladen, das sich bis weit in den Nachmittag hinzog. Als sie endlich aufbrachen, war es zu spät, mit Ron noch Kontakt aufzunehmen. Ihr blieb nun nichts anderes übrig, als der Gewitztheit Sitakis zu vertrauen.

Sie musste neben Margoro auf der Ehrentribüne Platz nehmen und er stellte sie der Menge als diejenige vor, welche die Renntiere auf die Dracheninsel gebracht hatte. Die Menschen klatschten und jubelten vor Begeisterung und in Erwartung des Schauspiels. Nanja suchte nach ihren Matrosen, aber sie konnte niemanden entdecken. Stattdessen gewahrte sie auf der gegenüber liegenden Tribüne die Tracht der Sabienne. Angestrengt spähte sie hinüber, ob sie eines der Gesichter kannte; aber die Entfernung war zu groß.

Unvermittelt kam ihr der Gedanke, es könnte der Besitzer der Pferde darunter sein und sie lachte lauthals bei der Vorstellung, was das für einen Aufruhr gäbe. Freilich hatten die Tiere keine

Brandzeichen; darauf hatte sie extra geachtet. So würde er nichts beweisen können; aber ein nützliches Chaos würde er anrichten, wenn er die Tiere jetzt für sich reklamierte.

Margoro strahlte sie an. „Kapitänin, ich bin froh, dass du mir nicht mehr grollst. Du wirst sehen, wir werden gute Partner." In seinen Augen glitzerte es plötzlich. „Und vielleicht noch mehr."

Nanja überlief eine Gänsehaut; ihr blieb eine Entgegnung erspart: Die Drachen wurden aus den Ställen geführt.

Margoro hatte sechs Renndrachen in sechs verschiedenen Farben aufgeboten; zehn weitere gehörten Konkurrenten. Die Reiter trugen die Wappenfarben der Besitzer. Sie saßen auf und die Drachen zogen einer nach dem anderen langsam durch das Rund. Die Reiter wechselten hin und wieder ein paar Worte mit dem Publikum, das im Übrigen klatschte oder johlte, je nachdem, auf wen es gesetzt hatte. Vor der Ehrentribüne blieben sie stehen, grüßten und erhielten den Segen des Priesters Aharons.

Nanja schaute betont deutlich weg; dabei entdeckte sie auf der Nachbartribüne plötzlich Wribald in einer Gruppe von Männern in Holzfällerkleidung. Ihre Blicke kreuzten sich; er zog die Brauen hoch und neigte lächelnd den Kopf. Er hatte sie erkannt und er stand auf ihrer Seite. Wenn die anderen seine Gefährten waren, dann bedeutete das eine ansehnliche Verstärkung für die Matrosen. Wieder ging ihr Blick suchend über die Tribünen, aber sie sah keinen von ihren Leuten.

Gespannt wartete sie auf die Pferde. Aber die Drachen stellten sich zum Start auf und von den Pferden noch immer keine Spur. Margoro erklärte ihr, dass es zuerst ein Drachenrennen gäbe für alle jene, die Neuerungen ablehnten. Und natürlich brauchten sie einen siegreichen Drachen, der das kommende Jahr über die Stadt symbolisieren sollte. Zudem sollten auf diese Weise jene drei ermittelt werden, die anschließend gegen die Pferde antreten würden. Jetzt verstand Nanja, warum Margoro so sicher war, auf jeden Fall einen Teil des Erfolgs auf seine Fahnen zu schreiben.

Sie kaute ungeduldig auf ihren Lippen. Je länger sich alles hinzog, desto nervöser wurde sie. Was, wenn die Matrosen nicht auf den zweiten Teil des Rennens warten mochten, um die Abendflut zum Auslaufen nutzen zu können? Und welche Pläne hatte Wribald? – Sie war es nicht gewohnt, im Dunkeln zu tappen und fühlte sich hilflos und desorientiert.

Das Rennen der Drachen wurde zu einem Blutbad. Gleich nach dem Start rannte einer der Drachen Margoros zwei andere über den Haufen, die nicht schnell genug dem aus der zweiten Reihe Startenden Platz gemacht hatten. Beide Reiter stürzten und wurden verletzt von der Bahn getragen; einer der Drachen wurde in die Mitte der Arena geschleift und dort erstochen. Von der Tribüne der Anhänger ertönte ein vielstimmiger Wutschrei. Einige sprangen hinunter in die Bahn und liefen zu ihrem getöteten Liebling; andere stürzten sich auf den schuldigen Reiter, als er an ihnen vorbeikam, und zerrten ihn von seinem Drachen. Als sie auf ihn einschlugen, rief Margoro die Wachen und brach das Rennen ab.

Ein solcher Tumult wäre wahrhaftig ideal zur Flucht und Nanja verbrachte bange Minuten. Doch zu ihrer Erleichterung ließ sich immer noch keiner der Matrosen blicken. Wribald starrte zu ihr hinüber und hob fragend die Brauen, als sie ihn ansah. Aber sie schüttelte den Kopf. Auch er war bereit zu warten.

Nachdem die Bahn geräumt war, gingen die Drachen zum zweiten Mal an den Start. Außer den beiden gestürzten fehlte jetzt auch einer der Drachen Margoros, denn der Reiter war nicht mehr einsatzfähig. Margoro tobte, das sei sein bester Mann gewesen.

Das zweite Rennen lief ohne Unterbrechung über die volle Distanz von zwanzig Runden. Gleich nach dem Start überschlug sich allerdings ein Drache ohne ersichtlichen Grund und musste von der Bahn. Dann gab es erneut einen Zusammenstoß zwischen einem Drachen Margoros und einem gegnerischen. Nanja fragte sich, ob Margoro seine Männer zu besonderer Rücksichtslosigkeit anhielt. Auch wenn es ihn selber einen Reiter oder gar einen Drachen kostete, so hatten doch die übrig Bleibenden leichteres Spiel. Sie hoffte nur, dass ihm die Pferde zu kostbar wären, um die Drachen mit der gleichen Rücksichtslosigkeit gegen sie zu hetzen. Die Pferde hätten gegen einen Angriff dieser Kolosse keine Chance.

Am Schluss kamen sechs Drachen ins Ziel; zwei davon gehörten Margoro. Er schien zufrieden mit dem Ergebnis, denn beide gingen in das Rennen mit den Pferden. Nanja vermutete, dass er angesichts dieser Konstellation in der Lage wäre, den Ausgang zu manipulieren und sich gewiss auch nicht davor scheute.

Nach der Übergabe der Siegesprämien bekamen die fliegenden Händler Gelegenheit, Essen und Getränke zu verkaufen. Dazu gab es eine Vorstellung des stadteigenen Tanztheaters. Nanja ließ sich faszinieren und vergaß für ein paar Minuten alles andere.

Dann brachten Margoros Sklaven die Pferde aus den Ställen. Sie wurden in die Mitte der Arena geführt und an langen Leinen im Gras angepflockt. Wer wetten wollte, durfte sie sich aus der Nähe betrachten; in Gruppen wurden die Menschen auf die Wiese gelassen. Sklaven und die Wachen sorgten dafür, dass sie Abstand hielten. Auch drei der Sabienne gingen hinunter; Nanja war gespannt, ob das Folgen haben würde. Dann stellte sie überrascht fest, dass sich auch Wribald für die Tiere interessierte. Wollte er tatsächlich wetten? Sie hatte ihm nicht zugetraut, dass er sich darauf einlassen würde.

An einem langen Tisch am Rand der Wiese saßen Margoros Hofmeister und zwei weitere Bedienstete und nahmen die Wetten entgegen. Auch Wribald und die Sabienne gingen zu ihnen.

Nanja fragte sich, nach welchen Maßstäben die Leute entschieden: Außer den Sabienne kannte niemand Pferde, geschweige denn, dass sie sie hätten laufen sehen. Und Margoro dachte nicht im Traum daran, vor dem Rennen die Katze aus dem Sack zu lassen. Die drei Drachen waren wirklich schnell gewesen; doch nach den zwanzig Runden mussten sie erschöpft sein. Dennoch hatten sie eine gute Chance, weil es an fähigen Reitern für die Pferde fehlte. Was auch immer Ron den anderen in diesen zwei Tagen beigebracht haben mochte, es war nicht genug. Und Ron selber? Wenn Margoro auf ihn setzte und er es nicht schaffen würde zu gewinnen, war sein Leben in Gefahr.

Die Pferde wurden zu den Stallungen zurückgebracht und kamen mit ihren Reitern zurück. Sie liefen eine Runde wie zuvor die Drachen. Zwei der Burschen machten nach Nanjas Einschätzung eine ganz gute Figur; sie würden sich vermutlich wacker schlagen. Den anderen beiden fehlte Spannkraft und sie wirkten überdies verängstigt. So würden die Pferde ihnen nicht gehorchen.

Ron ritt den schwarzen Stallone, er war bleich, sein Gesicht noch immer von Verletzungen gezeichnet. Als er vor ihnen hielt, sah Nanja die Abdrücke der Ketten an seinen Handgelenken; offensichtlich war er bis eben gefesselt gewesen. Seinen Fingern würde es an Beweglichkeit und Gefühl mangeln.

Er sah nicht Margoro an, sondern sie. Sie vermochte seinen Blick nicht zu deuten und wünschte sich, er könne ihre Gedanken lesen.

Er nickte zum Gruß, dann wandte er sich ab.

„Warte!" Nanja stand auf, schenkte Margoro ein kurzes Lächeln. „Du hast gewiss nichts dagegen?" Sie zog ihre Kette vom Hals und winkte Ron, näher zu kommen.

Er trieb den Stallone an die Tribüne. Das Pferd streckte den Kopf über das Geländer und Nanja streichelte es. Sie lehnte sich vor und hob die Arme. „Sie möge dir Glück bringen."

Ron neigte ihr den Kopf entgegen, damit sie ihm die Kette überstreifen konnte. Fast berührten sich ihre Gesichter, aber sie wagte kein Wort. Sie wusste, dass Margoro den Blick nicht von ihnen wandte. Ihre Hände verweilten einen Moment auf Rons Schultern und ihre Finger strichen sanft über seinen Nacken.

Als er sich wieder aufrichtete, leuchteten seine Augen und seine Gesichtsmuskeln spannten sich.

Mit einem flauen Gefühl im Magen sah sie ihm hinterher. Dann traf ihr Blick den fragenden Wribalds und diesmal nickte sie ihm zu.

Margoro hatte sie die ganze Zeit beobachtet. „Kennst du jemanden dort drüben?" Er runzelte die Stirn, aber sie war froh, dass er von Ron abgelenkt worden war.

„Ich glaubte, einen Gast aus der Herberge wieder zu erkennen", sagte sie gleichgültig. „Du weißt schon, wo ich Sondria gefunden habe."

„Was meinst du", fragte Margoro. „Wird er das Rennen gewinnen?"

„Wenn nicht, bist du selbst schuld."

Margoro starrte sie zornig an, aber sie hob scheinbar gleichmütig die Achseln. „Wie lange hattest du ihn gefesselt? Seine Handgelenke tragen noch die Spuren deiner Ketten. Pferde sind empfindlich und es braucht sensible Finger. Besonders, wenn eines so nervös ist wie der Schwarze."

Nanja setzte sich hin und beobachtete die Aufstellung zum Start. Es standen abwechselnd ein Pferd und ein Drache: Neben den Kolossen wirkten die Pferde erst recht wie Spielzeugtiere; wer von den Menschen hier mochte sie wohl als ernsthafte Gegner der Drachen ansehen? Unwillkürlich blickte sie zu Wribald und seinen Kumpanen hinüber. Sie waren alle aufgestanden und wirkten angespannt wie Raubkatzen kurz vor dem Sprung. Plötzlich war Nanja sicher, dass sie auf die Pferde gewettet hatten. Sie lächelte. Das hieß, Wribald hatte Sondria getroffen; Sondria hatte den Pferden auf Gemona zusehen können.

Entspannt wartete sie auf den Start. Die Matrosen hätte Margoro sicherlich beobachten lassen; aber ihre Männer wurden in der Arena nicht gebraucht, weil Wribalds Leute hier waren. So war es sicherer, denn wohl niemand hier kannte die Rebellen von Angesicht. Denen würde es eine Freude sein, das adlige Pack in Angst und Schrecken zu versetzen. Und wer auch immer sich am Vorabend vor der Rennbahn herumgeschlichen hatte, würde gewiss auch eine Lösung für die Befreiung von Ron gefunden haben. Sitaki wusste, dass sie Kruschar nicht ohne ihn verließe.

Margoro erhob sich und gab seinem Hofmeister ein Zeichen. Das Rennen begann.

Ron hatte die Bahn in der Mitte und wurde sogleich von den beiden Drachen Margoros bedrängt. Der Stallone legte die Ohren an und stieg; aber Ron legte sich weit über den Hals des Pferdes und konnte sich halten.

Nanja bohrte sich die Fingernägel in die Handballen.

Der Schwarze wieherte und keilte aus. Er traf den Drachen an seiner rechten Flanke und der bremste so abrupt, dass sein Reiter stürzte. Sofort nutzte Ron den Raum, der sich dadurch öffnete, lenkte sein Pferd auf die freie Bahn und der Schwarze stürmte davon. Die Menschen auf der Tribüne am Startplatz waren aufgesprungen; nun brachen sie in Beifall aus über das gelungene Manöver.

Nanja lächelte; Ron hatte eine beeindruckende Szene geboten.

Der zweite Drache hatte den Moment der Konfusion genutzt und sich an die Spitze gesetzt. Als Ron ihn nach einer viertel Bahnlänge einholte, ließ der Reiter den Drachen im Zickzack laufen und versperrte Ron den Weg. Ron ließ den Schwarzen ein Stück zurückfallen und blieb für drei Runden zwei Pferdelängen hinter dem Drachen.

Der dritte Drache hielt anfangs Schritt und drehte seine Bahnen in kurzem Abstand zu den beiden Reitern an der Spitze. Offensichtlich war der Reiter darauf bedacht, die Kräfte seines Tieres einzuteilen und möglichst viel Energie für den Endspurt aufzusparen.

Für die anderen Pferde schien das Rennen von Beginn an aussichtslos. Nanja stellte schnell fest, dass Margoro den beiden unfähigen Reitern die besseren Pferde gegeben hatte. Sie verstand die Logik, die dahinter steckte; und tatsächlich liefen in den ersten Runden alle vier gleichauf. Aber sie liefen eben hinterher, hoffnungslos abgeschlagen von der Spitze. Er hätte den besten Reiter auch auf das beste Pferd setzen müssen. Aber das hatte er ja getan, verbesserte Nanja sich in Gedanken; aufmerksam verfolgte sie Rons Taktik.

Der Vorsprung des Spitzenfelds war inzwischen so groß, dass sie die Nachzügler einholten. Sie mussten an ihnen vorbei, wenn sie nicht ihr Tempo drosseln wollten. Nanja wartete gespannt darauf, wie Ron diese Chance nützen würde.

Aber erst einmal nutzten die vier Pferdereiter die Gelegenheit. Sie schienen sich irgendwie verständigt zu haben, denn drei schlossen auf eine Höhe zusammen und bremsten die Drachen und Ron aus, während der vierte vorausritt. Es war der Bursche, der eben noch wie ein Mehlsack auf der Cavalla gehangen hatte. Jetzt lag er tief über den Hals gebeugt und hatte anscheinend genug Zutrauen zu ihr gefasst, dass er sich ganz ihrem Willen und Instinkt überließ. Sie war die schnellste und kräftigste von den Weibchen; Nanja vermeinte, ihr die Freude am Laufen anzusehen.

Das Manöver der Pferdereiter glückte noch besser als sie erwartet hatte. Der zweite Drache schloss zu Margoros Tier und Ron auf. Ron wich auf die äußere Bahn aus und zügelte den Stallone ein wenig. Er ging wirklich kein Risiko ein; sein wichtigstes Ziel schien, das Rennen überhaupt durchzustehen. Nanja begann, sich Sorgen zu machen: Vielleicht war er nicht sicher, ob seine Kraft schon reichte, sich zwanzig Runden auf dem Pferd zu halten.

Dann hatten sie die ersten zehn Runden hinter sich; die Cavalla näherte sich dem Spitzenfeld, die Menge begann zu jubeln. Wie auch immer sie gewettet haben mochten, sie ließen sich vom Siegeswillen des jungen Reiters begeistern.

Margoros Drachenreiter blickte hinter sich, um die Ursache des Jubels zu ergründen und verlor anscheinend die Nerven. Er gab seinem Tier einen Klaps auf die Schulter; die schlimmste Kränkung, die ein Reiter seinem Drachen antun konnte. Der Drache fauchte und spuckte eine Feuerlohe. Sie stieg in den Himmel, aber die Flamme versengte den vor ihm laufenden Pferdereiter. Der trat seinem Pferd erschreckt in die Seiten und es ging mit ihm durch. Mit einem Jubelruf reagierte der Drachenreiter auf die Öffnung in der Pferdemauer. Aber auch der zweite Drache erkannte die Chance und preschte auf die Lücke zu. Er war schneller, denn der andere rang noch mit dem Ärger seines Drachens; gleichzeitig erreichten sie die Lücke: Beide setzten darauf, dass ihr Tier das Stärkere wäre und wichen nicht. Sie prallten zusammen; Margoros Drache überschlug sich und riss im Fallen eines der Pferde mit sich. Der andere galoppierte davon. Margoro sprang mit einem Wutschrei auf und warf sein Weinglas gegen das Geländer der Tribüne.

Ron gelang es im letzten Moment, den Stallone zu zügeln, bevor er das Gewirr der Tier- und Menschenleiber erreichte. Er hielt kurz, im Schritt zog er auf der Innenbahn vorbei und galoppierte wieder los, den anderen zwei Pferden hinterher. Eine halbe Runde weiter überholte er sie mühelos.

Jetzt hatte er nur noch die weiße Cavalla vor sich und den anderen Drachen. Der Drache hatte sie inzwischen eingeholt und lief, wohl zu seinem eigenen Vergnügen, eine Runde auf gleicher Höhe mit ihr. Die Menge schrie vor Begeisterung, viele feuerten den Pferdereiter an. Margoro zerrte an den Ärmeln seines Festgewands, bis einer knirschend zerriss.

Nanja hatte nur Augen für Ron. „Noch acht", flüsterte sie, als er an ihnen vorbei ritt. Und dann „Sieben – du schaffst es!"

Der Drachenreiter blickte sich um und sah Ron: Das Spiel war vorbei und er überholte schnell die Cavalla. Auch Ron zog an ihr vorbei, wobei er dem Reiter zunickte. Dann machte er sich an die Verfolgung des letzten Drachens. Nanja hatte den Eindruck, dass er den Stallone noch immer nicht voll laufen ließ, sondern darauf bedacht war, Kraft zu sparen.

Nur noch fünf Runden; sie hoffte, dass er mitgezählt hatte. Quälend langsam holte er auf.

Die Zuschauer hatten aufgehört zu klatschen und zu jubeln. Sie waren gebannt; viele hielt es nicht mehr auf den Sitzen. Aus den Augenwinkeln sah Nanja Bewegung auf der Nachbartribüne: Wribald drängte sich nach unten ans Geländer und zwei seiner Kumpane folgten ihm.

Zwei Runden vor Schluss hatte Ron den Drachen endlich eingeholt. Der machte es wie Margoros Reiter und versuchte, ihm durch Zickzack-Laufen den Weg zu versperren. Aus der Menge erschallten Protestrufe.

„Ich lasse ihn disqualifizieren", fauchte Margoro. Er zog sein Schwert und stand auf. Nanja grinste. Nun, da es ein fremder

Reiter war, galt Margoro die eigene Taktik als unfair. Sie fragte sich wieder, ob er nur auf seinen eigenen Drachen gesetzt hatte oder doch auf Ron. Wenn nun Ron nicht gewann ... Sie schaute zu den Rebellen hinüber; was auch immer sie mit Sitaki ausgeheckt hatten, Ron wäre verloren.

Sie stand auf und krallte ihre Finger in das Geländer; Schweiß lief ihr den Rücken hinunter und ihre Kehle wurde eng.

Als Ron sich wieder ihrer Tribüne näherte, lenkte er den Stallone auf die Außenbahn. Er schaute sie an und seine Augen blitzten. Er ließ das Pferd mit einem Wiehern steigen und auch der Drache, nicht nur sein Reiter, sah sich um; er sprang zur Seite. Ron nutzte den Überraschungsmoment und schlug einen Haken. Im nächsten Moment war er an dem Drachen vorbeigezogen.

Noch eine Runde; die Zuschauer sprangen auf und brüllten. Alle, alle feuerten sie Ron an.

Der Drachenreiter holte wieder auf. Da endlich, endlich ließ Ron seinem Pferd die Zügel lang und es zeigte, was es konnte.

Nanja weinte vor Erleichterung; sie musste sich auf das Geländer stützen, weil ihre Knie nachgaben.

Mit einer halben Runde Vorsprung erreichte Ron das Ziel. Als er den Stallone auslaufen ließ, senkte sich andächtiges Schweigen über die Rennbahn.

Ron ließ ihn eine Runde im Schritt gehen und bis er vor der Ehrentribüne ankam, hatte Nanja sich wieder gefasst.

Das Pferd wie Ron glänzten gleichermaßen von Schweiß. Ron keuchte noch immer, als er vor ihnen das Pferd parierte. Nanja bemerkte, dass seine Hände zitterten und anscheinend konnte er sich kaum noch aufrecht halten. Aber sein Blick leuchtete auf, als er sie ansah.

„Sehr schön", knurrte Margoro neben ihr. „Du hast es spannend genug gemacht, die Leute bis zum Schluss zu unterhalten."

Ron sah ihn an, aber er antwortete nicht. Sein Blick verschleierte sich und Nanja befürchtete, er würde gleich das Bewusstsein verlieren. Er rang sich ein Lächeln ab und zog die Kette aus. „Meinen Dank, Kapitänin. Ich brauche sie nicht mehr."

Er trieb das Pferd wie vor Beginn des Rennens dicht ans Geländer und streckte die Hand aus, um ihr die Kette wiederzugeben. Nanja reckte sich, damit er sie ihr überstreifen könnte. Er nickte und beugte sich zu ihr herab.

Plötzlich ließ er die Kette fallen, packte mit beiden Händen nach ihr und riss sie hoch. Er warf sie vor sich aufs Pferd und sie krallte sich an seinem Bein fest, was er mit einem Schmerzenslaut quittierte. Das Pferd stieg, Ron legte sich halb über Nanja, um sie zu stützen und nutzte die Überraschung, um zum nächsten Ausgang zu galoppieren.

Auf den Tribünen brach Tumult aus; Nanja hörte Waffen klirren. Aus den Augenwinkeln sah sie, dass die Rebellen über das Geländer gesprungen waren und hinter ihnen den Weg versperrten, sodass ihnen für den Augenblick niemand folgen konnte.

Ron nahm die Zügel auf, als sie draußen waren, und richtete sich auf. Noch immer stellte sich ihnen niemand in den Weg. „Aufs Schiff?"

Sie würden nicht ohne Aufsehen zum Schiff gelangen, aber es wäre der einzige Ort, wo die Matrosen sie suchen würden. „Aufs Schiff."

Die Straßen, durch die sie galoppierten, waren nahezu menschenleer. Fast alle Einwohner waren zum Rennen gegangen und nur die Drachen wären schnell genug, um ihnen zu folgen. Aber die schnellsten von ihnen waren gerade außer Gefecht. Bei diesem Gedanken löste sich Nanjas Anspannung in einem Kichern auf.

Linda Arndt

Bis zur Neige

Der Saal funkelte im Lichte zahllos in Kristall gebrochener Kerzen und machte wenig Lust darauf, dem reichlich kredenzten Wein allzu sehr zuzusprechen. Doch an mangelnder Lust war sein Durst nicht gescheitert, wohl aber sein Appetit. Mit jedem Mal, wenn ein Luftzug die Flammen zum wilden Tanz aufstörte, bäumten sich seine Eingeweide auf wie ein ungezähmtes Pferd. Er hasste Verlobungsfeiern, insbesondere, wenn es seine eigene war.

Die Konzentration auf etwas zu richten, was nicht glänzte, hätte helfen können, doch die Tischdecke bot nicht viel Anreiz dazu, und wenn er den Blick hob, verfing dieser sich sogleich in dem seines Gegenübers. Die stumme Klage in den Augen der Verlobten erinnerte ihn wieder daran, dass er ihren Namen vergessen hatte und nach dem ersten Glas wohl auch den Grund, warum er dieser Vermählung einmal zugestimmt hatte. Darauf noch ein Gläschen. Er hob die Hand und ihm wurde gegeben. Zumindest der Kelch tat in den Augen wohl, kostbarstes schwarzes Kristall von der Dracheninsel. Der Wein glühte in seinem Schlund und bereitete ihm eine dunkle Verheißung. „Ich töte dich!" Wer hatte das gesagt? Doch nicht er selbst?

„Nicht!" Die Stimme war ihm heruntergespült bis ins Mark und er sah seine Familie tot um sich. Tisch und Hände rot von ihrem Blut, überall labten sich die Flammen an dem, was übrig blieb, und ein unmenschlicher Schrei trieb seinen Blick herum. Da war nur er selbst im Spiegel, und eine Frau in Ketten hinter ihm hielt sein Glas. *„Es ist zu spät."*

„Oh, Jordan, Fürst von Bertan zu HausThalis, besinne dich! Komm hoch und kotz mir nicht auf die neuen Stiefel!"

Die Stimme kannte er, und auch der Griff, in dem er sich befand, war ihm vertraut. Aber die Augen öffnen, hieße Berge versetzen.

„Ein simples Nein hätte es auch getan. Musstest du sie gleich mit dem Tode bedrohen?"

Jetzt bäumte es sich in ihm auf. Ihr mit dem Tode drohen? Den Wunden auch nur einen weiteren Kratzer hinzufügen? „Niemals könnte ich ..."

„Könntest du was? Dich so besaufen, dass du ihren Namen vergisst und ihr an die Kehle willst? Bei den Gerkonen, Jordan. Ich dachte, du hättest beschlossen, sie sei die beste Partie in den acht Königreichen!"

„Die Bergenau!" Er riss die Augen auf und sah in das gänzlich besorgte Gesicht eines übernächtigten Alecus.

„Ja, die Bergenau."

Die Erinnerung an den gestrigen Abend schoss Jordan in den Kopf wie die Kugel einer Luntenschlossflinte. Zweihundert Gäste und keiner hatte ihm das verdammte Glas abgenommen. Vater würde ihn umbringen!

„Das erste Mal, dass ich froh bin, dass dein Vater nicht mehr lebt", knurrte Alecus und fuhr sich ruppig durch die verschwitzten Locken. „Hier, trink."

Und da war er wieder, der dunkle Kelch. Jordans Hand streckte sich ihm wie einer faszinierenden Waffe entgegen.

„Nun trink schon! Es ist Wasser. In meiner Gegenwart wirst du nie wieder was anderes bekommen, und mag dich dieses sündhafte Drachenglas daran erinnern, was du fortgeworfen hast für einen Schluck daraus!"

Die Hand, die ihm beim Aufrichten half, zwickte ihn zugleich mahnend in den Nacken, und er musste grinsen bei dem Gedanken, welch liebevolle Katzenmutter doch an seinem nahezu zwei Schritt großen Freund verloren gegangen war. Sein Magen protestierte in unguter Erwartung, als das – zugegeben – eiskalte Wasser seine Lippen berührte. „Du hättest es auch anwärmen lassen können, mein lieber ..." Wasser schlug über ihm zusammen, er konnte dem Griff nicht entkommen, der ihn unbarmherzig in die Tiefe drückte. Lippen zusammenpressen, Atem anhalten! Doch heißer Schmerz in seinem Kreuz ließ ihn aufschreien und das eisige Wasser nahm Besitz von seinem Mund und allen seinen Sinnen.

„Jordan! Hör auf mit den Kissen zu kämpfen, Jordan!"

Er war nicht ertrunken. Er hing im Griff starker Arme und Alecus' Gesicht wirkte selbst, so schweißnass und bleich, wie das einer Wasserleiche. „Ich muss kotzen ..."

Verbrannter Atem, schmerzende Muskeln. Ein Schrei, der entsetzliche Furcht einjagte. Wispern und Stöße. Berührungen – widerlich – und dieser Geruch von verbranntem Fleisch. Keinen Augenblick mehr am Leben festhalten zu können rang mit dem Gefühl, nicht aufgeben zu dürfen. „Nein!"

Als Jordan die Augen aufschlug, war es sein Gemach, und er war allein in seinem Schweiß.

„Hast du gerufen?" Alecus erschien und bewies mit allerlei Gestrüpp im Gesicht, dass mehr als ein Tag vergangen war.

Jordan Fürst Thalis bemühte seine edle Abkunft zu einem angemessenen Auftritt, indem er aufstand und Alecus dieses Mal zuvorkam. „Ich werde etwas unternehmen müssen!"

„Ruh dich aus! Die Heiler haben dich auf eine Vergiftung hin behandelt. Du hast dich jedoch derart gewehrt, dass sich keiner an einen Aderlass herangewagt hat. Drei Tage Toberei und wirres Gerede. Ich war froh, dir etwas Milch einflößen zu können."

„Was habe ich gesagt?" Jeder Muskel brannte. Der Hunger, alles war so wirklich gewesen. Sie hatten ihn gefangen genommen, seine Familie. Jeder, der sich zu heftig gewehrt hatte und nichts wert schien, war nun tot. In der Hitze schuften, kaum zu essen erhalten, nie genug zu trinken. Es sei denn, er wurde in das Fass getaucht, für jeden Ungehorsam bis zur Bewusstlosigkeit. Und wenn diese groben Hände ihn wieder ans Leben gezerrt hatten, war einen Herzschlag lang das Gesicht der Frau zu erblicken, deren Augen sich ihm eingebrannt hatten wie ein Brandmal auf der Schulter. Schwarz wie der Kristall, gebrochenes Licht. „Was habe ich gesagt?", wiederholte er, als könnten seine eigenen Worte das Geschehene realer machen oder aber vergessen.

„Keine Ahnung, was du gesagt hast!" Widerwillig half ihm Alecus in die Hose und stopfte ihn wie ein Kind in ein neues Hemd. „Du hast sinnlos herumgebrabbelt. Es klang wie Kauderwelsch von der Insel!"

„Ich bin verzaubert worden!"

„Vergiftet, vielleicht ..."

„Nein", beharrte Jordan und ignorierte den Schwindel, der ihn erfasste, als er sich nach seinen Stiefeln bückte. „Verzaubert! Wir brauchen so einen ... wie heißen die noch einmal ... einen Kekren."

„Einen Kirgen? Du spinnst jetzt endgültig!"

Jordan wehrte die Hände, die ihn wieder aufs Bett werfen wollten, erfolgreich ab und griff nach dem Schwertgehänge. „Komm schon. Die Zeiten, in denen man mit einem lebendigen Kaninchen im Bauch am schwarzen Strick gehängt wurde, wenn man sich der Magie bediente, sind doch vorbei. Liebestränke sind das Parfüm dieses Tanzfrühlings."

„Ja, und ich schlafe in Frieden mit Schießpulver unter dem Bett!", murrte Alecus und hielt Jordan die Tür auf.

Das Haus des Magiekundigen unterschied sich in nichts von den anderen in der Ledermachergasse. Die Tür war grün gestrichen, zeigte aber ein dezentes Muster. Ob das eine Bedeutung hatte?

„Ihr wünscht?"

Jordan erschrak. Die Tür schien einzig vor seinem Blick gewichen und gab den Weg für einen Mann frei, der so einfallslos gewöhnlich wirkte wie seine Behausung. Wo waren der rote Bart, das samtene Gewand, die vergoldeten Zähne?

„Einlass, Born Kirgen!", antwortete Alecus an seines Fürsten statt und hatte wenig Geduld übrig, auf der Gasse zu stehen und zu plaudern.

Der Kekren zögerte, trat aber vor Alecus' imposanter Gestalt zurück, um sie einzulassen. Auch drinnen ließen sich partout keine Zeichen blicken, die der Magie an diesem Ort ein Heim bieten mochten. Die kalkabgeriebenen Wände rochen nach neuem Stall, ein schwacher Feuergeruch traute sich hinzu. Hatten sie ihn bei der Zubereitung eines Mittagsmahles oder eines Zaubertrankes gestört?

In seinen eigenen Wänden schien der Kekren an Sicherheit gegen die körperliche Übermacht zu gewinnen, glitt an Alecus vorbei und trat Jordan direkt entgegen.

„Unglücklich verliebt."

Unwillkürlich schnappte Jordan nach Luft zur abwehrenden Entgegnung, bis ihm einfiel, dass Liebeselixiere den Lebensunterhalt des Mannes bestreiten mochten. „Danke der Nachfrage, diese Dinge regeln sich bei mir von selbst", entgegnete er und hoffte in einem Anfall kindlichen Stolzes, Alecus möge nicht auflachen, was der, Gnade vor Recht ergehen lassend, auch nicht tat. „Ich bin hier, weil ich verzaubert worden bin."

Und wieder ertappte Jordan sich bei der Erwartung, seine Worte würden ihm schallendes Gelächter eintragen. Der Kekren lachte nicht und schien sich auch nicht mit dem Gedanken zu tragen, den Wirrkopf des Hauses zu verweisen. Stattdessen wanderte der Blick des Magiekundigen an ihm hinunter und schien etwas Bedeutsames entdeckt zu haben. Es war Jordans Linke, die sich verräterisch am Knauf seines Schwertes festhielt. Er ließ los.

Dann besann der Mann sich auf die Tugenden eines Geschäftsmannes und lenkte seine Gäste in den wohl einzigen weiteren Raum neben der Küche. Durch die tiefe Höhle des Fensters ging der Blick hinaus in den Garten. Davor waren auf einem Tisch allerlei seltsame Utensilien ausgebreitet, die im Licht der Sonne warm glänzten. Stühle suchte Jordan vergebens. Magie schien eine bodenständige Kunst, wie die abgenutzten Kissen auf den Dielen zu erzählen wussten. Er setzte an, von seinen Erlebnissen zu berichten, doch mit einer Geste gab ihm der Kekren zu verstehen, dass er den Mund öffnen sollte, ohne ihn zum Sprechen zu benutzen. Gleich einem Wallach auf dem Markt wurde Jordan nun ans Fell gegangen. Der Geruch seines Atems, die Farbe der Rückseite seiner Augenlider, die Spannung in seinen Schultern, das Schwarze zu suchen unter den Fingernägeln. Alles schien von größerer Bedeutung als sein Name und die Geschehnisse, die ihn hergeführt hatten. Nun, sollte der Kekren beweisen, zu was sein Talent ihn befähigte. Spätestens seit Betatschen der Zunge war Jordan die Lust zum Gespräch vergangen.

„Vergiftet seid Ihr nicht."

Wunderbar. Hatte der Kekren das Wort seiner eigenen Kunst nicht verstanden oder nicht verstehen wollen? „Ich", Jordan schluckte ärgerlich den Geschmack fremder Finger herunter. „Ich sagte, ich bin verzaubert worden. Bei meiner ..."

„Ich kenne die Geschichte Eurer Verlobungsfeier, Herr", unterbrach der wohlunterrichtete Lump ihn.

„Und kennt Ihr auch meine Träume?", hakte Jordan nach.

„Nein", bekannte der Kekren freimütig und nahm nun Jordans Hände in Besitz, drehte die Handgelenke und forschte, so schien es, in den blauen Adern nach eben diesen Träumen. „Ich habe auch von Eurer Erkrankung gehört."

Der Kirgen streifte ihm das Hemd bis zu den Ellenbogen hoch und schien den Linien des Blutes noch weiter folgen zu wollen. Unwillig machte Jordan eine abwehrende Bewegung, erfuhr jedoch einen unnachgiebigen Druck stillzuhalten und gehorchte, erstaunt über die Kraft.

„Gut, man hat Euch nicht zur Ader gelassen", lautete das abschließende, wenig befriedigende Urteil.

„Könntet Ihr dann nicht mehr in meinen Adern lesen?"

Der Mann lächelte bis weit über die Eckzähne und machte ihn endgültig zum Kind. „Es ist eine Unsitte, sie schwächt den Kranken zusätzlich. Ich kann nicht in Adern lesen."

„Was könnt Ihr dann?"

Der Kirgen machte eine einladende Geste sich zu setzen, jedoch ohne ihn aus dem Blick oder seine Hände aus dem Griff zu entlassen. „Zuhören."

Und Born Kirgen hörte zu. Den Worten, den zitternden Händen, dem Stocken, den heruntergewürgten Tränen, dem Kampf, den Schreien in seinem Kopf und dem Schweigen, das folgte.

Jordan war ausgepumpt, von Schweiß und Schwindel niedergerungen wie noch in der Nacht zuvor, und konnte endlich aufhören in die blauen Augen zu blicken, die ihn ausgewrungen hatten bis zum letzten Tropfen. In Alecus´ Gesicht spiegelte sich das Ausmaß des Wahnsinn, den seine Worte mit sich trugen. Er hatte sich ausgeliefert.

„Ihr seid berührt worden."

Die Worte glitten an jedem Spott vorbei und trafen tief mit ungekannter Schärfe. Jordan wollte sich erheben, die Hand ausstrecken nach Alecus, dessen Augen beredt vom Wunsch zu gehen zeugten.

„Schickt den Sklaven raus", fuhr der Kekren leise tiefer in ihn und ließ seine Hände nicht los.

Er ist mein Palriadin, ich bin nie ohne ihn! Wollte Jordan widersprechen, doch die Geste seines Kopfes war eindeutig. Alecus zögerte, dann fiel die Tür ins Schloss und Jordan war, als hätte sich diese Tür zwischen ihm und Alecus endgültig geschlossen. Er hatte zugelassen, nein noch unfassbarer, er selbst hatte Alecus wie einen Sklaven behandelt! Jordan wandte sich um, wurde jedoch von der warmen Berührung an seinem Handgelenk zurückgerufen.

„Ihr seid zum ersten Mal berührt worden, nicht wahr", sagte der Kekren, schwankend zwischen Urteil und Frage.

„Ich habe keine Vorstellung davon, was Ihr da sagt." Das entsprach der Wahrheit, dennoch erwartete Jordan, Lügner gescholten zu werden oder schlimmeres.

„Das Schwinden der Sinne, die Übelkeit, Visionen. Hattet Ihr schon einmal einen Traum, der wahr wurde?"

Einen Traum, der wahr wurde? Nein! Jordan versuchte die Fesseln aus Fingern abzustreifen. Es gelang nicht. „Hört zu, gebt mir etwas, damit diese Berührung aufhört und ich verzichte gern auf eine Erklärung und verschwinde für immer." Sein Herz stolperte ihm den Hals hinauf. Einfach fortgeschickt zu werden schien, kaum waren die Worte ausgesprochen, plötzlich wie eine unerträgliche Strafe.

„Eure Mutter ist früh gestorben, Ihr könnt es nicht wissen."

Als würde ein Priester Jordan die Bürde abnehmen, als würde dieser Mann ihm durch die Gelenke seiner Hände tief in das Herz greifen und es hervorzerren, stand ihm seiner Mutter Tod vor Augen. Mit einem Strick um den Hals in der Tiefe liegend.

„Ihr glaubt, meine Mutter war eine Kekren."

„Sie muss mit Euch darüber gesprochen haben, Ihr benutzt das alte Wort."

„Da legt Ihr Euer Leben vor meine Klinge, ohne zu wissen mit wem Ihr es zu tun habt." Dem Kirgen seine Selbstgefälligkeit abzuschneiden war überraschend leicht. Jordan befreite mit einem Ruck die Hände und nahm befriedigt das Zurückweichen des Mannes, in Erwartung seines Schlages, zur Kenntnis.

„Ich verstehe Eure Furcht. Ihr seid schon erwachsen, da trifft die Gabe hart. Wärt Ihr nicht betrunken gewesen, Ihr hättet den Verstand verloren," sprach Born Kirgen leise.

„Egal was du dir zusammengedichtet hast aus den Gerüchten, die du dir verschaffst! Meine Mutter war keine Kirgen und sie hat sich nicht umgebracht! Das ist eine Lüge und ..." Das Schwert fand seinen Weg aus dem Futteral.

„Ich habe gesagt, dass sie früh gestorben ist!" Sich mit heller Stimme der Anklage erwehrend, sprang der Kirgen auf und griff sich eine Art Fliegenwedel. „Ihr seid zu mir gekommen, ohne mein Zutun!"

Dieser absurde kleine Mann! Wollte nicht aufgeben, wollte einen Fürsten wegwedeln wie ein gefährliches Insekt.

„Ihr müsst zuhören! Die Gabe, die in Euch geweckt wurde, ist stark. Schlaf besänftigt sie, Alkohol fesselt sie. Aber Zorn ertränkt Euch, bevor Ihr sie ertränken könnt!"

Der Wedel berührte Jordans Wange und hinterließ das Brennen einer Pferdepeitsche. Wo, bei den Gerkonen, war Alecus? Er brauchte seinen Palriadin jetzt, damit er ihm das verdammte Schwert abnahm! Etwas traf ihn am Hinterkopf und als er sich unwillkürlich herumwarf, fand er eine Münze zu seinen Füßen tanzen und sich niederlegen.

„Bezahl den Mann und dann gehen wir, Herr."

Alecus blickte direkt durch ihn hindurch. Jordan bückte sich nach der großen Goldmünze. Das Schwert, auf das er sich stützte, bohrte eine Vertiefung in die Diele. Es roch so durchdringend nach Tannenöl, als hätte er selbst eben erst begonnen, das Holz vorzubereiten für die harte Arbeit, jeden Schritt zu tragen, der da kommen würde.

„Hier!", sagte Jordan und sah zu, wie Born Kirgen den Wedel sinken ließ, die Münze jedoch nicht ergriff. „Nehmt schon!"

„Wenn ich sie nehmen würde, müsstet Ihr Euch helfen lassen." Im Feuerschein wirkten die Augen des Kekren nicht mehr blau, sondern braun wie die seiner Mutter. Jordan hielt dem Blick nicht stand und sah hinunter auf die Waffe in seiner Hand.

„Kommt wieder, wenn Ihr dazu bereit seid."

Nicht dieser Stimme wieder zu den wissenden Augen folgen, entschied Jordan, und mit Alecus im Rücken verließ er das Haus, das Viertel, die Stadt.

Das Hafenbecken gebot ihm jäh Einhalt. Er sprang auf die Mauer, einen Herzschlag lang gewiss, zu weit springen zu müssen, und sah hinunter in das zerbrechende Bild seiner Selbst in den dunklen Wassern. „Ich weiß nicht, wer ich bin."

„Das brauchst du nicht, ich weiß es!"

Alecus hatte ihn gepackt, zerrte ihn von der Mauer und versteckte ihn an seiner Schulter vor den eigenen Tränen, wie er es schon getan hatte, als sie Kinder gewesen waren. Dann ein Schrei, ein unmenschlicher Schrei, der Jordan die Hoffnung nahm, es könne je vorbei sein. Sie alle hatten die Wahrheit gesagt, seine Mutter war wahnsinnig geworden und hatte sich umgebracht, hatte ihn verlassen und ihre Bürde ihm allein zurückgelassen. Wo bekam er nur diesen Bannstrick her? Es waren doch ewig keine Kekren mehr getötet worden.

„Sieh hin, Jordan! Es ist nur ein Drachensegler!"

Das Horn der Hafeneinfahrt gab dem Schrei eine Heimstatt. Jordan lachte auf und ließ sich mitreißen vom Anblick roter Segel über einem mächtigen Schiffsrumpf. Ein Schiff von der

Dracheninsel. Warme, kaum atembare Luft brachte es mit und das Versprechen von Reichtum und Freiheit.

„Gehen wir nach Hause", sagte sein Palriadin und rieb sich die Schulter.

Jordan klopfte die Stelle, wie um einen beißenden Schmerz zu vertreiben. Es war die Schulter, auf der Alecus das Zeichen des Hauses von Thalis eingebrannt war, das Gleiche wie auf dem Bug dieses Schiffes.

Es war der dritte Tag, an dem Jordan sich beim Aufstehen einredete, dass die Ereignisse nicht mehr als Erinnerungen an ein Alkoholdelir waren, und heute war er endlich zufrieden damit. Er hatte sich besoffen und den Gerkonen seinen Lebensfaden aus der Hand gleiten lassen. Das war nun wahrlich schon jedem passiert. Nun, vielleicht nicht Alecus.

Jordan stand auf und fand sich wie jeden wachen Augenblick unter der Aufsicht seiner muskulösen Kinderfrau wieder. „Keine Anzeichen von Geistern", vermeldete Jordan. Sein milder Spott prallte von dem Gesicht ab und war zurückgeworfen auf seine schmuddeligen Füße. „Machst du dir immer noch Sorgen, ich könnte im Badebecken ertrinken?" Übermütig plauderte er weiter. „Du könntest im Übrigen auch eine Wäsche vertragen und deine Locken sind so lang, dass ich fürchte, Verehrer werden mir alsbald das Tor einrennen."

Und wieder war da kein Grinsen hervorzulocken. Alecus schien beschlossen zu haben, die dunklen Dämonen mit seinem düster grimmigen Gesicht zu bannen.

„Du wirst baden, du hast eine Unterredung."

Mit Vater, der erste Gedanke, immer noch. „Unterredung?"

„Du bist immer noch verlobt. Vergessen? Deine Verlobte wünscht dich zu sehen."

Und wie Alecus es verstand, ihm seinen morgendlichen Frohsinn auszutreiben. Ja, er hatte es zur Gänze vergessen. Er war verlobt und am Leben. Eine Überraschung, die wohl einzig auf den stattlichen Brautpreis zurückzuführen sein mochte.

„Jedenfalls rettet dich das davor, den Brautpreis zurückzahlen zu müssen."

Gedankenleser, furchtbarer!

„Die Bergenau ist überzeugt worden, dass du vergiftet worden bist und nicht du selbst warst. Es tut ihr Leid."

„Es tut ihr Leid?" Was sollte das bedeuten? Hatte sie ihm etwas in den Wein schütten lassen? Eine ungemein willkommene Erklärung für diesen Unsinn in seinem Schädel.

„Ja, es tut ihr Leid und jetzt beeil dich!"

Kaum genug Zeit, ganz trocken zu werden, hatte man Jordan gelassen und nun war dennoch er es, der auf der Veranda wartete. Natürlich wartete er in der Regel gern auf eine Frau, aber heute war das anders, schon weil sein hungriger Magen der Tortur des gedeckten Tisches kaum standhielt.

Gerade streckte seine Hand sich unschuldig einer Traube entgegen, als die Tür aufgestoßen wurde, dass das kostbare Glas erzitterte. Hatte die Umgrenzung hier nicht etwas Käfigartiges? Schöne gleichmäßige Gitterstäbe.

Die Bergenau aus Allcress. Meradal von Veredun zu HausBergenau. Alecus hatte es ihm eingetrichtert, dass er diesen Namen wohl bis auf sein Sterbebett würde flöten können. Meradal trat vorsichtig über die rauen Fliesen, als handele es sich um Spiegelparkett, und ihr Blick schien hilflos nach besseren Pfaden Ausschau zu halten. Nach einem besseren Pfad zu ihm? Wohl kaum, denn ohne jede Scheu traf ihn der Blick der Anstandsdame. Einem, ihn um einen guten Kopf überragenden, Leibwächter mit Schwert. Nun gut, er wollte auch keinen Anlass bieten, einen Fürsten in Stücke zu hacken.

„Ihr seid wohlauf?", fragte die Bergenau in ein wenig holperndem sabienner Akzent, doch keinesfalls als allzu mitfühlsam misszuverstehen.

„Ja", versicherte Jordan mit ausnehmend gesunder Freundlichkeit, so hoffte er. „Bitte setzt Euch und lasst mich persönlich mein tiefes Bedauern über den Vorfall ..."

Sie hob die Hand und schnitt ihm den längsten Teil seiner

mühsam auswendig gelernten Rede ab. Schade um Alecus´ Dichtkunst, das Ende war weitaus ...

„Ihr braucht Euch nicht so zu winden. Vater ist nicht hier!"

Was für ein Hieb! Sie platzierte ihren Soldaten mit gekonnter Kopfbewegung eben außerhalb der Hörweite. „Ich bin nur gekommen, um Euch zu versichern, dass ich es nicht gewesen bin, die Euch vergiften ließ – wenn es denn eine Vergiftung war, die mehr als Unmengen an Wein erfordert."

„Nun mal langsam, ich habe nie ..."

Sie kam vor. „Ich bin nicht fertig! Ich war es nicht, die Euch vergiften ließ. Wäre ich es gewesen, so wärt Ihr nicht mehr am Leben!"

Jetzt brauchte er eindeutig etwas zu trinken. Er griff nach seinem Verlobungsgeschenk, das ihn wohl bis an sein Ende verfolgen sollte, die Gelegenheit den schwarzen Kelch an die Lippen zu setzen, erhielt er jedoch nicht. Ihre spitzenhandschuhverzierte Hand schob sich zwischen ihn und das Nass und zwang das Glas zurück auf den Tisch. Weniger gutgearbeitetes Kristall wäre wohl zu Bruch gegangen.

„Ich werde mich nicht unter einen unbeherrschten Trunkenbold legen. Ich bin keine Eurer Huren! Mein Vater wünscht diese Heirat und, bei Königin Hetia, ich habe keine Wahl. Aber ich tue seinem Wunsch allenthalben auch als Witwe genug. Ich schwöre, ich ..."

Nun war es an ihm, sie zu unterbrechen. Er legte seine Hand auf die ihre und ließ sie spüren, nur ein wenig, wie leicht es ihm fallen würde sie zu brechen. Dann legte er ihre Hand beiseite. Ihre Kiefer arbeiteten, doch sie widerstand dem offensichtlichen Wunsch, die Hand vor Schmerz zu reiben. Tapferes Mädchen, doch dümmer als er angenommen hatte.

Er nahm einen Schluck aus dem Kelch, das Wasser war eiskalt, und fand sich in der gleichen Szenerie wieder wie bei der Verlobung. Er trank und ihr Name wollte sich ihm nicht offenbaren. Er trank bis zur Neige und blickte dann wieder auf in ihre Augen. Sie waren dunkel vor mühsam beherrschter Furcht, blau mit schwarzen Sprenkeln. Wimpern vibrierten unter dem Schlag des Herzens.

Ausgeliefert ihm, der einen Preis bezahlt hatte, um sie zu besitzen. Er hatte sie angesehen, kein Wort mit ihr gewechselt, und dann hatten andere ihren Wert ausgehandelt und ihre Zukunft gezeichnet, ohne ein Wort mit ihr zu wechseln. Die akkurat aufgetragene Farbe verbarg, dass sie bereits einundzwanzig war, ebenso alt wie er, und damit fünf Jahre über der Zeit. Sie hatte gehofft, am Hofe ihres Vaters bleiben zu können, hatte sich geschämt, mit Freude zu sehen, dass ihre Schwestern vor ihr zu gehen hatten. Drei waren genug, hatte sie sich eingeredet, und ihre Bedeutung für den Vater an dem Lob für Klugheit und Schönheit gemessen. Einundzwanzig Jahre, viele Jahre mehr Zeit, Furcht zu lernen vor den Männern, Männern wie ihm. Ihren Schwertmeister hatte sie mitgebracht, wissend, der würde nichts ausrichten können gegen ihn, nicht ohne das Leben zu verlieren.

Der Kelch war so warm von der Sonne, warm wie ihre Hand.

„Ich habe nur mit einer Frau die Decke geteilt und das ist lange her." Fassungslos hörte er sich selbst die größte Demütigung seines Lebens vor seiner zukünftigen Frau ausbreiten. „Ich habe sie geliebt." Er atmete aus und fühlte sich Luft schnappen für die ganze Wahrheit. „Ein Teil von mir liebt sie immer noch." Ihre Augen füllten sich mit seinen Erinnerungen, nahmen Form und Farbe an wie ein Spiegel. „Sie war die Tochter des Schwertmeisters. Drei Tage älter als ich." Ein Lächeln machte sich auf. „Das wurde sie nicht müde zu betonen, den ganzen Sommer. Den ganzen herrlichen Sommer meines achtzehnten Jahres. Den ganzen Sommer, den mein Vater mir gekauft hatte, damit ich endlich gefahrlos lernen sollte, was gut für mich war. Nach den ersten Anzeichen von Interesse war sie zu einer geschenkten Frau gemacht." Magie, die der Adel sich in allen Zeiten gestattet hatte, sich an Frauen schadlos halten zu können. „Keine Bastarde für das Haus und, um der Gerkonen willen, auch kein Siechtum für den einzigen Sohn." Er zwang sich aufzustehen, hoffend, er könnte dann schweigen und verhindern, dass er Leadeen noch einmal sah. Sah, wie sie bezahlt wurde und fortging, wie er ihr nachlief, liebeskrank, verzweifelt, unendlich dumm. „Sie hat sich die Zukunft eines Mannes aus den Diensten meines Vaters gekauft, indem sie einem Jungen Liebesschwüre aus einem Buch aufsagte. Sie haben zwei Kinder jetzt und ein großes Haus in Belusher. In meinen Träumen waren es meine Kinder, mein Haus. Doch seit mein Vater tot ist, erlaube ich mir diese Träume nicht mehr und landete bei der Heirat, die er für mich gewollt hätte."

Er überraschte sich selbst mit dieser Erkenntnis. Sein Vater hatte ihm gesagt, er hätte es für ihn getan und er hatte ihm glauben wollen. So sehr, dass der große alte Mann ihm noch aus dem Grab seine zweite gekaufte Frau ins Bett legen konnte. „Meradal. Ich will Euch nicht wehtun. Ich habe bisher jeden Schritt getan, den mein Vater für mich bestimmt hat, weiter kam ich nicht. Nur in meinen Träumen."

Er könnte behaupten, er hätte sich nicht den Knöchel gebrochen, weil er genau gewusst hatte, wo er hinter den Gitterstäben landen würde, aber das wäre gelogen. Er sprang einfach.

Jordan lief blindlings davon. Leadeens Lachen trieb ihn und mischte sich mit der Angst Meradals vor einem Ehemann, vor ihm, zu einer neuen Gestalt. Der Frau in Ketten. Vertraue dem Gras! Er stolperte in die Worte hinein und stürzte. Vertraue dem Gras? Zumindest hatte es ihn empfangen wie eines Irren würdig, hart! Er drehte sich um und die Sonne brach ihm den Schädel wie zu junger Wein.

Hilf den deinen! Vertraue dem Glas! Dieser unerträgliche Schrei, der jeden seiner Stürze in den Wahn begleitete, verschluckte die Worte, die folgten. Sich Gras in die Ohren zu stopfen, oder einen Dolch, schien die einzige Rettung.

„Steh auf."

Ein Schatten half ihm, mit der hellen Sonne fertig zu werden. Alecus hatte ihn also gefunden und flüsterte ihm Klarheit zu. Eine Brücke, die er beschreiten konnte. Aber er wollte nicht. „Ich kann nicht. Es wird nur schlimmer."

„Steh auf."

Unter seinen geschlossenen Lidern wurde es dunkler. „Alecus." Sein Halt beugte sich über ihn, um es ihm leichter zu machen die Augen zu öffnen. Es roch intensiv nach Leder, nach seinem Schweiß und – Frau?

„Alecus ist dein Bruder." Die Stimme war kaltes Wasser.

Da sprach nicht Alecus zu ihm und es waren nicht Alecus Finger, die sein Handgelenk berührten. War ein Geist zu schlagen? Wenn der einen berühren konnte, konnte er sich dann dem Wahn erwehren?

„Es wird leichter." Die Stimme war lindernde Kühle.

Da sprach jemand zu ihm, der Hoffnung auf sein Erzittern auftrug wie einen Balsam. Einfach die Augen öffnen. Er konnte fühlen, wer sie war, er hatte ihr Leid geteilt. Warum sollte sie nicht das seine teilen auf eine Hälfte, die er zu tragen in der Lage war? Einfach die Augen öffnen. Die Sonne hinter ihr schien ein wenig durch sie hindurchzudringen und sie leuchtete gleich einer Gerkonentochter im Fenster des NirTempels. Ein Gesicht wie alle Frauen und keine. Sie *berührte* ihn.

Über den allgewaltigen Himmel schnellten die Wolken dahin wie in den Wettstreit getriebene Pferde. Das Licht spielte mit seiner Wahrnehmung und gewährte ihm einen Blick hinter die Gestalt.

Hilf den deinen! Vertraue dem Glas! Die Stimme seiner Mutter! Sie schien hinter der Frau zu stehen, die auf ihn hinabblickte, die ihn ganz mit ihrem Sein durchdrang, und er erwiderte die Berührung der Handgelenke.

Er stand wieder oben im Turm und seine Mutter lag tief unter ihm im ausgetrockneten Wehrgraben. Ihr goldenes Haar leuchtete in der Abendsonne, hatte sie umschlungen wie das Kleid und der schwarze Strick. Jemand hatte sie gefesselt, jemand hatte versucht sie zu erhängen und sie hatte sich gewehrt, gekämpft, mit blutiggebissenen Lippen geschrien und ihre Gabe hatte ihr nichts beschert als die Vorausschau auf diesen Augenblick. Er, ihr Sohn, ihr einziges Kind im Gras, vom Schatten einer Frau geborgen, die von ihrem Blut zu sein schien, nicht wirklich – wirklicher.

Hilf den deinen! Vertraue dem Glas! Mutter kniete lächelnd neben ihm im Gras, und sie *berührte* ihn, und er verstand.

Warmer Atem brachte Jordan wieder zur Besinnung. Ein angenehmes Gefühl, wenn da nicht die Beimischung eines Gutteils Rotz gewesen wäre. Er tastete sich an dem freundlichen Pferdeschädel hoch zum Schopf und kraulte die darunter liegende Stirn. Rabenschwarz. Er hatte ewig nicht mehr an den Hengst seiner Mutter gedacht, doch die schlanken Fesseln bedeuteten ihm, dass sein Besucher im letzten Frühjahr geboren worden war, ein weiterer Blick und er wusste, es war eine Tochter. Die Stute hatte ihre braunen Augen weit und wissend auf ihn gerichtet. Seine Mutter sprach jeden Tag zu ihm, er hatte nur seine Ohren zugehalten und den Atem an.

„Born Kirgen."

Im Gesicht des Mannes kämpfte Müdigkeit mit Erstaunen, jedenfalls hatte der Mann keinen Fürsten erwartet.

„Voraussicht gehört nicht zu meinen Gaben", sagte Born und schien damit die Gabe des Gedankenlesens andeuten zu wollen. Er trat vor Jordan zurück und ließ ihn und seine Schatulle ein, ging durch den finsteren Flur vor in die Küche, wo ein Feuer Licht und Wärme bot. Es roch heimelig nach Suppe.

„Wollt Ihr Suppe und Unterricht in der Gabe?"

„Ich möchte, dass Ihr mir sagt, was das ist." Jordan ignorierte beide Angebote, stellte die Schatulle ab und öffnete den mit Wurzelholzintarsien verzierten Deckel.

Sein Gegenüber beugte sich vor und betrachtete die sechs Kelche im roten Samt eingehend. „Teures Kristall von der Dracheninsel?", fragte Born tastend. „Darf ich?"

Jordan nickte, unsicher, was er sagen sollte. Er wollte ihn nicht beeinflussen. „Ich habe jedes Mal aus einem dieser Kelche getrunken, wenn es mir, so, so schlecht ging."

„Haben auch andere daraus getrunken?"

„Ja, das heißt, ich weiß nicht. Ich weiß nicht einmal, ob ich jedes Mal denselben Kelch hatte. Sie sind alle gleich."

74

„Wirklich?"

Der Kekren stand auf und nahm sich einen Fidibus und winkte Jordan in sein Arbeitszimmer. Der Ausdruck erinnerte an einen Spürhund, der Witterung aufgenommen hatte. Born entzündete alle Lichtquellen und bat ihn unter einen großen Spiegel, der ihm beim letzten Mal nicht aufgefallen war.

„Er war sehr teuer, ich protze nicht mit ihm." Born lächelte beinahe verlegen und holte einige seiner Seltsamkeiten heran. „Darf ich?", wiederholte er.

„Nicht verletzen", entfuhr es Jordan.

„Nein." Born schien ehrlich überrascht, dass er ihm so ein Ansinnen zutraute und störte sich nicht im Geringsten an der Wortwahl. Ebenso, wie er genau untersucht worden war, widmete sich der Kekren nun jedem der Kelche, bestäubte sie mit einem Pulver und blies dieses wieder fort, hantierte mit seinem Wedel herum, ordnete sie in Reihe und schließlich im Kreis, um sie erneut zu bestäuben, und lehnte sich schließlich sichtlich enttäuscht zurück. „Ich glaube, es ist besprochenes Glas, aber ich kann es nicht wecken."

„Besprochenes Glas?"

Born schien beinahe körperlich unter seiner Unwissenheit zu leiden. „Soviel Wissen, das verloren gegangen ist. Dinge zu besprechen ist eines der Talente der Traumbanner. Sie können, oder vielmehr konnten, Gefühle in einen Gegenstand bannen, auch Erinnerungen. Es heißt, die ganz Großen unter ihnen konnten ein ganzes Leben in sich aufnehmen und einem Gegenstand anvertrauen und wer diesen dann benutzte, wusste alles, als hätte er dieses Leben selbst gelebt."

Die Toten, die Schmerzen, der Hunger, sein Kopf in diesem Fass. Ja, das Leben dieser Frau hatte ihn ergriffen, aber auch sein eigenes und das von Meradal. Wie?

„Meist wurden aber nur einfache Muster besprochen. Frohsinn für Feste, Glück für Frischvermählte, solcherlei. Aber auch Loyalität ließ sich erzwingen, Gehorsam." Die Finger wanderten von Kelch zu Kelch. „Ich würde trinken, wenn ..."

„Wenn ich Euch bezahle. Ich habe ...“

„Wenn Ihr versprecht, mich in diesem Zimmer festzuhalten und mir sofort den Wedel überzuziehen, sollte ich anfangen, mich so wild wie Ihr zu gebärden.“ Born gab ihm das seltsame Ding, als wäre es lebendig. „Er vertreibt die Macht.“

Jordan nahm wortlos an und sah zu, wie Born einen Kelch wählte und mit Wasser füllte. Wenn es nun der Kelch mit der Geschichte seiner Mutter war? Einerlei, dieser Mann wusste auch jetzt schon zuviel. Hilf den deinen! Vertraue dem Glas! Er musste wissen, ob Wahn oder Wahrheit.

„Wohl bekomme es“, prostete Born mit schiefem Lächeln und trank einen Schluck.

„Spürt Ihr schon etwas?“

„Nein, ich ...“

„Born?!“

Einen Augenblick schien es, als wolle er hintenüber fallen. Seine Gesichtsfarbe schwand unter einem ruckhaften Atemzug. Jordan wollte ihn greifen, doch Born tauchte ohne helfende Hand wieder auf, spie aus und würgte weiteren Auswurf hoch, dunkel, glänzend, wie der Kelch.

„Es ist besprochenes Glas und, bei Hedera, hier war nicht Frohsinn für Euer Fest im Reim!“

Born erhob sich und ließ den Gang eines lange Angeketteten in seinen mühsamen Schritten erkennen, und Jordan wusste, aus welchem Kelch er gekostet hatte.

„Ich ...“ Born hustete und wie von selbst fand Jordans Hand die seine. „Wie lange?“

„Nur einen Moment, kaum mehr als Euren Namen auszusprechen.“

„Tage.“ Er zitterte und Jordan griff nach einer Decke und legte sie ihm über die eingesunkenen Schultern. „Arg“, Born fuhr zusammen wie unter der Peitsche, die auch er selbst zu spüren bekommen hatte. „Viele Tage.“ Jordan ließ die Decke fallen und zog vorsichtig das dunkle Hemd hoch, es war nass von Blut und die Spuren waren überdeutlich frisch. Dann fiel ihm Born bewusstlos über den Tisch.

Er wünschte, Alecus wäre hier, eine bessere Krankenschwester fiel ihm nicht ein, doch dann sah er, dass die Wunden sich unter seinem Blick zu schließen begannen. Einen Herzschlag später zierten nunmehr blasse Narben den Rücken und Jordan wagte ihn anzurühren. „Born!"

Der Kirgen erwachte nicht, hörte aber auch nicht auf zu atmen oder machte ihm sonstigen Kummer. Lange sah er die Kelche an, so lange, bis ihm tatsächlich auffallen wollte, dass der Schliff jedes einzelnen sich unterschied. Er stellte sie in einer Reihe auf und wieder und wieder, drehte sie, schob vor und zurück, bis ihm das Muster gefiel. Dann öffnete er befriedet die Läden der Nachtluft, setzte sich in eine Ecke und harrte dem Sonnenaufgang. Das Licht, das dann endlich durch das Fenster fiel und die Welt mit dem kleinen Garten da draußen mitbrachte, erinnerte ihn an die Frau in Ketten. Eine Traumbannerin also, die ihr Leid in dieses Glas ergossen hatte, ein Hilferuf an die ihren, und sein Entschluss stand fest. Er würde auf die götterverlassene Dracheninsel fahren und sie finden, und ihre Peiniger würden bezahlen.

Born erwachte und schien im ersten Augenblick sichtlich überrascht, sich auf dem Fußboden in seinen Kissen zu befinden. Also ein Mann, der Abends stets brav zu Bett zu gehen pflegte. Jordan lächelte still vor sich hin, es war eine angemessene Rache für das Betatschen seines Körpers zuzusehen, wo der Kirgen sich morgens zu kratzen beliebte.

„Guten Morgen, Euer Gnaden", sprach Born unter dem zu spät bemerkten Grinsen und sah nicht auf, wohl um ein nahezu jungfräuliches Erröten zu verbergen.

Jordan wollte etwas erwidern, um die Scham gänzlich ans Tageslicht zu locken, doch Borns Blick lenkte den seinen in den Spiegel. Da waren die Kelche in der Anordnung, die er getroffen hatte und es leuchteten in frischem Blutrot die Zeichen der alten Schrift ihm entgegen. Kaum jemand, auch er nicht, konnte die Linien noch wie gesprochene Sprache entziffern, doch das erste

Bildnis war ihm vertraut wie seine linke Hand. Der Wappenruf seiner Mutter, den sie mit der Hochzeit verloren hatte. „Das ist *Erkenne Ganz.*"

„Ich wünschte, ich könnte mehr lernen, ganz erkennen."

Born stöhnte, als empfände er körperlichen Schmerz im Angesicht seiner Unfähigkeit, den Linien ihre Bedeutung zu geben, und Jordan teilte auf seine Weise diesen Fehl.

„Könnt Ihr etwas erkennen? Wie habt Ihr gewusst, wie die Kelche zu stellen sind?"

Zufall! Wollte Jordan rufen, aber es gelang nicht. Wenn er die Kelche auf dem Tisch betrachtete, glänzten sie hübsch in der Morgensonne, behielten ihre Botschaft jedoch für sich. Erst der Spiegel offenbarte sie, warf sie ihm zu, gleich, von wo er auch hineinblickte.

„Ein Spiegel zeigt mehr als eine Wahrheit, das ist sein Talent." Born schien die Worte eines anderen zu wiederholen und sie waren Jordan irgendwie vertraut. „Hat Eure Mutter Euch alles beigebracht, Born?"

„Nein. Sie hatte die Gabe nicht, sie fürchtete sich. Mein Großvater erzählte mir, was er wusste, er lebte nicht lang." Der Kekren konnte ihn nicht ansehen. Das mochte mit dem Umstand zu tun haben, dass er die Linien auf ein Papier übertrug, welches grob geschöpft kaum eine gerade Linie annehmen mochte, oder daran, dass sein Großvater das Schicksal seiner Mutter geteilt hatte, eines der letzten Opfer der Verfolgung Magiebezichtigter gewesen zu sein.

Born beendete die letzte Zeichnung und schob ihm dann die Schatulle zu. „Ich war noch nie so nahe an wahrer Magie." Er nahm einen Kelch und die Zeichen im Spiegel erloschen, begleitet vom Glanz der Tränen in Borns Augen. „Ich bin eine Kerze und Ihr seid wie ein Vulkan der roten Perlenkette. Ich fühle etwas in mir, doch es war nicht stark genug, um meinen Großvater zu retten. Ich bin ein Scharlatan, der nach den Geistern winkt und Spiegel aufhängt, um nicht allein zu sein, allein mit der Gewissheit, dass ich nicht genüge."

Jordan nahm sein Geschenk geteilten Leids mit dem gespiegelten Lächeln bitterer Selbsterkenntnis an.

„Das war das Lieblingszeichen meines Großvaters." Born legte den Kelch in die Schatulle und ließ seine Hand auf diesem liegen. „*Die Wahrheit Sprich.*" Dann straffte sich seine Gestalt und legte die Worte ab wie einen Eid: „Ich werde die Zeichen entziffern und das Geheimnis der Kelche für Euch enthüllen und wenn es mein Leben kostet."

Jordan war unfähig abzulehnen.

Alecus stand da und ließ Born gleich zwei Schritte zurückweichen. Der Mann, den der Kirgen mit einem beiläufigen Wort zum Sklaven gemacht hatte. Verräterische Flecken krochen hinauf in sorgenvolle Blässe.

„Ich habe noch nicht nach Euch suchen lassen, mein Herr."

„Alecus. Es tut mir so Leid." Jordan berührte seinen Oberarm. *Mein Bruder.* „Ich wusste nicht, was ich dir sagen sollte, ich ..." Er stockte und erkannte, dieser Satz traf tiefer noch als sein wortloses Verschwinden.

„Es sind die Kelche, Alecus! Sie tragen die Visionen!", lenkte er ab. „Weißt du, wer sie mir geschenkt hat und woher sie kommen?" Jordan drückte ihm sein Leben in die Hand und harrte des Urteils seiner dunklen Augen.

„Es war ein Geschenk von der Insel. Ein gewisser Margoro versuchte sich mit einem protzigen Präsent in Erinnerung zu rufen. Er wünschte Pferde zu erwerben, du hast abgelehnt."

„Warum?", fragte Born und blinzelte dann, wohl verblüfft über seine eigene Neugier.

„Warum? Wegen der Hitze. Sollen sie bei ihren zu groß gefütterten Eidechsen bleiben."

Das Antwortgrunzen des Kekren machte endgültig klar, dass Pferde nicht Teil seiner Welt waren.

„Es steht zu vermuten, dass er sich das Glas teuer hat bezahlen lassen. Es sind dreizehn Pferde von der unteren Koppel verschwunden. Und die ein oder andere Geschichte von einem Schiff ohne Brand am Bug geisterte durch den Hafen."

„Wieso weiß ich nichts davon? Welche Linie?"

„Jordan, du hast um deine Zukünftige geworben. Da werde ich dir nicht von verlorenen Pferden erzählen oder dem Platzregen, der die Obstblüte gefährdet oder von Segelmachern im Verzug. Dafür hast du deinen Rat und mich, ihn zu überprüfen. Ich wusste nicht, dass sich ...“

„Alecus, sag es mir!“

„Ja, es war Rabenschwarz und seine Deckherde.“

Das letzte Pferd seiner Mutter. Sie hatten zusammen alle Rennen gewonnen, die Vater ihr zuteilte wie Fleisch einem Hund mit wankendem Gehorsam. Er trägt meine Seele. Hatte sie gesagt und Vater hatte zugestimmt. Ja, deine rabenschwarze Seele. Sie hatte gelacht und er, der kleine Jordan, hatte mitgelacht, ohne zu wissen warum. Das Gefühl dieses Lachens kroch ihm die Kehle hinunter und legte sich lauernd in seinen Eingeweiden schlafen. Hatte sein Vater da schon die Entscheidung gefällt, sie zu töten? Zum Besten seines Sohnes, der gelacht hatte und damit die Seite der Mutter wählte, ohne zu wissen, was er tat. Verflucht seien diese Kelche, er brauchte sie nicht einmal aus der Schatulle zu befreien, um sie sich an die Zähne zu schlagen.

„Ich brauche ein Schiff.“ Wenn dieser Margoro ihm die Kelche zukommen ließ und ihn dann bestahl, sollte er sich nicht bedanken? Margoro, was für ein Name. War es auf der Dracheninsel zu heiß, sich an seines Vaters Namen zu erinnern oder begann die Vergesslichkeit bereits bei der Mutter? Die Stimme seines Vaters. Welchen Kelch musste er leeren, um sich dieses Blut aus den Adern zu spülen? Er ertappte sich dabei, wie sein Blick einen Spiegel suchte und nur Alecus verwirrte Augen fand. Die Traumbannerin würde den richtigen Kelch für ihn wählen und er würde ihr die Waffe bringen, ihre Ketten zu zerschlagen und was immer ihr Herz noch begehrte.

Die Nacht war ein seltsames Geschöpf. Sie bot jedem Zuflucht, dem Schlaf, der Liebe, dem Verbrechen, nur nicht der Vernunft. In Jordans Gedanken machte sich die Versuchung laut: Warum auf Born warten? Warum auf Alecus hören? Warum nicht Ganz Erkennen?

Sein Blick ging zur offenen Schatulle. Der Samt, in dem sie ihre Kostbarkeiten barg, glänzte speckig; sooft hatte er mit den Fingern über den Rand gestrichen. Born war in seinem Bemühen die Zeichen zu deuten, keinen Schritt voran gekommen. Er schon. Der Kelch, der ihm nun, als hätte das seltsam lebendige Etwas Vertrauen zu ihm gefasst, sein Zeichen auch ohne Spiegel offenbarte, schmiegte sich warm und vollendet in seine Hand. *Erkenne Ganz.*

Er schüttete ein wenig Wasser hinein, trank und harrte der Antwort, die die Traumbannerin darin versenkt haben mochte.

Sein Magen bäumte sich in Erwartung des kalten Geschmacks der Magie auf, doch es geschah nichts. Eben wollte er nachschenken, einen anderen Kelch wählen, als er feststellen musste, dass er zu Füßen des Wachturms stand, der seit den Magierkriegen keinen Sinn mehr kannte außer dazustehen und Wachsamkeit zu gemahnen vor dem ausgetrockneten Wehrgraben, in dem seine Mutter den Tod gefunden hatte, oder der Tod seine Mutter.

Erkenne Ganz, er hatte es so gewollt. Er öffnete die Tür und trat durch die Berührung von Spinnweben in eine nahezu vollkommene Dunkelheit. Doch die Stufen fanden sich und auch die Tür zum Wehrzimmer. Er stieß sie auf, in Erwartung seiner Traumbannerin, und ihm war der Atem verschlagen.

Der Rücken, der sich ihm darbot wie offenes Fleisch, entpuppte sich als Seite aus dem Buch vergessenen Leids. Ein Palriadin, weitergereicht und weitergereicht, bis sein Rücken keinen Platz mehr bot für die Kunst des Tätowierers. Der Kopf senkte sich und graues Haar entblößte den Brand. Die Familie Thalis pflegte noch den alten Brauch, den Palriadin mit dem Feuer an das Haus zu binden. Andere Häuser zogen nun die in Tinte getauchten Nadeln vor und bestickten Körper wie Kissen.

„Wie schön, Euch wiederzusehen, kleiner Fürst." Die Linien eines früh gealterten Gesichts ordneten sich zu einem vertrauten Lächeln, das in seinem Antwort fand. „ Colder!"

„Ja, ich bin es: Col der Schnitzer. Ihr erinnert Euch."

Holzpferde galoppierten ihm durch den Kopf. „Ja, ich erinnere mich."

„Ich danke Euch, dass Ihr mich noch einmal brauchen könnt." Das warmes Lächeln erstarb in düsterer Gewissheit. „Euer Vater hatte also Erfolg."

„Erfolg?"

Als der gealterte Palriadin seiner Mutter sich erhob, war deutlich zu erkennen, dass man ihm mehr als Tätowierungen hatte zukommen lassen.

„Fürst Thalis hat alles getan, um Euch davor zu bewahren, das Talent Eurer Mutter in Euch zu finden. Er hat Euch sehr geliebt, schon vor Eurer Zeugung."

„Ich verstehe nicht." Jordans Blick zog es zur Tür.

„Setzt Euch, und ich werde erzählen, was ich weiß." Col nahm die Figur, an der er geschnitzt hatte, wieder auf. „Die Magierkriege um Caalum haben alles verändert."

Der Mann schien buchstäblich alles erzählen zu wollen. Jordan streifte die Gänsehaut an seinen Unterarmen ab. Das war ein verrückter, einsamer alter Kauz, der zufällig einmal zu seiner Mutter gehört hatte. Er war verkauft worden, noch bevor sie starb, er wusste gar nichts! „Verzeiht, Col der Schnitzer. Ich weiß gar nicht mehr, wie, warum ich hier ..."

„Das wisst Ihr sehr wohl, kleiner Fürst!", unterbrach Col ihn streng und gebot ihm, seine Schnitzerei anzusehen. „Sie hat Euch hierher geführt."

Sie war es! Der alte Mann hatte seine Traumbannerin aus einer Wurzel herausgeschält, als hätte sie ihm Modell gestanden. Ihr Gesicht, allzu geadelt durch den Hunger, schmal. Das Haar mit dem Wirbel auf der linken Seite, die Augen, dunkel wissend. Das Holz selbst schien es, hatte sich entschieden zu wachsen, um diesen Augen eine Heimstatt zu geben, damit er sie ansehen und in der Hand halten konnte. „Ich danke Dir!" Jordan griff nach ihr, doch ein Messer schob sich zwischen ihn und sie.

„Ich bin weder mit ihr noch dem Wissen zu Ende! Wo war ich?"

Jordan setzte sich neben die Bank, gehorsam wie der Knabe von einst. „Die Magierkriege haben alles verändert."

„Ja. Sie haben die Bücher verbrannt und die Menschen und sie haben ihre Sprache vergessen und ihr Wissen. Schwarze Magie nannten sie es nun."

„Die Traumbanner?"

„Traumbanner? Ich rede von dem Grund, warum Mann und Frau beieinander liegen, um einen neuen Menschen zu machen."

„Die Kunst des Liebemachens?" Er ärgerte sich, wie die Röte ihm vor ihr ins Gesicht schoss, auch wenn sie nur aus Holz war. „ Dieser Lektion bedarf ich nicht, Col, ich ..."

„Die Kunst des Menschenmachens, Jordan. Unterbrich mich nicht!" Col klopfte ihm auf den Kopf und fuhr fort. „Die Bücher der Palriadin werden noch geführt, aber keiner weiß mehr, warum bestimmte Linien verbunden werden und einige nie. Sie haben längst begonnen, die Regeln zu brechen und die Eide, die uns dereinst verbanden. Ich wurde verkauft!" Jäher Schmerz färbte Cols Gesicht grau und die Tätowierungen auf dem halb abgewandten Rücken schienen zu glühen wie frische Narben. „Ich bin geboren worden, deiner Mutter zur Seite zu sein, Generationen schritten voran für diesen Zweck, die ihren und die meinen, und ich wurde verkauft!"

„Ich verstehe deinen Schmerz, aber ..."

„Nichts verstehst du, Kindskopf! Du fürchtest dich zu sehr. Versteckst dich hinter deinem Palriadin, statt dich auf euer beider Stärke zu verlassen. Nichts hast du verstanden! Ich rede davon, dass es einen Weg gab zur Vollkommenheit und sie ihn verlassen haben! Und du willst ihn nicht mal betreten!"

„Welchen Weg? Den verrückt zu werden und sich zu töten?"

„Du weißt, dass deine Mutter sich nicht getötet hat. Sie starb für deine Bestimmung."

„Welche Bestimmung? Ein mutterloser Irrgänger zu sein?"

„Still. Dieses Selbstmitleid missachtet deine Mutter! Deine Bestimmung ist es, ein Erandun zu werden. Nur deshalb hatte sie ein Kind mit einem Mann, der sie begehrte, ohne sie ertragen zu können, und ihrer beider Gabe fürchtete."

„Erandun? Ein Dämon?" Ihm drehte sich der Magen. Verrückt zu sein, von Magie verfolgt, damit hatte er weiterzuleben begonnen. Doch Erandun? Da half auch kein schwarzer Strick, um seine Seele zu retten!

„Ein Gesegneter. Deines Vaters Linie ist so dünn geworden. Seit den Kriegen wagten sie es nicht, Kinder zu zeugen, weil die Gabe in den Thalis so hell brannte. Mit fast jedem Haus war ein Erandun möglich und ihre Wahrträume ließen sie davor zurückschrecken. Nun bist du der Letzte und mit dir wird dieses Blut unwiederbringlich verloren sein."

„Meine Vorväter waren nicht sehr fruchtbar, ja, aber du redest Unsinn! Linien. Die Gerkonen wählen das Gefäß für jede Seele, ohne Ansehen, wer bei wem gelegen hat."

Leicht fuhr ihm Col über den Mund. „Wenn du einen Hengst für eine Stute wählst, ist dir klar, was du tust. Aber eine Frau für dein Haus wählst du um des Goldes willen, nicht wegen ihres Blutes? Wer redet Unsinn? Dein Vater träumte, dass er nur einen Sohn würde zeugen können, wenn er deine Mutter schwängert, nur deshalb nahm er sie. Er hat sie getötet, als er vom Sohn träumte, der nicht von ihm war."

„Meine Mutter war eine Hure?" Sie und Col hatten Vater in den Mord getrieben!

„Still! Ein Erandun braucht einen Palriadin, dein Vater wusste das und weigerte ihn dir, hoffend die Gabe würde sich einfach nicht zeigen. Also ging sie den einzigen Weg, der Hoffnung versprach, dir einen Palriadinbruder zu gebären. Eine Tochter wäre schwachen Sinnes gewesen, aber ein Sohn hätte das Erbe seines Vaters gehabt. Dieser hätte nie Kinder haben dürfen, sie wären, gleich ob Sohn oder Tochter, irre gegangen. Die Linien lassen sich nur unter grausamen Opfern verknüpfen. Das Erbe der Palriadin ist das Wasser, welches das Feuer der Magie zu löschen weiß, bevor es einen verbundenen Pandrias verbrennen lässt."

„Pandrias, das alte Wort für Haus."

„Das, was sie zu Haus gemacht haben, wie sie die Palriadin zu Sklaven gemacht haben. Nun bezahlen die Pandrias eher einen Söldner, als ihrem Palriadin ein Schwert in die Hand zu geben, ihr Leben zu schützen. Ein Palriadin braucht keinen Besitz, lebt nur für seinen Pandrias und der sorgt für alle. Wir haben so viel vergessen, so viel verloren. Du musst das ändern! Wir brauchen einen Erandun, als Brücke in die Vergangenheit, und wir brauchen eine Traumbannerin, als Brücke in die Zukunft. Der Weg, er muss wiedergefunden werden. Durch dich! Sonst hat deine Mutter sich vergeblich geopfert und die Hoffnung, mit der ich starb, war nichts als der Trug eines Narren!"

Zorn gewann gegen den Schmerz. Col stieß ihm so heftig die Figur gegen die Brust, dass seine Worte sich erst langsam Bedeutung erkämpften. Starb?

Ehre deine Mutter, Erandun. Hilf den deinen!

Col, in einer Ecke im Stroh zusammengerollt, sterbend an einer schwärenden Wunde, die sich mit der letzten Tätowierung in sein widerstandsloses Fleisch gefressen hatte.

Ein Erandun. Es hieß, Tote umschwirrten einen Erandun wie Fliegen das Aas. Die Gabe des Geistes umklammert, allein in Staub und Kälte, im Gestank der eigenen Angst erstarrt, konnte er nicht umhin festzustellen, dass ihm zumindest dies gelang. Es war kein Traum gewesen, dass er noch Tage nach ihrem Tod mit seiner Mutter gesprochen hatte. Es war kein Traum gewesen, dass sein Vater ihn geschlagen hatte, um ihn an Dingen zu hindern, die unaussprechlich waren. Dann hatte er ihm Alecus ins Zimmer gesetzt, wie man einem tobenden Fohlen ein anderes zur Gesellschaft gibt und es hatte aufgehört. So hatte sein Vater ihm letztlich doch gegeben, was er gebraucht hatte, einen Bruder, einen Palriadin.

„Jordan." Alecus trat ein, wo eben noch Col in seinen Exkrementen gestorben war, und ging in der ihm eigenen Vorsicht an Jordan vorbei, um sich zwischen ihn und das Fenster zu stellen. Jenes Fenster, aus dem sein Vater seine Mutter gestoßen hatte.

„Alecus? Gibt es etwas, das dir etwas bedeutet?" Jordan wagte nicht sich umzudrehen, doch das war auch nicht nötig. Eine Hand legte sich auf seine Schulter.

„Außer dir, Jordan? Nein."

Col hatte nichts von Alecus gewusst. Jordan wünschte, ihn rufen zu können. Alecus war ein Palriadin, ein wahrer Palriadin, und so berichteten es die Bücher: Cols Sohn.

„Ich habe dir nie gedankt, Alecus."

Die Hand drückte zu und Alecus versuchte ein ruppiges Lachen. „Du könntest fügsamer sein, aber dankbarer?"

Jordans Hand umschloss das Holz. „Ich bin undankbar. Ich möchte, dass wir morgen zur Dracheninsel auslaufen!"

„Morgen, warum?"

Kein Wort entrang sich ihm. Gerade, weil es Alecus nicht dazu bringen würde, die Hand zurückzuziehen, konnte er ihm nicht sagen, dass es die Schulter eines Eranduns war. Erandun, Sinnbild für das widernatürliche Böse, Krankheit, Anmaßung, Wahnsinn, Tod. In den Kriegen hatten Erandun die Toten auf die Lebenden gehetzt, Dinge getan ...

„Weil ich noch etwas tun muss, bevor *ich sterben kann*." Er wandte sich zu seinem Bruder um, dessen Gesicht im Gegenlicht des Mondes dunkel blieb. Jordan lächelte ihn an, wünschte sich Alecus` Sorge zu zerstreuen und sah erschrocken Lichter um seinen Kopf tanzen.

Waren diese Lichter fähig, das Haar in Brand zu setzen? Alecus schien nichts zu bemerken, vermutlich existierten sie nur in seinem Kopf. Wie Col? Aber was war dann mit der Skulptur in seiner Hand? Vielleicht war Alecus auch tot. Sein Herz stolperte und die Lichter glühten so hell, dass er die feinen Adern in den Schatten unter den übernächtigten Augen von Alecus sehen konnte, während die Pupillen seines Palriadin geweitet in die Dunkelheit blickten. Alkohol fesselt es, hatte Born ihm gesagt. Branntwein!

„Alecus. Das Schiff läuft im Morgengrauen aus!" Wenn er Alecus fest in die Augen sah, verschwanden die Lichter.

„Wie Ihr befehlt, mein undankbarer Herr", sagte er und Jordan genoss den milden Spott in der Stimme. „Nach Euch." Sein Blick streifte das Fensterkreuz, welches den Strick seiner Mutter nicht gehalten hatte, dann folgte er Alecus.

Es war nicht schwer, sich der Küche zuzuwenden, nachdem Alecus in Richtung Stallungen getrabt war. Es war nicht schwer, sich davon zu überzeugen, dass die Lösung seines Problemes war, einfach nicht aufzuhören zu trinken, nachdem er die ersten Becher geleert hatte. Die Traumbannerin leistete ihm Gesellschaft im Lichte des niederbrennenden Küchenfeuers, stand vor ihm auf dem Tisch und wie er sich auch drehte, sie sah ihn nicht mehr an.

„Dir gefällt nicht, dass ich trinke? Dann komm doch und rede mit mir. Sag mir, was ich tun soll."

„Aufhören!"

Er fuhr herum und einen Herzschlag lang waren die Augen dunkel, voll des Wissens, ihn zu erlösen. Doch die Hand, die ihm den Becher abnahm, war ohne sichtbaren Makel von Gefangenschaft und Misshandlung. „Was tut Ihr hier so allein, Meradal? Ihr solltet mir nicht nachlaufen."

„Ich laufe Euch nicht nach! Ich hatte Hunger! Und was, bei Hetia, tut Ihr hier?"

„Ich hatte Durst!", knurrte Jordan, nahm den Becher zurück und leerte ihn mit einem Zug. Doch zum Nachschenken war keine Gelegenheit. Meradal von Veredun zu HausBergenau warf seinen Branntwein den ersterbenden Flammen zum Fraß vor.

„Nun habt Ihr Euren Auftritt als zukünftige Ehefrau gehabt. Eine gute Nacht!"

„Noch nicht ganz!" Der Branntwein hatte seine Arbeit bereits begonnen, er war jedenfalls nicht schnell genug, die Traumbannerin vor Meradals Zugriff zu retten. „Wer ist das?", fragte sie leise und ließ sich neben ihn auf die Bank fallen. „Leadeen? Ich hatte sie mir jünger vorgestellt."

Er hatte nie über das Alter der Traumbannerin nachgedacht.

„Das ist sie nicht, nicht wahr?" Sie strich mit dem Finger das Haar nach, als wolle sie es ordnen.

„Ich bin betrunken, Meradal, und ich reise morgen ab. Geht jetzt." Er nahm ihr die Traumbannerin aus der Hand. Seine Verlobte leistete ihm unbeeindruckt weiter Gesellschaft im Betrachten der wiederbelebten Flammen.

„Wohin?"

„Weit weg auf die Dracheninsel, und vielleicht verschluckt mich ein Vulkan, erspart dir das Giftmischen." Er grinste.

„Warum ich? Die Verbindung zu den Bergenau hättest du auch über meine beiden Kusinen haben können. Sie sind jünger", ihr Blick fiel auf die Statuette, „und dünner."

„Zwei von deiner Sorte? Bei den Gerkonen!" Nein, wieder wurde der Scherz zurückgewiesen. Und er überlegte, wie er sie gesehen hatte mit ihren Kusinen. „Du warst die Schönste." Auch das brachte sie nicht zum Lächeln, ihre blauen Augen mit den schwarzen Sprenkeln verdunkelten sich, und aus irgendeinem Grund konnte er sie so nicht verlassen.

„Ihr habt mit einem Wurf Welpen gespielt. Einer erwischte nie den Ball. Deine Kusinen verloren das Interesse, aber du hast so lange den Ball gerollt, bis er es begriffen hatte. Ich hoffte, du würdest mich wie einen Hund behandeln." Jordan strich über die Rüschen an ihrer Schulter. „Und du bist die Schönste."

„Weißt du, warum ich hier bin?"

„Ich bin ziemlich hübsch", bot er schnell an, erfolglos.

„Dein Palriadin hat einen Namen. Alecus, nicht Dem oder Rem oder Col."

Jordan erstarrte. Sie konnte es doch nicht wissen, sie konnte es einfach nicht wissen. Wo war der Branntwein? Ihr Profil war umspielt vom Licht der Flammen.

„Immer drei Buchstaben, das verführt dazu, sie nur bei ihrer Funktion zu nennen. Schreiber, Maler, als handele es sich um Nutzvieh oder einen Gegenstand. Ich weiß nicht, zu welchem Zweck Alecus gezüchtet und ausgebildet wurde. Deshalb hoffte ich, du wärst kein Hund." Sie lächelte und strich ihm über die Nase. „Und du bist ziemlich hübsch."

Meradals Augen schienen zu glühen wie ihre Lippen und die weichen Wangen. Sie leuchtete. Es war zu heiß in der Küche geworden und er wurde schon wieder nüchtern. Er stand auf und holte sich aus dem Schrank eine weitere Flasche. Dieses Mal hielt er sich nicht mit einem Becher auf, entkorkte die Flasche mit den Zähnen und tat einen tiefen Schluck.

„Du musst das nicht tun, Jordan", sagte sie und in ihrer Stimme schwangen hundert Worte mit, fürchteten Enttäuschung, flüsterten ein Unverstehen, riefen nach rettendem Vertrauen.

„Ich werde diese Flasche leeren und du wirst dir einen Landsitz aussuchen, wo du Hof halten willst. Nur nicht hier. Falls ich zurückkehre, werde ich dir ersparen, dich meiner zu erwehren und jedes Kind als Thalis akzeptieren, das du zur Welt bringen willst, falls du es willst."

„Was hast du vor?" Ihre Stimme bebte.

Er nahm noch einen Schluck. Der Anblick, wie er den Raum, den sie geteilt hatten, verließ, musste genügen, denn eine Antwort hatte er nicht.

An Bord der *Perle von Thalis* hatte Jordan viel Zeit, darüber nachzudenken, wie es in seinem Inneren aussah, und mit dem beweglichen Inventar daraus die Fische zu füttern. Kein Gedanke daran zu fassen erlaubt, wie er auf das Schiff gelangt war, kein Gedanke an die Kelche. Born ging auf und ab und murmelte Worte, die Jordan nichts bedeuten wollten. Mal erhielt er den erflehten Brandwein, dann wieder nicht. Die Hitze im Schiff nahm zu, als wäre ein Feuer unter ihm entfacht. Dem war natürlich nicht so. Vielmehr hatte es den Göttern gefallen, ein Feuer zu entfachen unter dem Kessel Wasser, den Menschen gerne Meer nannten, wohl um eine Suppeneinlage aus ihnen zu machen. Essen. Der flüchtige Gedanke allein ließ ihn neuerlich Einblick nehmen in das, was ihm Alecus am Morgen hineingezwungen hatte. Er wollte sich aufrichten, als der Boden sich auf ihn zubegab.

„Du hast die Vulkane der rote Perlenkette nicht gesehen. Ein Ausbruch in der Dämmerung. Zum Fürchten wunderschön."

Frauenstimmen. Wie konnte es sein, dass die Stimmen es immer schafften, an seinem Verstand vorbei direkt in ihn zu dringen, ohne sich zu erkennen geben zu müssen? Es gab keine Frauen an Bord. Doch sollte er nicht schon gewohnt sein, dass diese Geschöpfe keines Körpers bedurften, ihn zu verwirren? Er hatte aus keinem Kelch getrunken, aber vielleicht der Kelch aus ihm? Er fühlte sich so leer.

„Du kannst mich hören, deine Lider sind fester geschlossen als zuvor."

Nun, die Nichtanwesende bewies, dass sie auch keiner Augen bedurfte, ihn zu ertappen, da konnte er die seinen wohl einfach öffnen. „Meradal!"

Sie saß auf der Kante seiner Koje und hatte sich in den Gerüchen von Salzwasser und schwitzenden Männern einen trotzig schweren Blumenduft angelegt, der sich weigerte anzuerkennen, dass hier die Erinnerung an einen Garten so absurd war – er hielt inne – nun, beinahe so absurd war, wie die Trägerin dieses Duftes selbst hier an Bord. Eine Frau aus dem einflussreichsten Fürstenhaus von Allcress in Hosen und auf dem Kopf ein Ungetüm von Hut. Das Lächeln wiederum war ihm vertraut, Frauen pflegten es in ihr Gesicht zu stellen, um einem Mann seine Lächerlichkeit zu zeigen und zugleich ihren Großmut, darüber hinwegzusehen. Sie nahm ein Tuch und legte es ihm auf die Stirn, es war nicht kühl, doch kühler als sein Kopf.

„Willst du mich nicht fragen, was ich hier mache?"

„Nein!" Er wollte nicht wissen Was, das Wie hätte ihn am Rande interessiert, doch er war nicht in der Lage, etwas zu begreifen, und das Warum jagte ihm Angst ein. „Nein!" Das Schiff tat einen Schlenker, um ihn für sein unhöfliches Benehmen zu tadeln, und es kam ihm überraschend etwas hoch.

„Schade, ich dachte, es würde vielleicht drin bleiben. Du bist dünn wie ein halbtotes Pferd und du riecht wie eines, das es schon hinter sich hat."

„Danke", würgte er heraus, selbst seine Zähne schmerzten.

„Es sieht aus, als hätten wir keine Wahl." Klang es bedauernd von irgendwoher. Das war Born, das erkannte er sofort. Na, jetzt noch mal meine Zunge betatschen? wollte er hervorlachen, doch statt dessen hustete er klebriges Blut aus. Wollten sie ihm den Gnadenstoß geben, nur zu gern. *Deine Aufgabe wartet, du kannst doch nicht an der Seekrankheit sterben! Was willst du denn in den Jenseitigen Landen erzählen bis zur Erlösung: Habe mich zu Tode erbrochen? Die Himmelskuppel wird unter dem Gelächter erbeben!* Beben. Das Schiff tat einen Sprung.

„Mund auf!" Ein Kelch! Meradal wusste gar nicht, was sie da tat, aber es war immerhin besser, sagen zu können, er habe sich zu Tode getrunken.

Leben Zu Leben. Keine Ketten mehr. Er hatte sie gerettet, hatte seiner Traumbannerin die Freiheit wiedergegeben. Ihre Augen leuchteten in dunkelstem Samt, doch es tanzte der Schalk unter den Wimpern und zog ihn mit. Gras zwischen den Zehen und das Meer, wo es hingehörte, an den Horizont.

„Warte doch!", rief er. „Ich kann mich nicht mehr erinnern, wie ich dich gefunden und befreit habe. Kann mich nicht mehr daran erinnern, wie wir uns gerächt haben."

Schwarzer Sand wie vor Belascha und ein Kind saß ihm zu Füßen. Ein Mädchen in Hosen. Ihm war, als müsse er es kennen. Blaue Augen mit schwarzen Sprenkeln, die verträumt ins Irgendwo blickten, direkt durch ihn. Eine Frau mit übergroßem Sonnenhut rief aus einiger Entfernung, das Kind sprang auf und rannte ihm davon voraus.

„Fühl mal, Mama!" Es warf sich neben die Mutter in den Sand und drückte ihr etwas in die Hände. Die Frau lachte auf. „Das ist ja wunderbar, Kleines. Du hast das Kitzeln der Sandalgen zwischen den Zehen in den Stein gesprochen."

„Ja, genau das wollte ich. Es ist so lustig! Jetzt kann ich es mit nach Hause nehmen und es Alecus fühlen lassen."

Alecus? Er drehte sich nach der Traumbannerin um, doch er war allein und das Leben, welches sich vor ihm ausgebreitet hatte, klammerte sich an sein Herz. Dort hinten tauchte er selbst aus den Fluten auf und küsste die Frau.

„Nein!"

„Nein ist zwar kein Wort, mit dem es sich einen Tag gut beginnen lässt, doch ein Anfang ist es."

Es war Meradal, die ihn ansah und die blauen Augen mit den schwarzen Sprenkeln drangen tief in ihn, und versuchten ganz seine Erinnerung zu verdrängen an die Frau, dessen Leid er geteilt hatte und es zu beenden aufgebrochen war. Er hatte nicht vor, an den Wünschen seines Vaters festzuhalten, er hatte sein eigenes Leben zu wählen. Sein Leben zu leben!

„Hier. Iss!"

„Nein!"

Sie fuchtelte ihm mit Brot vor den Augen herum, berührte ihn am Arm, streifte seine Hüfte und entwand ihm seine Traumbannerin.

„Nun sei nicht störrisch. Es sind noch ein paar Tage, bis wir wieder Land unter den Füßen haben. Du musst essen!»

„Nein!" War sie denn taub geboren oder einfach nur tumb? Er entriss ihr die Statuette und schmetterte damit das Tablett zu Boden. Getroffen sprang sie zurück und schüttelte seine Mahlzeit von sich ab. Endlich wischte Zorn das triefende Mitleid aus ihren Zügen.

„Willst du von dieser Traumbannerin leben? Weder sie noch die verdammten Kelche können dir helfen, wenn du dir nicht selbst hilfst!"

Born hatte ihr alles erzählt! Er presste die Traumbannerin unter sein Kissen und unterdrückte einen Hustenanfall.

„Wenn du glaubst, sie in diesem Zustand retten zu können, bist du vollends irre!"

„Ich bin irre?" Es trieb ihn aus dem Bett auf sie zu. „Ich bin irre? Was hast du dann hier zu suchen, Frau! Was suchst du auf dem Schiff? Was wagst du dich zu gebärden wie meine Mutter? Du weißt gar nichts! Du bist völlig irre!" Etwas, um sie zu vertreiben, um sie aus der Kabine, am Besten vom Schiff zu fegen.

Die Eignerkabine hatte allerlei Vorzüge zu bieten, doch kein Stein, keine Vase bot sich seiner Hand an.

„Ich bin nicht deine Mutter. Bei Hetia, ich bin deine Verlobte, gewöhne dich dran!"

Sie klaubte sklavengleich das Geschirr zusammen und machte keine Anstalten sich zurückzuziehen. Er sah an sich hinunter und lächelte. Das Hemd war fleckig, Zeit es auszuziehen. „Meine Verlobte, fürwahr, wie konnte ich das vergessen."

„Wag es nicht!", brachte sie hervor.

Der Widerstand kam zu spät und er presste ihren Körper an den seinen. Sollte sie das Zittern der Überanstrengung mit Leidenschaft verwechseln. Sie roch nicht mehr nach Blumen, sondern nach Angst und ihre Lippen schmeckten nach Kapaun. Er biss heftiger zu, als er gewollt hatte, um den Würgereiz zu unterdrücken. Der brennende Schmerz, den ihr Knie in seinen Lenden entzündete, war etwas, das er nicht bedacht hatte bei seinem Ansinnen sie loszuwerden.

„Das wirst du nicht noch einmal vergessen!" Sie wich zurück, das Blut von ihrer Lippe wischend, fassungslos betrachtend. Dann riss sie wutentbrannt das Tablett hoch und warf es.

„Nein!", schrie er und das Silberspiel des fliegenden Gegenstandes erstarb. Es traf ihn nicht, es fiel nicht, es stand zwischen ihnen wie gefangen in ihrer beider Willen.

Jordan sah sich selbst in dem trüben Spiegel, den das Tablett abgab, desgleichen erstarrt in einer verdrehten Abwehrgeste, das Gesicht zornverzerrt, Erandun!

„Ich bin ein Monster, geh weg!", würgte er hervor, wagte nicht sich zu rühren. Ein Gedanke wütete unvollendet durch seinen Kopf. Das Tablett nehmen und es ihr – nicht zu Ende denken! „Geh!"

„Mein Fürst?"

Die Stimme des Kapitäns legte ihm einen schwarzen Strick um den Hals und zog ihn zu. „Meradal, geh!"

Ihre Augen hafteten an ihm und sie streckte das Kinn vor, wohl gleichfalls sein Ende vorwegnehmend. Hier auf dem Meer war es ein leichtes, sich einer Missgeburt wie der seinen zu entledigen.

„Mein Fürst?" Die Tür knarrte.

Traumbannerin, es ist vorbei. Es tut mir Leid. Er fühlte schon das Salzwasser in seine Lungen dringen und er wollte es atmen.

Meradal schrie nicht. Ein Schritt und sie war bei dem Tablett und packte es. Doch wie dort eingefügt von der Zeit hing es in der Luft und erwehrte sich ihrer beider Hände mit der Schwere eines Felsens.

„Loslassen, Jordan!"

„Loslassen?"

Meradal gewann den Kampf, verlor jedoch den Halt und stürzte wie von einer Axt gefällt auf ihn zu. Das Tablett traf Jordan am Schienbein und Meradals Kopf brachte ihn endgültig aus dem Gleichgewicht, er fiel auf sein Hinterteil.

Der Kapitän stand im schmalen Rahmen der Tür, nicht das Entsetzen eines Gerkonengläubigen in den Zügen, sondern eine kindliche Verlegenheit, die es Jordan schwer machte, nicht vor Erleichterung aufzulachen.

„Verzeiht. Mir war nicht bekannt, dass Ihr Euch eine Frau zur Gesellschaft ..." Die Tür schlug zu.

Jordan war nicht zur Gänze klar, was den gestandenen Seemann so verwirrte, bis er an sich hinuntersah. Meradals Locken ergossen sich in seinen Schoß, ihr Atem ging heftig und kühlte seine heiße bloße Haut. „Es ist vorbei, Meradal." Sie rührte sich nicht. „Bist du verletzt?" Behutsam versuchte er ihr Gesicht in ihrem Haar zu finden. Er hatte sie doch nicht getötet! „Meradal, bitte!" Er drehte ihren widerstandslosen Körper auf die Seite und zog sie weiter hoch in seine Arme. „Meradal." Verflucht sei der Tag, an dem er geboren war! Wenn es sie das Leben gekostet hatte, dass er an dem seinen wider besseres Wissen hing, dann ...

„Angst um mich?" Sie kam hoch und funkelte ihn an, das Gesicht weiß wie die Wand. „Da weißt du jetzt, wie es ist!"

„Meradal." Wenn er doch nur wüsste, ob sie wirklich am Leben war. Er schob sich rückwärts an seine Schlafkoje und suchte mit der Linken in den Laken nach seiner Traumbannerin.

„Jordan, sprich doch mit mir. Ich bin da!" Sie setzte an, ihm nachzufolgen, erstarrte jedoch vor seinem Tun.

Ich bin ein Erandun. Meinem Willen gehorcht das Tote, doch mein Wille nicht mir. Ich suche die Traumbannerin, die die Kelche geschaffen hat, um sie zu retten, mich zu retten. Wie kann ich daran denken, einen Menschen mit hineinzuziehen in diesen Alp, einen Menschen, der für mich in die Bresche springt statt davonzulaufen. Er blieb stumm.

Meradal erhob sich und sah ihn von oben herab lange an. Er konnte nicht anders, als sich zu wünschen, dass es nicht Verachtung war, was sich in ihr Gesicht fraß.

„Jordan."

Lauf davon!, schrie er in Gedanken und Meradal wandte sich ab. Die Furcht, sie würde einfach gehen, traf unerwartet tief. Sie beugte sich hinunter, wohl um etwas aus dem Weg zu räumen und verharrte. Dann wandte sie sich ihm wieder zu, rieb sich flüchtig die Augen und rollte einen halben Laib Brot auf ihn zu. Mit zitternder Hand ergriff er ihn.

„Willkommen auf Muwriun, der Dracheninsel."

Jordan betrat das abgenutzte Kopfsteinpflaster des Hafens und stellte fest, dass die ganze gottverlorene Insel zu schwanken schien. Er versuchte sich auf sein Gegenüber zu konzentrieren, auf die buschigen weißen Augenbrauen des Alten und die forschenden Augen darunter.

„Fürst Jordan von Bertan zu HausThalis. Ich bin Yumani, Margoros Hofmeister. Wenn Ihr die große Güte hättet, mir zur Kutsche meines Herrn zu folgen. Er erwartet Euch."

Der Alte verneigte sich und wies auf die Kutsche am Ende des Piers. Jordan brach der Schweiß aus. Ein Drache blickte ihn an, gelbe Augen funkelten und das Heben des Vorderbeins ließ die mächtigen Muskeln erahnen, die unter der faltigen smaragdgrünen Haut ihre Arbeit taten. Eine der zu groß gefütterten Eidechsen. Die abgenutzten schwarzen Krallen und der entstellend gekürzte Schwanz verrieten einen groben Umgang mit den Tieren. Jordan ließ seinen Blick schweifen und entdeckte nun überall Drachen. Vor allem noch schwerere Exemplare, die, lehmfarben und wohl von Geburt an schwanzlos, ihre Dienste als Last- und Zugtiere verrichteten.

„Fürst Thalis? Vergebt mir, dass ich Euch zu drängen wage, doch durch das große Rennen wird es in den Straßen eng."

Der grüne Kutschdrache sperrte sein Maul auf und offenbarte zahnlose Kiefer.

„Ich verstehe, Yumani."

Der Hofmeister tat einen Wink und zwei Männer kamen vor, für das Gepäck. Die beiden waren wohl wegen ihrer Körpermaße ausgewählt worden und sicherlich stattliche Inselbewohner, doch sie waren gerade einmal so groß wie Meradal. Die Kleidung war grob und farblos wie die Arbeitsdrachen, die herangeführt wurden, um die Fracht der *Perle* zu löschen.

Die Kutsche mit dem Thaliswappen hielt neben der dieses Margoro und würde zu Jordans Erleichterung Alecus, Born und Meradal aufnehmen. „Mein Gefolge wird meine Kutsche ..."

„Fürstin Meradal von Veredun zu HausThalis wird Euch selbstverständlich begleiten, mein Fürst."

Meradal schwebte in einem glühendroten Kleid den Passagierabgang hinab und drehte kokett den spitzenbesetzten Sonnenschirm. Jordan hatte nicht gedacht, dass sie an Bord bleiben würde, ebenso hätte er sich Schnee wünschen können, doch dass sie als seine Frau auftreten würde, hatte er nicht erwartet. Fesseln und in der Obhut des Kapitäns lassen, wäre die Option der Wahl gewesen.

„Willkommen auf Muwriun, Fürstin Thalis. Mein Herr wird hocherfreut sein, dass sein Vermählungsgeschenk nicht nur Euren Gatten, sondern auch Euch nach Muwriun gelockt hat."

„Die Freude ist ganz auf meiner Seite."

Meradal rauschte in dem viel zu dünnen Seidenkleid an Jordan vorbei auf die Kutsche zu. Hafenarbeiter sahen von ihren Tätigkeiten auf und vergaßen ihr Tun. Ein grauer Drache wandte sich, aus der Obacht gelassen, einem Ballen Grünzeug zu, irgendwo fiel etwas ins Wasser, und zweifellos anzügliche Bemerkungen in der fremden Melodie des Inseldialektes umbrandeten sie wie zuvor die Wellen die *Perle von Thalis*.

„Mein Fürst!", zirpte sie und Jordan war gezwungen, sich zu fügen. Er trat zu ihr an die Kutsche, bemüht, den zuckenden Hinterlauf zu ignorieren, und nahm ihre betont in der Luft nach Halt suchende Hand.

„Mein Kleid ist so erfrischend, genau die richtige Wahl für dieses Wetter, scheint mir."

Ihre blauen Augen funkelten ihn an, und es war keine Frage, welches Wesen ihm gefährlicher werden könnte: das neben, nicht jenes vor der Kutsche.

„Rot ist die Farbe käuflicher Frauen auf der Insel, daher die Begeisterung", erwiderte er und genoss das Auflaufen eben jener Farbe in ihrem Gesicht. Er hatte keine Ahnung, ob dies der Fall war, das war für die Wirkung auch einerlei. Er stieß die in der Bewegung erstarrte Meradal mit einem kleinen Hüftschubs in den Fond. „Und jetzt winke dem Kapitän, du festigst deinen Ruf."

Sie setzte tatsächlich an zu winken und stieß dann ein wütendes Schnauben aus, ihm gleich darauf beweisend, dass sie spitzes Schuhwerk trug. Jordan hielt sich lachend das Schienbein und konnte sich kaum wieder bezähmen, bis der Hofmeister des Margoro zustieg.

Alecus ging den Pier hinunter und erregte beinahe soviel Aufsehen wie Meradal, ob es an seiner Größe oder der landesunangemessenen dunklen Kleidung lag, war nicht zu entscheiden.

„Verzeiht. Ich war nicht auf eine solche Anzahl Gäste vorbereitet", brachte Yumani hörbar entsetzt hervor, als sich Alecus neben ihn setzte, den Fond verdunkelnd.

„Mehr Kopffreiheit wäre angenehm, Hofmeister Yumani, doch nicht lebensnotwendig. Wenn Ihr nun noch etwas rücken wollt. Berater Born benötigt noch ein wenig Raum."

Born riss gleichfalls strahlend die Tür auf und zwängte sich neben Alecus, der den alten Mann so sanft als möglich in die Ecke drängte. Sicherlich hatte der einiges über Festländer und ihre Sitten im Sinn, seine Brauen tanzten, doch er besann sich auf seinen Status und wies den Kutscher in stark akzentuierten Tonfall an loszufahren. Das Gefährt setzte sich in Bewegung und schaukelte zu Jordans persönlichem Missvergnügen über das Kopfsteinpflaster.

Häuser aus weiß verputztem Stein lösten die Holzbauten des Hafens ab. Die Menschen trugen Farben wie sie zu Hause nur ein Garten von exquisiter Vielfalt herzugeben vermochte, und wirkten, als täten sie zumindest drei Dinge zur Zeit.

„Was ist denn das?", fragte Meradal, ganz staunendes Kind, als eine Frau in einem Kasten vorbeigetragen wurde. Diese trug ebenfalls ein rotes Kleid und winkte Meradal hinter einem durchsichtigen Vorhang zu. Meradal bemerkte, dass sie sich hinausgelehnt hatte, und warf sich erschrocken zurück.

„Ich glaube, das ist auf dem Festland nicht üblich, Fürstin. Es nennt sich Sänfte und ist ein Privileg der Frauen. Das war die Politikerin Hesella."

„Eine Politikerfrau?"

„Nein." Yumani lachte. „Sie ist Politikerin, sogar eine sehr erfolgreiche, auch wenn die Zeichen auf Sturm stehen."

„Auf Sturm?"

„Verzeiht, das war nur so dahingesagt. So wie ich hörte, dass die Frauen auf dem Kontinent ihre Rechte zu behaupten suchen, sind es bei uns die Männer, die mehr Anteil wollen an Politik und Gottesdienst. Und ganz in der Tradition Eurer werten Königin Belascha, können die Frauen sich der Logik kaum erwehren, dass es an der Zeit ist, der anderen Hälfte der Bevölkerung gleiches Recht zuzugestehen." Der Alte lächelte. „Euch würde es hier gefallen, Fürstin." Er deutete hinaus und überall schienen sich plötzlich Frauen herauszuschälen, die Männer für sich arbeiten ließen oder allein Tätigkeiten nachgingen wie keine Frau vom Kontinent.

Ein Mann packte ein dunkelhäutiges Kind und schleuderte es zu Boden, riss es wieder hoch und trat ihm in den Bauch.

„Was macht der da mit dem Kind? Kutscher, halt!"

„Kein Kind, nur ein Wilder, der noch nicht gelernt hat, sich nicht zu entblößen. Seht, er zieht das Hemd wieder an."

„Was gibt dem Kerl das Recht, ihn so zu behandeln? Ich will aussteigen!" Meradal griff Jordans Hand und vergewisserte sich seines Einverständnisses, doch die Kutsche bog ab.

„Fürstin. Gewiss war das unschön, aber Ihr wollt mir doch nicht erzählen, dass Ihr Eure Sklaven nicht diszipliniert und nun, diese Wilden sind nur halbe Menschen, da ist es um einiges schwieriger, Verstand hineinzubringen."

„Ich dachte, es gibt keine Sklaverei auf der Insel."

„Natürlich nicht. Ich habe es nur in Euer Vokabular übersetzt. Die Wilden streunen heimatlos herum und damit sie nicht verhungern oder das Stehlen und Morden anfangen, gibt man ihnen Arbeit, Führung, ein Zuhause. Es ist nur nicht einfach, mit ihnen zurechtzukommen. Sie sind es gewöhnt nackt umherzurennen und einfach zu nehmen, was ihnen gefällt, das ist doch kein Zustand."

Alecus starrte hinaus und Jordan sah nur zu gut, was er sah: Menschen, die zu Boden sahen, wenn sie ihre Arbeit taten. Menschen, gezeichnet von den Schatten der Gewalt. Menschen, die ohne Kodex, ohne den Schutz des Mals auskommen mussten. Jordans Körper erinnerte sich, was das bedeutete. Zorn kroch ihm durch die Eingeweide. Er brauchte etwas zu trinken, Wein, besser noch Branntwein, den Erandun in sich zu zähmen.

Viele Menschen drängten sich vor dem Tor der Rennbahn, um Einlass zu erhalten. Die Kutsche hielt und wurde von ein paar Männern in lederner schwarzer Rüstung aufgehalten, Schleier verbargen ihre Gesichter. Unwillkürlich hielt Jordan nach Pfützen von Schweiß Ausschau und wunderte sich nicht über ihr übellauniges Gehabe. Yumani winkte mit einem Papier, das unter zahlreichen Siegeln beinahe riss, und quetschte sich wieder in seinen knappen Sitzplatz.

„Die werten Priesterkrieger Aharons unterstützen unsere Truppen während des Festes. Es kam in letzter Zeit zu Übergriffen seitens der Rebellen aus Dhaomond." Die Worte schienen ausgesprochen, bevor Yumani sie bedacht hatte. Er lächelte betont liebenswürdig Meradal an und fügte schnell hinzu: „Kein Grund zur Besorgnis, nur reines Diebsgesindel."

„Davon bin ich überzeugt", erwiderte Meradal und machte Akrobatik mit den Mundwinkeln, welche wohl ein Lächeln darstellen sollte, und wandte den Blick wieder hinaus.

Es war vielleicht von Vorteil herauszufinden, woran sich Rebellen erkennen ließen, dann wäre ihnen die Befreiung der Traumbannerin anzuhängen. Doch nach allem, was Alecus in Erfahrung gebracht hatte über Margoro, bedurfte es vermutlich nur einer geschäftlichen Transaktion, nicht des Gebrauches der Schwertmeister.

Die Kutsche hielt inmitten eines Komplexes von Gebäuden, die vage an einen Turnierplatz erinnerten, und Yumani wühlte sich aus der Kutsche, gleich darauf von einer nicht unbeträchtlichen Anzahl von Menschen umringt.

„Vergebt mir, Fürstin Thalis, Fürst Thalis. Die Fahrt hat sich doch hingezogen und mein Herr ist unabkömmlich. Er bittet Euch, die Gastfreundschaft in der Ehrenloge zu genießen, bis das Rennen beginnt."

„Meine Frau und meine Begleiter werden dies Angebot gerne in Anspruch nehmen, ich bestehe auf einer sofortigen Audienz."

„Mein Herr hat keine Zeit."

„Ich vertraue auf Eure Gastfreundschaft und mein Schwert", schnitt Jordan ihm das Wort ab und sah keinen seiner Gefährten an.

Yumanis Augenbrauen schienen anzuschwellen, um sich gegen Jordans kaum bemäntelte Drohung zu stemmen, doch er gab nach und winkte ihn mit sich. „Wie Ihr es wünscht, Fürst Thalis."

Die anderen wurden von einem der unscheinbaren Männer aus Yumanis Gefolge fortgeführt.

Der Komplex war riesig. Jordan erhaschte im Vorbeigehen einen Blick auf ein Renngeläuf, das alles, was er bisher gesehen hatte, zur bloßen Spielerei degradierte. Kaum abzuschätzen, wie viele Menschen so Langstreckenrennen verfolgen konnten. Er wollte eben Yumani danach fragen, als ein Schrei, ein unmenschlicher Schrei, ihn erstarren ließ.

„Das ist nur einer der Renndrachen, Fürst Thalis." Scheinbar halb belustigt, halb ungeduldig, beschleunigte Yumani seine Schritte. „Mein Herr beaufsichtigt höchstselbst die letzten Vorbereitungen für das große Ereignis. Es werden die ersten Pferde, die die Dracheninsel je betraten ..."

Ein bewachtes Tor öffnete sich auf des Hofmeisters Wink und inmitten eines Trainingsrunds stand ein Tier.

„Rabenschwarz!" Der Hengst hob den Kopf und stieß ein vertrautes Wiehern aus. Es wurde beantwortet von den unheimlichen Schreien der Renndrachen. Rabenschwarz hatte abgenommen, wirkte jedoch in guter Verfassung.

„Was hat das zu bedeuten? Yumani!" Zweifellos war dies Margoro. Den Inseladel hatte sich der feiste Kerl in Gold auf den Stoff sticken lassen.

„Ich bin Fürst Jordan von Bertran zu HausThalis und das ist mein Hengst! Das ist meine Herde!"

„Wie ..."

Jordan ließ ihm keine Gelegenheit, sich über die Aussichtslosigkeit auszulassen, einen schwarzen Hengst von einem anderen zu unterscheiden. Er legte die Mähne hinter den Ohren auf die andere Halsseite und präsentierte die Zeichen am Mähnenansatz, wo das Fell nach dem Brennen rau nachgewachsen war. „Wir können ihn rasieren, um es deutlicher lesbar zu machen. HausThalis."

„Ich wurde betrogen, ich habe viel Gold für diese Tiere bezahlt, in treuem Glauben, sie seien ..."

„Ich werde meine Pferde sofort abholen lassen. Ich hoffe für Euch, dass keine der Stuten verfohlt hat, dann ..."

„Tausende von Menschen erwarten das Rennen." Ein Lächeln ging in Margoros von mühsam bezähmter Wut verzerrten Gesicht auf und ließ nichts Gutes zu ahnen übrig.

„Ihr seid gekommen, soweit ich unterrichtet bin, um mehr über mein Verlobungsgeschenk zu erfahren. Nun, ich werde Euch nach dem Rennen den Ursprung der Kelche offenbaren, mein lieber Fürst. Ihr überlasst mir die Pferde für dieses Rennen, danach verhandeln wir über einen Kaufpreis. Ein Angebot zur Güte."

„Es ist das Lieblingspferd meiner Mutter gewesen." Jordan strich Rabenschwarz über die geweiteten Nüstern. Der Mann, der auf ihm saß, schaute ins Leere. Dessen Anspannung übertrug sich auf das Tier. Angst, das Tier zu verlieren? Das Gesicht zeigte Zeichen eines Sturzes oder wohl eher der Unbeherrschtheit Margoros. Der Hengst distanzierte sich zunehmend, es war offensichtlich, dass er sich einen neuen Herrn erwählt hatte. „Er ist fünfzehn Jahre alt."

„Ist das zu jung für ein Rennen?"

Margoros Frage enthüllte ein unsägliches Unwissen über Pferde, das Jordan schaudern machte. Jetzt sah ihn der Reiter an. Der wusste scheinbar etwas damit anzufangen und gerade das ließ Jordan noch mehr stutzen. „Beinahe." Er lächelte und sprach mehr zu dem Mann als zu Margoro. „Er hat noch nie ein Rennen verloren. Bis zu seiner Entführung ist er jeden Tag gearbeitet worden. Für seinen Reiter wird er laufen, bis er niederbricht, durch die brennenden Täler des jenseitigen Landes und zurück."

„Natürlich, natürlich." Margoro schien ein Einverständnis erkannt zu haben und wandte sich an den Mann auf dem Hengst. „Mach ihn warm oder heiß oder wie du es nennst, Ron!" Margoro klopfte das Bein des Mannes und grinste, als dieser, offensichtlich vor Schmerzen, die Luft einsog. „Und gewinne, sonst zahlt Nanja mehr als den Kaufpreis zurück!"

Der Hengst stieg leicht, aber Jordan hatte nicht zugehört, zu nah war die Traumbannerin. „Dass wir uns nicht missverstehen.

Ich will denjenigen, der die Kelche gemacht hat. Ich werde sie mitnehmen. Das ist der Handel!"

Jetzt lachte der Mann laut und Jordan erwartete beinahe den eigenen Atem zu sehen, so kalt wurde ihm in der Magengrube. „Das ist ein Handel, der nach meinem Geschmack ist, Fürst vom Kontinent. Kommt, begleitet mich zur Tribüne und seht Euch ein unvergleichliches Schauspiel an."

Die Tribüne des Margoro schien eine Reihe wohl angesehener Persönlichkeiten zu schmücken, wenn die Kleidung Rückschlüsse auf die Bedeutsamkeit zuließ. Jordan schob sich an einer Frau vorbei, die die Gespielin seines Gastgebers zu sein schien. Der ließ sich neben ihr fallen. Dafür, dass den Frauen auf der Insel so viele Privilegien zustanden, wirkte sie allzu angewidert. Das Kleid, das sie trug, entblößte einen Rücken, der blasser war als ihr Hals, was darauf schließen ließ, dass sie sich nicht aus Gewohnheit halb entkleidet unter Leute wagte. Das steinerne Gesicht, vor allem aber die arbeitsgewohnten Hände, machten ihm vollends klar, dass sie keine Frau fürs Bett war. Wenn Margoro sich diese gegen ihren Willen als Sklavin genommen hatte, brauchte Jordan sich keine Gedanken darum zu machen, wie Margoro endete. Er nickte ihr zu, doch sie schien ihn nicht zu bemerken, dann setzte er sich neben Meradal, von Alecus und Born ignoriert, wie ein ungezogenes Kind.

Das erste Rennen fand nur unter Drachen statt. Jordan wusste nicht, warum er angenommen hatte, diese Rennen würden auch nur die geringste Ähnlichkeit zu denen besitzen, die er kannte. Es war ein Schlachtfest. Die Drachen schienen halb wild, die Menschen vollends irr. Ein Drache starb, nach einem provozierten Zusammenstoß abgestochen. Das war kein Anblick für eine Frau, kein Vergnügen für einen Mann, der den Wettkampf schätzte. Die Menge johlte.

„Was ist mit unserer Vereinbarung?" Jordan hielt es nicht mehr auf seinem Platz.

„Ihr wollt das Rennen nicht sehen? Habt Ihr nicht auf Euer junges Pferd gesetzt?"

Wenn er eines seiner Pferde so sterben sehen musste, würde er diesem Margoro die gleiche Behandlung angedeihen lassen und den einfachen Weg zur Traumbannerin verlieren. „Ich ziehe es vor, mich mit dem lukrativeren Teil meines Besuches zu beschäftigen."

Wieder lachte der Mann, dass es ihm ein beinahe zwingendes Bedürfnis war, ihm hier und jetzt die Kehle aufzuschlitzen.

„Yumani. Es geht um die Kelche. Erlöse den Fürsten von der Ungewissheit."

Meradal rückte näher an Alecus heran, der behutsam eine Hand auf die ihre legte und sorgsam vermied, Jordan anzusehen. Hier war kein Platz für Worte, selbst wenn er welche gehabt hätte, hätten sie niemals genügt, Meradal standzuhalten.

Jordan folgte dem Hofmeister zurück zu den Stallungen. Es war keine Kutsche zu sehen. Würde er jetzt eine dieser Bestien besteigen müssen, um zu dem Ort zu gelangen?

„Wo ist die Glasmanufaktur?"

„Hier!" Yumani stieß die Stalltür auf und schaute ihn in vollem Ernst an. „Zumindest das, was davon übrig ist. Die Wände hinten sind noch aus der Zeit, als dies die größte und erfolgreichste Glasmanufaktur Kruschars war. Das ist nun gute zweihundert Jahre her."

Jordans Beine gaben nach. „Zweihundert Jahre. Nein."

„Die Kelche stammen aus einem Fund, der hier gemacht wurde, als mein Herr die Stallungen ausbauen ließ. Sie sind zumindest so alt. Es handelt sich um ganz exquisites Material und wir sind in der Lage es nachzuempfinden, doch auf den Meister dieser Kelche ..."

Die Worte rauschten an ihm vorbei, willenlos folgte er Yumanis Bewegungen, wie er da und dort hindeutete. Zweihundert Jahre. *Hilf den Deinen, vertraue dem Glas!* Bedeutungslos. Sie hatte es ihm von Anfang an gesagt: *Es ist zu spät!* Er war ein Erandun, ohne Hoffnung zu verstehen.

Irgendwann war es still. Er war allein mit den Drachen. Sie blickten aus grünen Augen, schmal geschlitzt vor Erschöpfung.

Die Haut war trocken, kein Schweiß, sie konnten sich nur Kühlung verschaffen, indem sie hündisch hechelten. Mechanisch drückte er den Schwengel, um die Tränke für die Verlierer des ersten Rennens zu füllen.

„Traumbannerin?", fragte er in die Leere. Keines der Tiere rührte sich. Sie blickten weiter, die Mäuler geöffnet. Ihr Durst schien vergessen und er glaubte zum ersten Mal an die sagenumwobene Fähigkeit der Drachen, die Gedanken von Menschen lesen zu können. Er war allein und er würde es bleiben bis zu seinem Tod, und sie wussten es.

Der blau schimmernde Drache, der ihm am nächsten war, senkte den beinahe zierlich wirkenden Kopf und atmete ihm die Erschöpfung ins Gesicht. Er streckte die Hand aus, als ein unmenschlicher Schrei das Tier aufschreckte, gleich einem Hieb mit der Reitpeitsche.

Er erhielt einen Stoß, ihn hatte wohl der Schwanz des flüchtenden Tieres erwischt. Sein Kopf prallte gegen das Holz. Es gab ein Knacken und da der Balken gemacht war, einige Drachen im Zaume zu halten, war es wohl sein Kopf, der nachgab. Zum ersten Mal, kommentierte er noch ironisch und erwartete den Schmerz. Der blieb aus. Jordan schaute auf seinen Körper herunter, der sich zu seiner großen Verwunderung zu seinen Füßen zusammenkrümmte. Der Drache war gegen die Wand gesprungen und hatte einigen Schaden angerichtet. Vor diesem Schrei hatte er sich also gefürchtet, vor seinem eigenen Tod. Blut sickerte aus einer Wunde an seiner Schläfe und gesellte sich zu einigen Steinen, die aus der alten Wand gebrochen waren.

Die Drachen verfolgten die Bewegungen einer Gestalt hinter ihm, er musste sich nicht umwenden, um zu wissen, wer es war. „Du hättest mir sagen können, dass du tot bist. Du hättest mir alles sagen können!" Tot und wieder zornig.

„Ich habe lange gewartet. Es gibt nicht mehr viele wie uns. Und", sie beugte sich vor und berührte seinen Körper. „Ich habe mit dir gesprochen. Du bist fortgerannt, hast nicht zugehört. Wie auch jetzt nicht."

„Ich höre dich laut und deutlich."

„Ich bin tot. Ich bin nicht die, der du zuhören musst."

Die Traumbannerin stand da in ihrem zerlumpten Kleid. Es war vielmehr ein zu großes weißes Hemd, darunter trug sie eine abgewetzte Lederhose, die schon so manchen glühenden Funken abbekommen hatte. Sie stand da, als müsse er vollkommen verstehen und dann lächelte sie das milde Lächeln seiner Mutter und trat beiseite. Meradals blaue Augen blickten durch ihn hindurch und blieben an seiner toten Hülle hängen. Alecus, sein Palriadin, stand mit Born in der Tür und sah aus, als wäre sein Verstand seinem Fürsten schon halb über die Grenze des Todes gefolgt. Warum musste er jetzt auch noch den Schmerz mit ansehen, den sein Tod verursachte?

Meradal stand zwischen den Drachen und beugte sich zu etwas herunter. Er erkannte nicht viel, Leder vielleicht und einen bleichen Totenschädel.

„Da ist sie, Jordan, deine Traumbannerin. Sie ist tot, schon lange tot." Meradal strich über die Fetzen Stoff, die unter ihrer Berührung zerbrachen wie altes Pergament. „Eingemauert, lebendig eingemauert. Kratzspuren im Stein."

Jordan fuhr herum und die Frau in Ketten hob wie entschuldigend die Schultern. „Ich hatte meine Arbeit beendet und gehorchte nicht mehr." Von Meradal unbemerkt, schob sie ein Stück spröden Stoff beiseite und legte etwas Leuchtendes frei. „Alles, was ich bin, habe ich in dieses Glas gebannt, alles, was ich weiß, ist darin bewahrt. Es ist für deine Tochter, für euer beider Tochter."

„Tochter? Ich bin tot! Ich habe die Kelche nicht verstanden, ich habe dich nicht verstanden. Es ist zu spät!"

Meradal hob den Gegenstand auf und rieb ihn zwischen den Händen. Es war ein gläserner Anhänger, der schwach in allen Farben glomm, die die Sonne hervorzubringen vermochte.

„Du bist Erandun. Die Kelche sind nur Werkzeuge. Du wirst lernen, sie zu benutzen wie alle anderen Fähigkeiten in dir. Und du wirst deine Tochter lehren, es zu tun. Hör zu!"

„*Leben zu Leben*. Wir müssen es versuchen", rief Born und öffnete neben ihm kniend die Schatulle.

„Nein!" Einen Augenblick schienen Meradal und die Traumbannerin sich anzusehen. Dann legte sie seinem Leichnam das Glas auf die Brust und küsste ihn sanft. „Sie hat auch zu mir gesprochen, Jordan. Du und ich und Alecus und Born, gemeinsam werden wir es schaffen, hörst du! Vergiss die Kelche, vergiss die Angst. Du bist Erandun! Wir können nichts mehr an ihrem Schicksal ändern, aber wir können das unsere ändern und das vieler anderer. Wir werden das Leben auskosten bis zur Neige!"

„Ist sie nicht wundervoll? Wenn ich nicht gleich die Augen öffne, wird sie mir eine verpassen und mich verfluchen." Er lachte und hielt sich gleich darauf die Rippen, nach Luft schnappend. Meradal hatte ihm wütend schnaufend eine mit dem Knie verpasst, dass die Drachen neuerlich zurückstoben. „Aber ich kann nicht zurück."

„Du kannst. Du bist Erandun! Du hast die Menschen, die du brauchst, um dich, und der Mensch, für den du bestimmt bist, hat dich erwählt. Du kannst alles!"

Sie hatte sich verändert. Seine Frau in Ketten, hatte sich diese abgestreift. Sie sah lebendig aus. Frei.

„Welchen Namen schreibe ich auf deinen Grabstein?"

Sie war nicht mehr da. Jäh ergriffen Übelkeit und Kopfschmerz die vertraute Hoheit über ihn. Er wollte sich übergeben, doch dann entschloss er sich, Meradal die Tränen fortzuküssen und einzutauchen in die lebendige Liebe ihres Seins. „Bis zur Neige", versprach er und ließ die Kette mit dem Glas der Traumbannerin über ihren Kopf gleiten.

Utz – R. Kaufmann

Jaguar verläßt die Welt

1

„Haut ... weiß wie Knochen."

Jaguar schob sich näher an den Besucher heran, der im Kreis der Männer seine Geschichte erzählte. Wenn er doch nur etwas lauter sprechen würde. Oder seinen Kopf aus dem Schatten nehmen.

„Anblick ... Haut nicht ertragen ... zweite Haut ... Kopf bis Fuß ... Geschenke."

Noch ein Stückchen näher ...

Makakis Kopf fuhr herum, als Jaguar mit dem Fuß das Bein seines Bruders berührte. „Du hast im Kreis der Männer nichts verloren!" Jaguar hörte ihn nicht, las nur von seinen Lippen.

Auch Vater von Beißfisch, der Lehrer seines Bruders, schaute ihn an. Der Blick ließ Jaguar zusammenzucken, er kroch zu den anderen Knaben zurück, neben Alligator, seinen Vaterbrudersohn.

Makaki war nicht, wie ein großer Bruder sein sollte! Er wußte genau, daß Jaguar von hier aus kein Wort verstehen konnte. Dabei war er fast schon Jungmann wie Makaki. Nicht mehr lange, und er dürfte auch bei den Männern sitzen.

Er blickte zu Vater hinüber, der mit seiner Schamanenfederhaube auf dem Kopf neben dem Häuptling saß. Vater schien nichts bemerkt zu haben.

Jaguar stand auf und ging zu den Hängematten, zog unterwegs sein kleines Steinmesser aus der Scheide, die an einem Lederriemen um seinen Hals hing, und lehnte sich an den Pfahl, an dem die Hängematte seines Bruders festgeknotet war. Mutter mit dem Neugeborenen und seine kleinen Schwestern Tukan und Ara lagen in der nächsten Matte, aber sie achteten nicht auf ihn.

Ohne Makaki aus den Augen zu lassen, zog Jaguar die Klinge ein paarmal über die geflochtenen Palmblätter, wo sie am Pfahl verknotet waren, so daß nur noch wenige Fasern die Matte hielten.

Morgen würden er und Alligator das Habono verlassen, würden für eine Handvoll Sonnen in den Wald gehen, damit ihre Nachtseelen sie fanden.

Jaguar seufzte. Ohne Nachtseele konnte er nicht Jungmann werden. Aber würde seine Nachtseele überhaupt einen Jungen wollen, der ihren Ruf kaum hören konnte?

Vor zwei Händen und fast einem Sommer war er geboren worden, einen Sommer früher als Alligator. Sie waren immer Freunde gewesen. Alligator, der Sohn des Häuptlings, und er, der Sohn des Schamanen.

Vater hatte schnell gemerkt, daß er kaum hören konnte, und begann ihn zu lehren, noch bevor er laufen konnte. Wie er das Hekuraauge nutzen konnte zuallererst. Das half, auch wenn viele Männer Jaguar schräg anguckten und einige laut forderten, er solle getötet werden. Männer wie der Vater von Beißfisch, der beste Jäger und Lehrer seines Bruders.

Aber Jaguar war der zweite Sohn von einem zweiten Sohn von einem zweiten Sohn, und jeder wußte, daß die Zwei etwas Besonderes ist und daß die Kräfte in einem zweiten Sohn stark sind. Zwei Augen hat der Mensch, zwei Ohren, zwei Arme, zwei Beine. Die Frau hat zwei Brüste, der Mann zwei Sackkugeln.

Und, vielleicht am Wichtigsten, zwei Menschen wurden gebraucht, um einen dritten zu machen.

Eine sanfte Berührung an seinem Arm brachte ihn in die Wirklichkeit zurück. Alligator stand neben ihm, sah das Messer in seiner Hand und grinste.

Manchmal beneidete er Alligator. Sein Freund war ein guter Jäger. Auf viele Schritt Entfernung hörte er das Wild. Wäre Makaki nicht schon der Schüler von Vater von Beißfisch, Alligator wäre es geworden.

„Morgen", flüsterte Jaguar und Alligator nickte.

Die Versammlung war zu Ende, der Besucher folgte dem Häuptling zu seiner Feuerstelle. Vater und Makaki kamen auf Jaguar zu, Mutter stand auf und schob den Topf näher an das Feuer. Schnell ging er vom Pfahl weg und hockte sich vor die Flammen.

„Schon wieder Hunger?" las er von Mutters Lippen. Sie lächelte.

Vater legte ihm die Hand auf die Schulter. „Morgen geht er in den Wald. Da muß er vorher genug essen" sagte er so laut, daß Jaguar ihn verstand, ohne seinen Mund zu sehen.

Jaguar nahm sich einen Löffel und schöpfte aus dem Topf, ließ dabei aber nicht Makaki aus den Augen, der sich in seine Hängematte setzte, sich zurücklegte und abstieß, um zu schaukeln.

Einen Herzschlag lang hielten die angeschnittenen Palmblätter noch, dann rissen sie und Makaki plumpste zu Boden.

Ara und Tukan brachen in helles Lachen aus, Vater lachte, Mutter lachte. Auch Jaguar lachte, aber gleichzeitig sprang er auf und rannte, Makaki hinter ihm her. Er jagte durch einen der niedrigen Ausgänge aus dem Habono, hinein in den Wald.

Makakis drei Sommer älteren Beine waren viel länger als Jaguars. Makaki warf ihn zu Boden und stieß sein Gesicht in den Schlamm. „Nichtsnutz!" schrie er laut direkt in sein Ohr. „Du wirst nie ein richtiger Mann! Du kannst nicht jagen! Du kannst nicht gegen unsere Feinde ziehen! Du kannst gar nichts!"

Jaguar strampelte mit Armen und Beinen, aber Makaki ließ ihn nicht los. „Du bist ein Nichts und du bleibst ein Nichts! Nie wird deine Nachtseele dich finden, nie wirst du eine Hüftschnur tragen dürfen. Immer wirst du nackt bleiben!"

Jaguar konnte nicht atmen, und langsam bekam er es mit der Angst.

„Du bist doch selber nackt, Makaki!"

Alligator war da!

„Wo hast du deine Hüftschnur verloren?"

Der Druck auf Jaguars Kopf ließ nach, er hob das Gesicht aus dem Schlamm, sog tief die Luft ein. Alligator stand zwei Schritte ent-

fernt, er schaute Makaki an, ein breites Grinsen auf seinem Gesicht.
Makaki sprang hastig auf und rannte zum Habono zurück.

„Makaki ist nahackt! Makaki ist nahackt!" rief Alligator.

„Makaki ist nahackt!" schrie auch Jaguar seinem Bruder nach,
bis Makaki durch den Eingang verschwand.

Morgen würde Makaki alles wieder vergessen haben. Er war
schnell wütend, aber er verzieh auch schnell.

3

Jaguar lag zusammen mit Alligator in seiner Hängematte,
die langsam hin und her schaukelte. Er spürte die Wärme in
Alligators Körper, legte seinen Arm auf die Brust des Freundes,
spürte seinen Herzschlag, seinen ruhigen Atem. Wie konnte
Alligator bloß schlafen, wo sie doch morgen in den Wald gehen
würden, damit ihre Nachtseelen sie fanden?

Zum ersten Mal würde er allein sein, denn die Nachtseele kam
nur dann. Allein im Wald, ohne Alligator in seiner Nähe, ohne
seinen Vater, ohne Makaki.

Äste im Feuer brachen und wirbelten Funken in die Dunkelheit,
der Rauch beruhigte seine Nase. Es war alles in Ordnung. Seine
Eltern, seine Geschwister, seine Onkel und Tanten, Großeltern
und Vettern, und auch seine Freunde schliefen nah bei ihm unter
dem großen Dach des Habono.

Alligators Vater und die anderen Männer beschützten sie. Kein
Feind wagte sich hier hinein.

Morgen würde er alleine schlafen, irgendwo im Wald. Er würde nicht von Alligators Kitzeln geweckt. Er würde seinen Kopf
nicht in Mutters Schoß legen, damit sie die Läuse aus seinen
Haaren suchen könnte. Er würde nicht mit Alligator im Fluß stehen und mit seinem Bogen Fische schießen.

Nichts wäre so, wie es immer gewesen war.

Er hatte Angst.

Mutter weckte ihn ganz früh durch Streicheln, Küssen und dann Kitzeln, als er immer noch nicht aus der Hängematte kriechen wollte. Er öffnete ein Auge. Die Sonne war noch nicht aus ihrem Versteck hinter den Bergen hervorgekommen. Aber dann fiel ihm ein, was ihn heute erwartete.

Vater stand schon mit der Farbe bereit. Kaum war Jaguar aus der Hängematte gekrochen, gab Vater ihm seine zweite Haut: Er bemalte seinen Körper vom Kopf bis zu den Füßen rot und trug mit schwarz die Kreise auf, die seinen Namen bedeuteten. Jaguar schloß die Augen und genoß die Berührungen der großen Hände auf seiner Haut.

Vater tippte ihm leicht gegen die Ohren, das Zeichen, daß er etwas sagen wollte. Jaguar schaute ihn an.

„Jaguar, heute gehst du in den Wald. Du nimmst nichts mit außer deinem Mut und deiner Kraft. Du wirst deine Nachtseele treffen, und wenn du zurückkommst, wirst du kein Knabe mehr sein. Dann wirst du große Verantwortung übernehmen."

Vater malte ihm einen letzten Kreis auf die Stirn, dann sah er ihm in die Augen. „Jaguar, du wirst eine schwere Prüfung bestehen müssen. Ich vertraue dir und Mutter vertraut dir auch. Wir lieben dich!" Vaters Gesicht sah so furchtbar traurig aus. Aber er würde doch nur ein paar Sonnen wegbleiben! Oder zweifelte sogar Vater daran, daß ihn seine Nachtseele finden würde?

Vaters Arme legten sich um ihn, drückten fest gegen seinen Rücken. Er legte seinen Kopf an Vaters Brust, spürte das Herz schlagen, so schnell ...

Vater küßte und streichelte ihn, und Jaguar fühlte, wie es ihm Kraft gab. Dann ließ Vater ihn abrupt los und stand auf.

Jaguar wich zurück, denn heute mußte Vater, der Schamane, auch Alligator bemalen.

Mutter zog Jaguar zu sich und schmückte ihn. Sie schob ihm bunte Federn in die Ohrlöcher und band schwarze Fäden um seine Oberarme, Knie und Fußknöchel, in die sie Arafedern steckte. Dann umarmte auch sie ihn und sagte: „Jaguar, heute ist das letzte Mal, daß ich meinen Knaben sehe. Was auch geschieht, du bist mein Sohn und ich liebe dich!"

Er lächelte, küßte sie, lief zu Vater zurück und schaute zu, wie Alligator sein Alligatormuster erhielt. Vaters Gesicht war von Jaguar abgewand und er verstand nicht, was Vater zu Alligator sagte.

Der Häuptling umarmte seinen Sohn, und dann schmückte seine Mutter ihn.

Jaguar und Alligator nahmen ihre Waffen, den langen Bogen, der vom Boden bis zu seinem Kopf reichte, und die genauso langen Pfeile und warteten auf dem offenen Platz in der Mitte des Habono.

Vater trat vor und der Häuptling hinter sie.

„Wo gehen sie hin? Wo gehen sie hin?" rief der Häuptling so laut im Hekurasingsang Vater an, daß auch Jaguar es verstehen konnte.

„Knaben sind sie. Knaben sind sie. In den Wald gehen sie. In den Wald gehen sie", antwortete Vater und sprang dabei vor und zurück.

„Was wollen sie da? Was wollen sie da?"

„Sie wollen ihre Nachtseelen treffen. Sie wollen ihre Nachtseelen treffen."

„Was sagen die Hekura? Was sagen die Hekura?"

„Sie werden Männer werden. Sie werden Männer werden."

„Was müssen sie tun? Was müssen sie tun?" stellte der Häuptling seine letzte Frage.

„Tanzen. Sie müssen tanzen. Sie müssen für ihre Nachtseelen tanzen!"

Und sie tanzten, Jaguar den Jaguartanz, sein Freund und Vaterbrudersohn den Alligatortanz.

Dreimal tanzten sie alleine um den Platz herum, dann schlossen sich ihnen die Männer an, die alle ihre zweite Haut trugen und darauf die Zeichen ihrer Namen. Jaguar und Alligator tanzten aus dem Habono hinaus. Und dann lief Jaguar los, lachend vor Freude, daß er seine Nachtseele finden würde und kein Knabe mehr wäre und bei den Männer sitzen dürfte.

114

5

Der Tag schien endlos. Niemand, mit dem er spielen konnte, nichts, das er zu tun hätte. Er badete ein paarmal im Fluß, beobachtete Ameisen, schaute den Affen zu, die in den Bäumen herumturnten.

Er könnte seine Hekura rufen. Jeder Schamane hatte Hekura. Die Mächtigsten hatten viele, starke. Er hatte nur wenige. Eigentlich durfte er gar keine haben, er war ja nicht einmal Jungmann. Er hatte sie heimlich gesammelt, aber bestimmt wußte Vater davon.

Es waren nur kleine, schwache Hekura. Eine Wühlmaus, ein Kakadu, ein kleiner Piranha. Tiere, die er sterbend im Wald oder am Bachufer gefunden hatte. Ihre Hekura waren bei ihm geblieben, hielten sich immer in seiner Nähe auf. Aber er durfte sie nicht rufen. Nicht jetzt, wo er auf seine Nachtseele wartete.

Der Hunger kam. Er war es gewohnt, jederzeit bei jedem in der Hütte etwas zu essen zu bekommen, aber hier war niemand außer ihm, und er durfte sich auch keine Maden oder Spinnen suchen. Er lief wieder herum, dann setzte er sich, döste, bis das Knurren seines Magens ihn wieder weckte. Sein Bauch tat richtig weh. Wie gerne hätte er jetzt nur eine winzig kleine Ameise gegessen. Oder wenigstens eine Laus geknackt, wie er es tat, wenn er auf Alligators Kopf eine fand.

Bis zum Abend dachte er an nichts anderes als Essen, Essen, Essen. Er lief zum Fluß, sprang ins Wasser, stieg wieder heraus. Er kletterte auf einen Baum, hangelte sich an den Ästen entlang, ließ sich an einer Schlingpflanze wieder hinunter.

Sein Bauch grummelte und schmerzte. Er hockte sich auf die Erde, zog die Beine ganz hoch und legte die Stirn darauf.

Wie gerne wäre er wieder zu Hause, läge mit Mutter in der Hängematte und schaukelte, spürte ihre weichen Hände auf seiner Brust, an seinen Beinen. Sie würde ihn küssen, am Bauch, wo er so empfindlich war, bis er lachte und nicht mehr traurig war.

Er dachte daran, aufzuspringen, zurückzulaufen ... Nein! Vater vertraute ihm. Ein paar Sonnen, was war das schon?

Es wurde dunkel. Er war schon oft im Dunkeln im Wald gewesen, aber nicht allein. Nie allein. Er kletterte wieder auf den Baum, legte sich in eine Astgabel. Aber er wagte nicht einzuschlafen. Wenn er wach war, verriet ihm das Hekuraauge alles. Er spürte die kleinen Affen um sich herum im Baum, fühlte die Würgeschlange am Fluß, die giftige Spinne, die unten am Stamm vorbeikrabbelte.

Wenn er sich anstrengte, konnte er auch Alligator fühlen, der ein Stück weiter den Fluß hinunter schlief.

Alligator hatte gelernt, beim kleinsten Geräusch aufzuwachen. Er dagegen war im Schlaf hilflos. Er würde nichts hören.

Was war er nur für ein kleiner, dummer Junge! Makaki hatte sicherlich keine Angst gehabt, als er auf seine Nachtseele wartete. Und Alligator auch nicht. Nur er war so schwach.

Was sollte er machen, wenn ein Feind ihn fand? Im Habono wachten die Krieger über ihren Schlaf, sie töteten jeden, der in das Habono eindringen wollte. Aber hier ...

Wenn ihn sein Hekuraauge doch nur wecken könnte, sobald Gefahr drohte!

Doch so sehr er auch versuchte, an etwas anderes zu denken, seine größte Angst schob sich immer wieder in seine Gedanken: Was, wenn seine Nachtseele sich ihm nicht offenbarte?

Irgendwann siegte die Müdigkeit über Hunger und Angst, und als er aufwachte, lebend, nicht von einem Raubtier zerrissen oder von einer Giftschlange gebissen und auch noch nicht verhungert, ging gerade die Sonne auf.

Auch der nächste Tag war lang. Sein Bauch schmerzte immer mehr, er dachte schon, er würde verrückt, bis er ihn plötzlich gar nicht mehr spürte.

Seine Beine waren weich, als er aufstand, um die Sonne zu begrüßen und den wilden Tieren zu danken, daß sie ihn in Ruhe schlafen gelassen hatten. Sie wurden noch weicher, als er zum

Fluß ging, um zu trinken, nur einen Schluck am Morgen und einen am Abend.

Er hatte viel Zeit. Früher war das anders gewesen. Wenn Alligator mit seinem Vater zur Jagd gegangen war, wenn er mit anderen Jungen Bogenschießen übte, wenn er mit ihnen durch den Wald schlich, dann hatte Vater Jaguar zu sich genommen und unterrichtet.

Und jetzt kannte er schon alle Kleinen Shabash-Mysterien, konnte die Gesänge benutzen, um mit den Hekura zu sprechen, sie zu bitten. Für die Großen Mysterien war er noch nicht stark genug – er kannte zwar die Lieder, aber Vater hatte ihm verboten, sie zu singen. Die Gefahr, daß mächtige Hekura sein eigenes Hekura überwältigen könnten, sei noch zu groß.

Manchmal zeigte Alligator Jaguar, was er gelernt hatte, und so konnte auch Jaguar mit dem Bogen schießen, Pfeile machen und Pfeilspitzen, aber Alligator konnte es besser, viel besser.

Das einzige, was Jaguar besser konnte als jeder andere Knabe, war, den Pfeilen auszuweichen. Sie spielten es oft, das Pfeilspiel. Ein paar Jungen schossen auf die anderen, mit Pfeilen ohne Spitzen natürlich, und wer getroffen wurde schied aus. Wenn ihn nichts ablenkte, war er immer als Letzter übrig.

In der vierten Nacht fuhr er plötzlich aus tiefstem Schlaf hoch. Er hatte etwas gehört! Ein leises Knacken, wie von einem Ast. Aber wie konnte das sein? Nie hörte er Äste knacken, außer Alligator brach sie direkt an seinem Ohr!

Er drehte den Kopf, und da war sie, seine Nachtseele. Sie hatte ihn gefunden, offenbarte sich ihm! In einem mächtigen Jaguar lebte sie, genau wie Vater vorausgesagt hatte.

Er fühlte sein Herz im Halse schlagen. Jetzt war er vollständig, war ganz, war nicht mehr ein Kind, dem eine Hälfte des Seins fehlte.

Die gefleckte Katze bleckte ihre Zähne, aber Jaguar lachte nur.

„Hast du keine Angst, kleiner Jaguar?" fragte sie.

Jaguar schüttelte den Kopf. „Wie könnte ich? Du bist die andere Seite meiner Seele!"

6

Als er aufwachte, stand die Sonne schon wieder tief. Und dennoch hatte er das Gefühl, keinen Augenblick geschlafen zu haben. Jaguar, seine Nachtseele, hatte ihn viel gelehrt in einer Nacht und einem Tag. Mehr, als Vater ihm in zwei Händen Sommer hatte beibringen können. Zuletzt, daran erinnerte er sich am besten, hatte sie ihm gezeigt, wie er sie rufen konnte, wie er selbst zu Jaguar würde.

Sein Mund war trocken und er lief zum Fluß, um seinen Bauch mit Wasser zu füllen. Auch ein paar Maden fand er unter einem umgestürzten Baum, verschlang sie voller Heißhunger, denn jetzt mußte er nicht mehr fasten, jetzt, nachdem seine Nachtseele ihn gefunden hatte.

Als er aufblickte, sah er ein großes Kanu, das den Fluß hinauffuhr. Viele Männer ruderten es, so daß es schnell vorankam.

Einige in dem Boot, die Ruderer, waren Menschen, aber andere, die dort hockten und in alle Richtungen schauten, waren die Fremden, von denen der Besucher erzählt hatte. Ihre Gesichter, ihre Hände und Füße waren weiß wie Knochen, und der Rest war von einer zweiten Haut bedeckt, die nicht nur aus Rot und Schwarz, sondern aus allen Farben des Regenbogens bestand.

Ein großer Fremder stand in der Mitte des Kanus und schrie seine Befehle so laut, daß sogar Jaguar es hörte. Verstehen konnte er ihn nicht, seine Sprache war ihm fremd.

Der Mann trug auch auf dem seltsam geformten Kopf eine zweite Haut, dafür aber war sein Gesicht voller Haare. Und dann erschrak Jaguar zutiefst: Der Mann nahm die Kopfhaut ab! Sie war nur wie ein sonderbar geformtes Blatt. Aber darunter hatte er nicht ein einziges Haar! Welcher schreckliche Zauber mochte seine Haare dazu gebracht haben, vom Schädel hinunter ins Gesicht zu wandern?

Jaguar fühlte, daß die Knochenhäute anders waren als Menschen. Ihnen fehlte die Wärme, und besonders der große Fremde war kalt.

Eine Hand legte sich auf seinen Arm und er fuhr erschrocken hoch. Alligator stand neben ihm.

„Du darfst nicht ..." begann Jaguar, aber sein Freund unterbrach ihn. „Das Kanu der Knochenhäute, siehst du es?"

„Natürlich! Ich bin nicht blind!"

„Wir müssen zurück."

Jaguar sah das Kanu um eine Flußbiegung verschwinden, aber er zögerte. „Hat dich schon deine Nachtseele gefunden?"

Alligator schüttelte den Kopf.

„Dann können wir nicht zurück."

„Ach, Jaguar! Die anderen werden all die schönen Geschenke bekommen ..."

„Geschenke?"

„Davon hat der Fremde doch geredet. Messer mit Glasklingen, Angelhaken, Seile, die nie reißen, alles, was wir sonst von anderen Stämmen tauschen müssen, verschenken die Knochenhäute!"

„Aber du mußt deine Nachtseele kennen, um ein Mann zu werden."

„Ich lebe gerade zwei Hände Sommer. Noch zwei, drei Sommer, bevor wir die Hüftschnur tragen können. Ich kann ein andermal in den Wald gehen und auf meine Nachtseele warten."

Jaguar runzelte die Stirn.

Alligator lachte. „Du bist ein Schamane, die Nachtseele ist wichtig für dich ... und du glaubst, du darfst jetzt bei den Männern sitzen, so daß du alles hörst ..."

„Makaki kann mich jetzt nicht mehr verjagen ..."

„Wetten, daß es ihm ganz egal ist, ob du deine Nachtseele getroffen hast oder nicht?"

„Bestimmt nicht, ich bin jetzt kein ..."

„... kleiner Junge mehr?" Alligator lachte noch lauter. „Schau dich an, du bist kleiner als ich! Alle werden dich auslachen, wenn du bei den Männern sitzen willst ..."

Er warf sich auf Alligator, riß ihn um, sie rollten über den Boden, platschten ins Wasser, tauchten unter.

Prustend kamen sie wieder hoch. Alligator lachte noch immer. „Jaguar! Dein Name wird noch drei Jahre ausgesprochen werden. Und jetzt laß uns schnell zum Habono laufen, vielleicht kriegen wir doch noch was ab."

7

Alligator blieb abrupt stehen. „Hörst du den Donner?".
Er hörte nichts. „Schau, die Sonne! Es gibt keinen Donner, wenn du die Sonne siehst."
„Jaguar, ich höre den Donner!"
Wenn er doch nur hören könnte wie Alligator! „Wo?"
Alligator deutete nach vorne, zum Habono. Sie rannten weiter. Dann sah er den Rauch. Er griff nach Alligators Arm, hielt ihn fest, deutete.
Das Habono brannte!
Zwei Knochenhäute trampelten durch das Feuer, zerrten Alligators große Schwester hinter sich her. Alligator stieß einen Schrei aus, griff nach einem Pfeil, legte ihn auf, schoß, bevor Jaguar noch irgendetwas tun konnte. Eine der Knochenhäute griff sich an die Brust, taumelte, die andere hob einen kurzen Speer ...
Und dann hörte auch Jaguar den Donner.
Die Hekura schrien auf.
Jaguar riß Alligator zu Boden, als irgendetwas an ihnen vorbeisauste und Blätter zerriß, Bambus fällte, ein Loch in einen Baumstamm bohrte.
Mehr und mehr Knochenhäute kamen aus dem Habono, einer zerrte den kleinen Kaiman mit sich, ein anderer schleifte Tukan hinter sich her.
Wo waren die Krieger?
Jaguar lag auf Alligator, der heftig strampelte, hielt ihn mit aller Kraft unten. Der Donner der Knochenhäute würde sie töten!

Dann sah er den Mann mit den Haaren im Gesicht. Makaki lag über seiner Schulter, er blutete. Im ersten Moment dachte er, sein Bruder sei tot, aber dann entdeckte er Makakis Hekura.

Die Knochenhäute liefen zum Fluß, warfen die Gefangenen in das große Kanu, schlugen sie, als sie hinauszuklettern versuchten. Schon stand der Haarmann in ihrer Mitte, schrie etwas, die Paddel tauchten ins Wasser, und das Kanu fuhr schnell aufs offene Wasser hinaus.

Alligator kam unter ihm frei, stieß ihn zur Seite, rannte, Bogen und Pfeile in der Hand, zum Fluß, schoß einen Pfeil, noch einen, aber sie flogen zu kurz.

Jaguar schaute auf das Habono. Die Flammen schlugen nicht mehr hoch, nur hier und da züngelten sie noch an den Stämmen, die das Dach getragen hatten.

Wind trug den Rauch zum Fluß, er sah Alligator husten.

Vorsichtig trat er in das Rund des Habono. „Mama? Papa?"

Er schloß die Stimmen der Hekura aus, die ihm berichten wollten. Er preßte die Hände auf die Ohren, obwohl sie direkt in seinem Kopf riefen.

„Maamaaa? Paaapaaaa?"

Einzelne verkohlte Stangen ragten in den Himmel, in den sich noch immer Rauch kräuselte.

Dazwischen lagen die Frauen und Krieger.

Er fand Mutter, ihre Augen weit geöffnet, aber sie sahen nichts mehr. Er berührte ihre zu Krallen verkrampften Hände.

Mama, berühre mich, umarme mich! Mama!

Vaters Brust war zerfetzt und sein linker Arm fast abgerissen, als wäre ein Kaiman über ihn hergefallen. Er hielt noch die Rassel, die er zum Beschwören benutzte.

Alligator stieß einen wütenden Schrei aus. Er kniete neben dem Häuptling und schüttelte seinen Bogen. „Ich räche dich, Vater! Deine Mörder werden sterben! Ich werde ihnen die zweite Haut abziehen und die Knochenhaut dazu! Ich werde all ihre Frauen und Kinder töten!"

Jaguar fühlte nur Verwirrung.

Die Hekura mußten zur Ruhe kommen, aber sie waren nur zwei Jungen, wie sollten sie das schaffen?

Und die Hekura brauchten ihre Verwandten, um in ihnen einzugehen. Doch alle, die noch lebten, waren auf dem Boot der Knochenhäute.

Er starrte auf seine Eltern und sein Blick begann zu verschwimmen.

Nie wieder würde Mutter ihn umarmen, nie wieder würde er mit Vater tanzen.

Die Tränen hörten nicht auf, über sein Gesicht zu laufen.

Plötzlich hörte er Alligator nicht mehr. Er schaute an Jaguar vorbei. Jaguar drehte den Kopf, wischte sich die Augen aus. Da kam ein Mann! Vater von Beißfisch! Er hielt seine Waffen umklammert. Er sah aus, als hätte er geweint. Als er sie bemerkte, fuhr ein Ruck durch seinen Körper. „Wo wart ihr? Habt ihr das Kanu mit den Knochenhäuten nicht gesehen? Warum seid ihr nicht gekommen und habt uns davon erzählt?"

Jaguar krümmte sich.

Vater von Beißfisch drehte sich um und starrte dorthin, wo die Hängematten seiner Familie gewesen waren. „Tot ..."

„Wir müssen ihre Hekura nach Hause führen."

Vater von Beißfisch fuhr herum. „Und wie? Wo sind ihre Verwandten? Wo ist unser Schamane?"

Jaguar schluckte. „Ich bin Schamane ..."

„Du?" Vater von Beißfisch spuckte aus. „Du bist Schamane? Du kannst ja nicht einmal richtig hören!" Er schrie so laut, daß es wohl noch die Knochenhäute auf ihrem Kanu gehört hätten.

„Aber wir brauchen einen Schamanen", sagte Alligator.

Vater von Beißfisch runzelte die Stirn. „Die Mamapiteri haben einen mächtigen Schamanen." Der Mann blickte Alligator an. „Und viele Mamapiteri sind unsere Verwandte."

8

Zwei Hände Tage nach dem Überfall der Knochenhäute trank Jaguar den Bananenbrei mit der Asche und den zerstampften Knochen der Toten. So blieb ein Teil der Seele seines Vaters, seiner Mutter und seines kleinsten Bruders in ihm enthalten.

Der Schamane der Mamapiteri half. Aber auch die Mamapiteri, die mit Araparuteri verwandt waren, nahmen die Toten in sich auf, so daß kein Geist ruhelos umherstreifen mußte.

Am Morgen nach der Totenfeier setzte sich der Schamane mit ihm und Alligator zusammen. Auf seinem Schoß hatte er eine Kalebasse. „Hier ist, was von euren Verwandten übrig ist und was wir nicht in uns aufgenommen haben." Er musterte sie lange. „Was habt ihr jetzt vor?"

Jaguar wechselte mit seinem Vaterbrudersohn einen Blick. Sie hatten noch nicht darüber geredet.

„Eure Geschwister haben die Seelen ihrer Eltern nicht aufnehmen können."

Er schaute den Schamanen wütend an. „Sie werden nie die Hekura von Mutter und Vater sehen."

„Die Hekura eurer Eltern und Geschwister leben in euch, doch sie werden trotzdem umherirren auf der Suche nach ihren Kindern."

Alligator ballte die Fäuste.

Jaguar schluckte. „Ich muß ihnen folgen."

Alligator starrte ihn entgeistert an. „Du?"

„Ich bin Jungmann, Alligator, auch wenn niemand mit mir gefeiert hat. Ich habe meine Nachtseele getroffen. Ich bin kein Knabe mehr!" Seine Stimme verriet das Gegenteil.

„Ihr könntet eine Weile bei den Mamapiteri leben, eure Verwandten würden euch aufnehmen ..." Der Schamane ließ ihn nicht aus den Augen. Jaguar schüttelte den Kopf. „Je länger ich warte, desto weiter weg bringen die Knochenhäute unsere Brüder und Schwestern. Kannst du mir ein Kanu leihen? Unsere sind verbrannt."

„Ich werde es dir schenken, Jaguar."
„Dann breche ich heute noch auf!"
Der Schamane beugte sich vor. „Ich weiß, daß deine Ohren schwach sind, aber dafür hast du das Herz eines Jaguars!"

9

Als er das Kanu bestieg, kam Alligator angelaufen, seine Waffen in der Hand. „Ich begleite dich."

Jaguar war so froh, daß er Alligator gerne umarmt hätte, aber er war Jungmann und sein Freund ein Knabe, also lächelte er nur.

Sie hielten sich in der Mitte des Flusses. Der Schamane der Mamapiteri hatte sie gewarnt, daß fremde Stämme entlang des Flusses lebten, die sie vielleicht als Feinde betrachten würden.

Der Schamane hatte ihnen auch Essen mitgegeben, so daß sie nicht unterwegs nach Nahrung suchen mußten. Und Farben, damit Jaguar ihre zweiten Häute malen konnte.

Sie paddelten von Sonnenaufgang bis Sonnenuntergang. Der Fluß mündete in einen anderen, breiteren, und dann wieder in einen, der noch breiter war.

Nachts lagen sie eng zusammengedrängt in ihrem Kanu, das sie mit einem Seil an einem weit über das Wasser ragenden Ast befestigt hatten. Jaguar war froh, daß Alligator bei ihm war. So schon fehlte ihm das Tratschen und Lachen der Frauen, die Gesänge der Männer, die Schreie der Kinder.

Tagsüber schwitzten sie, nachts froren sie in dem Wind, der stetig über den Fluß wehte.

Ans Ufer zu gehen und ein Feuer zu machen, trauten sie sich nicht. Außerdem waren sie beide nicht gut im Feuermachen.

Und sowie die Sonne aufging, paddelten sie wieder los.

Alligator deutete nach vorne. „Da! Ein Dorf!"

Der Wald am Ufer war weggebrannt und ein paar Hütten standen dort. Kinder bemerkten sie und begannen zu schreien.

„Schnell!" rief Jaguar und tauchte das Paddel heftiger ins Wasser. Schon erschienen Frauen am Ufer, dann auch ein paar Männer. Einer von ihnen stieg in sein Kanu. Sie waren mit ihm auf gleicher Höhe, als er sich abstieß.

Sie paddelten mit aller Kraft, nahmen sich nicht einmal die Zeit, zurückzuschauen, ob sie noch verfolgt wurden, ob der fremde Krieger näherkam.

Sie paddelten, bis ihre Arme zu schwer wurden und Jaguar fast das Paddel verlor.

Als sie sich umdrehten, war der Fremde nicht mehr zu sehen.

10

Das Essen des Schamanen ging ihnen aus, sie mußten früh das Ufer ansteuern und nach Pilzen, Beeren und Wurzeln suchen. Manchmal fanden sie einen morschen Stamm mit leckeren Maden oder ein Volk der Bienen, die nicht stachen, von dem sie sich Honig nahmen.

Einmal, als sie der Mut verließ, blieben sie an Land und erzählten sich gegenseitig Geschichten. Solche, die sie von den Alten gehört hatten, und jene, die sie selbst erlebt hatten.

Dann spürten sie die Hekura ihrer Eltern in ihren Körpern. Die Hekura flehten, weiter zu suchen nach ihren Geschwistern. Sie schauten sich an. Jaguar sah Alligator, der vor zehn Sommern geboren worden war, kein kleiner Knabe mehr, aber auch kein Mann. „Malen wir uns an", sagte er.

Jaguar trug die rote Farbe auf Alligators Haut auf, fügte in schwarz die scharfen Zähne des Alligators hinzu.

Dann glitten Alligators Hände über Jaguars Körper, färbten ihn rot, malten die schwarzen Kreise des Jaguars.

Sie begannen zu singen, und dann tanzten sie und fühlten die Hekura in sich und die freundlichen Hekura um sich herum, und sie fühlten, wie sie stark wurden.

Bei Sonnenaufgang setzten sie ihre Fahrt fort.

Der Fluß mündete erneut in einen neuen, dessen Wasser braun vom Schlamm war. Er war so breit, daß sie das andere Ufer kaum erkennen konnten, und als sie weiter auf ihm hinunterfuhren, verschwand es völlig. Sie hielten sich an ihrem Ufer, denn sie fürchteten auf dem endlosen Wasser die Richtung zu verlieren.

Sie waren nicht mehr alleine auf dem Fluß, Kanus kamen ihnen entgegen, aber die Menschen darin beachteten sie kaum.

Mehrmals sahen sie Habonos am Ufer, doch die waren verlassen. So einladend sie auch schienen, Jaguar wagte nur, in einem von ihnen zu übernachten, wenn dort keine bösen Hekura umherirrten.

Dann wieder fuhren sie an Lichtungen vorbei, auf denen es vor Menschen nur so wimmelte. Sie standen im Wasser, Körbe in den Händen, in die andere Menschen Schlamm hineinschaufelten. Dann tauchten sie die Körbe ins Wasser, hoben sie wieder hoch und schwenkten sie hin und her, während Wasser und Schlamm in den Fluß zurückflossen.

Jaguar verstand nicht, was dieses Tun für einen Sinn hatte, warfen die Menschen doch alle Krebse wieder ins Wasser, die sie fingen.

Und dann erschraken sie so, daß sie aufhörten zu paddeln.

Vor ihnen war die Welt zu Ende.

Die Bäume hörten auf. Das war keine kleine Lichtung, auf die ein fremder Stamm sein Habono gebaut hatte.

Das war einfach das Ende der Welt.

11

„Wir ... wir träumen das nur", stotterte Alligator.

Die Strömung trieb sie langsam über das Ende der Welt hinaus.

Sie sahen riesige, graue Geistertiere, von Männern geführt, die mit dicken Seilen Bäume umrissen. Andere schleppten die Stämme weg. Männer hackten auf den Ästen herum, trugen sie zusammen, warfen sie auf ein riesiges Feuer.

„Was für eine Verschwendung von gutem Brennholz", stöhnte Alligator. Wie oft hatten die Jungen mit den Frauen trockenes Holz suchen oder kleine Bäume fällen müssen, damit ihre Feuer die Nacht über brennen konnten. Und hier rissen die grauen Tiere mühelos auch alte Bäume nieder.

Niemand achtete auf sie, ja, niemand bemerkte sie, alle waren zu beschäftigt, die Welt zu töten.

Das Ufer stieg an und verbarg die tote Welt vor ihren Blicken.

„Da!" schrie Alligator plötzlich. Jaguar sah sie auch. Knochenhäute! Viele, viele Knochenhäute. Sie liefen auf einem Steg hin und her, der weit in den Fluß hineingebaut war. An dem Steg lagen zwei unglaublich große Kanus und in jedem von ihnen steckten zwei Bäume, die selbst nur noch einen einzigen Ast hatten.

„Unser ganzes Habono paßt in so ein Kanu!"

Alligator nickte. Dann drehte er sich zu Jaguar um. „Ist die Knochenhaut mit Haaren im Gesicht hier?" Alligator wußte, daß Jaguar ihn spüren würde. Jaguar konzentrierte sich. Ja, da war sie, die Kälte. „Er ist hier", flüsterte Jaguar.

Alligator tauchte das Paddel wieder ein und steuerte das Ufer an.

„Was machen wir, wenn wir ihn gefunden haben?" fragte Jaguar.

„Wir töten ihn."

Das Kanu lief knirschend auf dem feinen Ufersand auf, sie sprangen hinaus, zogen es höher, daß die Wellen es nicht entführen konnten, nahmen ihre Messer, ihre Bögen, ihre Pfeile.

Sie kletterten die Uferböschung hinauf und blieben überrascht stehen. Vor ihnen war die Welt nicht mehr tot, vor ihnen erstreckte sich ein Wald. Nein, nicht aus Bäumen, sondern aus großen, kantigen Dingern, die aus Lehm zu bestehen schienen. Aber Jaguar spürte keine Hekura. Auch hier war die Welt tot, diese Dinger waren tot.

Auf schmalen Pfaden zwischen den Lehmdingern liefen Knochenhäute umher, aber auch Menschen. So viele Menschen!

Langsam gingen sie weiter, tauchten ein in das Gewimmel wie Ameisen in ihren Haufen. Jaguar fühlte sich unwohl, zu viele Fremde waren hier, zu viele der schrecklichen Knochenhäute.

Sie blieben wieder stehen. Jaguar hätte sich gerne die Nase zugehalten, so schlimm war der Gestank hier zwischen den Dingern, als ob die Menschen ihre Notdurft nicht im Wald, sondern vor der Feuerstelle verrichteten. Aber wie sollten sie es auch bis zum Wald schaffen?

„Es ist so schrecklich laut hier!" Alligator runzelte die Stirn. Es mußte wirklich laut sein, selbst Jaguar hörte die Stimmen der Knochenhäute.

„Schau!" Alligator deutete auf einen Menschen, der ihnen entgegenkam. Er war erwachsen, aber sein Glied war nicht an den Bauch gebunden sondern hing schlaff über seinen Sack. Wie bei einem Jungen. „Er ist nackt!" flüsterte Jaguar überrascht. Nicht einmal Makaki wäre so herumgelaufen. Manchmal vergaß er noch, sein Glied zu binden, aber wenn die Älteren dann lachend auf ihn zeigten, holte er es hastig nach.

Jaguar sah immer mehr Männer, die nackt liefen. Und dann waren da welche, die eine zweite Haut trugen wie die Knochenhäute. Aber keine Haut war bemalt.

„Es gibt keine Kinder."

Alligator schaute Jaguar an und nickte. Männer, Frauen und Knochenhäute sahen sie, aber kein einziges Kind.

„Doch, da!" rief Jaguar. Es war kein Mensch, es war eine Knochenhaut, aber klein wie sie. Eine große Knochenhaut hielt die kleine fest an der Hand und zerrte sie den Pfad entlang.

Jetzt bemerkten die Jungen, daß da noch mehr kleine Knochenhäute waren.

Jemand stieß Jaguar grob an und brüllte einen Schwall unverständlicher Worte. Es war eine riesige Knochenhaut. Jaguar starrte hoch in ihr totes Gesicht, und sie stieß ihn nochmal, mit der Faust vor die Brust, so heftig, daß er zurücktaumelte.

Sofort stellte sich Alligator zwischen ihn und die Knochenhaut, einen Pfeil auf der Sehne.

Die Knochenhaut starrte einen Moment auf Alligator, dann fuhr ihre Hand an die Seite und sie zog ein riesiges Messer, das silbern schimmerte.

Jaguar packte Alligator und zerrte ihn weg von der Knochenhaut, die ihnen mit wutverzerrtem Gesicht nachschaute.

Sie rannten zurück zu ihrem Kanu, sprangen hinein, machten es los und paddelten auf den Fluß hinaus.

Alligator starrte vor sich hin. „Wir müssen zurück in die Welt."

Jaguar blickte auf die Kalebasse zu seinen Füßen, dann schaute er seinen Vaterbrudersohn an. „Wir können erst zurück, wenn wir unsere Verwandten gefunden haben."

12

Jaguar stöhnte auf. Schon wieder eine dieser Siedlungen der Knochenhäute. Wie Geschwüre breiteten sie sich am Ufer des Flusses aus. Narben im Wald. Oder was noch vom Wald übrig war, denn die Knochenhäute schienen größten Gefallen daran zu finden, Bäume zu fällen und in kleine Stücke zu zersägen.

Und jetzt erstreckte sich am Ufer hinter den unvermeidbaren Siedlungen der Knochenhäute eine weite, baumlose Ebene. Nur dürres Gestrüpp und hohes Gras wuchs dort, so weit Jaguar sehen konnte. Mehrmals entdeckte er sonderbare Tiere, denen ähnlich, die die gefällten Bäume herumzerrten, aber auf ihnen saßen Menschen oder sie zogen Kanus, die sich irgendwie auf runden Scheiben statt Wasser fortbewegten.

Nur noch wenige Menschen lebten so weit flußabwärts. Und die meisten von ihnen arbeiteten für die Knochenhäute.

Zunächst hatten sie in jeder Siedlung nach dem Mann mit den Haaren im Gesicht gesucht, und obwohl Jaguar spürte, daß Makaki, Tukan und Ara erst vor kurzem in der Nähe gewesen sein mußten, fanden sie sie genausowenig wie die Knochenhaut. Er war auch beileibe nicht der Einzige, dem die Haare vom Kopf heruntergewandert waren. In jedem Dorf der Knochenhäute sahen die beiden Jungen solche Männer. Und, noch größeres Wunder, bei vielen schienen sich die Haare geteilt zu haben, so daß sie sowohl auf ihren Köpfen als auch in ihren Gesichtern sprossen.

Der Fluß war noch breiter geworden; einmal hatten Alligator und er versucht, ihn zu überqueren, doch nachdem sie den halben Tag gepaddelt und das jenseitige Ufer noch immer nicht erblickt hatten, kehrten sie um; sie wollten nicht die Nacht mitten in der Strömung verbringen müssen, die manchmal ganze Baumstämme mit sich trug.

Sie übernachteten am Ufer, an Stellen, die weit von den Siedlungen der Knochenhäute entfernt waren.

Sie hielten ihr Kochfeuer klein, um nicht entdeckt zu werden, legten es im Schutz überhängender Uferböschungen oder kleiner Felsbrocken an. Hier schliefen sie auch; Jaguar war sicher, daß jede Gefahr, die sich ihnen näherte, Alligator wecken würde.

Jaguar schrak hoch, spürte Alligators Hand auf seinem Arm. Instinktiv griff er nach seinen Waffen, doch Alligator schüttelte den Kopf und deutete den Fluß hinunter. Ein Stück weiter kniete ein Knochenhautmädchen am Ufer; sie schien nicht viel älter als Jaguar zu sein, aber ihre zweite Haut verdeckte alles, was ihm ihr tatsächliches Alter verraten konnte.

Das Mädchen hatte einen Korb voller zweiter Häute neben sich stehen, nahm eine nach der anderen heraus und tauchte sie ins Wasser, knetete sie, schlug sie dann auf einem flachen Stein aus.

„Warum macht sie das?" fragte Jaguar.

Alligator hob die Schultern.

Jaguar überlegte, ob sie wohl auch ihre eigene zweite Haut ablegen würde, dann könnte er sehen, ob sie noch ein Mädchen oder schon eine Jungfrau wäre.

Plötzlich fuhr Alligator zusammen und riß Jaguar zu Boden. Durch das hohe Gras sah Jaguar einen Mann, auch eine Knochenhaut, hinter dem Mädchen aus dem Gebüsch treten. Mit zwei Schritten war er bei dem Mädchen, das sich erschrocken umdrehte, griff an ihre zweite Haut und zog sie ihr über den Kopf. Ob er ihr damit andeuten wollte, sie müsse auch ihre Haut ins Wasser tauchen?

Doch dann hörte Jaguar, wie das Mädchen schrie. Der Mann legte ihr sofort eine Hand auf den Mund und warf sie zu Boden, entblößte seinen eigenen Unterleib und ließ sich auf sie fallen.

Alligator sprang auf, legte einen Pfeil auf die Sehne seines Bogens. Jaguar packte ihn am Arm. „Und wenn sie seine Frau ist?"

„Er nimmt sie mit Gewalt. Sie hat Angst. Sagen dir das deine Hekura nicht?"

„Sie sind Knochenhäute."

„Sie ist ein Mädchen."

„Jungfrau, sie hat schon Brüste."

„Aber sie ist nicht seine Frau!" Alligator riß sich los und lief lautlos auf den Mann zu. Einen stummen Seufzer ausstoßend folgte Jaguar ihm, schlug einen Bogen um die beiden Knochenhäute und näherte sich ihnen von der entgegengesetzten Seite.

Zwei Schritt vor dem Mann tauchte Alligator unvermittelt aus dem Buschwerk auf. Er rief dem Mann etwas zu, das Jaguar nicht verstand; Alligator hatte von Menschen, die für die Knochenhäute arbeiteten, eine Reihe Worte der fremden Sprache gelernt – schließlich mußten sie in den Siedlungen nach der mordenden Knochenhaut und ihren Verwandten fragen können. Jaguar selbst hörte die Stimmen der Hellhäutigen kaum, noch weniger konnte er von ihren Lippen ablesen, die hinter den Gesichtshaaren verborgen waren.

Der Mann starrte Alligator einen Moment überrascht an, dann richtete er sich langsam auf und zerrte seine zweite Haut zurecht. Einen Moment später riß er blitzschnell ein langes Messer aus einer Scheide an seiner Hüfte und stieß damit nach Alligator. Im gleichen Augenblick ließ Jaguar seinen Pfeil fliegen. Er bohrte sich tief in das Hinterteil des Mannes. Vor Schmerz aufschreiend fuhr der Mann herum, dabei verhakte sich der lange Pfeil in einem Busch. Wieder schrie der Mann auf, riß den Pfeil aus seinem Fleisch und stürmte auf Jaguar zu, der hastig einen zweiten Pfeil aufzulegen versuchte. Fast hatte der Mann ihn erreicht, als Alligator ihm den Bogen über den Schädel hieb. Der Mann ging stöhnend in die Knie. Jaguar gab den Versuch auf, einen zweiten Pfeil abzuschießen, und schlug auch mit seinem Bogen auf den Mann ein. Die Länge der Waffe gab ihr genug Wucht, den Mann zu Boden zu werfen. Der schrie jetzt aus Leibeskräften – ob vor Schmerz, Wut oder um andere Knochenhäute herbeizurufen, wußte Jaguar nicht, aber er rannte in einem Halbkreis um den Mann herum, griff nach Alligator und zerrte ihn mit sich. Sie erreichten ihr Kanu, Jaguar sprang hinein, Alligator schob es ins Wasser, zögerte dann. Jaguar, sein Paddel schon in der Hand, blickte sich um. Da stand die Jungfrau, ihre zweite Haut an sich gepreßt, direkt hinter Alligator. Sie blickte sich ängstlich nach dem Knochenhautmann um, der trotz des Pfeils wieder auf den Beinen war, und redete schnell und schrill auf Alligator ein. Jaguar glaubte nicht, daß sein Vaterbrudersohn auch nur ein Wort verstand, aber er nickte Alligator zu und der packte die Jungfrau, hob sie ins Kanu und sprang selbst hinterher. Als die Knochenhaut die Stelle erreichte, an der sie gelagert hatten, war das Kanu schon weit draußen auf dem Fluß.

13

Jaguar musterte das Mädchen. Sie hieß Onduram. Sie sagte, sie sei ein Mädchen und nicht mehr Jungfrau. Was natürlich völlig unmöglich war, denn man war erst Mädchen und wurde dann Jungfrau, genauso wie Jaguar noch Junge war und einmal Jungmann würde. Vielleicht hatte Alligator sie falsch verstanden.

Sie war einen guten Kopf größer als er und Alligator und ziemlich kräftig. Unter ihrer zweiten Haut – Hemd nannte Onduram sie – zeichneten sich kleine Brüste ab. Ein Zeichen dafür, daß sie doch schon eine Jungfrau war. Hätte sie nicht so bleiche Haut, sie wäre recht hübsch.

Er merkte, wie sie immer wieder verstohlen zwischen seine und Alligators Beine schielte. Oft rötete sich ihr Gesicht dabei. Knochenhäute waren wirklich sonderbar.

Sie fuhren jetzt schon den dritten Tag zusammen den Fluß hinunter. Onduram sprach viel mit Alligator und versuchte, auch Jaguar Worte ihrer Sprache beizubringen. Sie sagte sie laut und deutlich, und da sie zum Glück keine Haare im Gesicht hatte, konnte er bald die ihm bekannten Worte von ihren Lippen lesen.

Die Sprache der Knochenhäute war eigentlich ziemlich einfach. Für die meisten Dinge hatten sie nicht mehr als einen Begriff. So hieß die Sonne immer gleich, egal, ob sie gerade aufging, auf ihrem höchsten Punkt stand oder unterging. Und auch für Wasser hatten sie nur ein Wort, obwohl es doch fließendes und stehendes, sauberes und schmutziges, erfrischendes und abgestandenes gab.

Alligator schnüffelte. „Es riecht anders."

Auch Jaguar sog Luft tief in die Nase. Alligator hatte Recht. War das wieder ein neuer Geruch der Knochenhäute? Aber er war angenehm, kein solcher Gestank, wie ihn die Hellhäutigen sonst um sich verbreiteten.

„Jaguar ..." Alligators Stimme klang sonderbar. „Das Knochenhäutedorf."

„Ja?"

„Wir paddeln schon so lange, und es ist noch immer am gleichen Fleck."

Jaguar blickte zum Ufer. „Vielleicht ist es schon das nächste. Die sehen doch alle gleich aus." Aber er beobachtete die Siedlung, während er weiter paddelte. Und tatsächlich, das Dorf schien sich mit ihnen zu bewegen. Oder nein, sie kamen nicht voran. So sehr sie sich auch anstrengten, das Kanu blieb auf der Stelle. „Halt das Paddel still!"

Die beiden Jungen hoben ihre Paddel aus dem Wasser. Und jetzt bewegte sich das Dorf. Aber in die falsche Richtung. Jaguar schaute in das Wasser. Tiefer Schrecken erfaßte ihn. „Es strömt flußaufwärts!"

„Laß uns schnell ans Ufer fahren." Schon stieß Alligator sein Paddel wieder in das verzauberte Wasser. Jaguar zögerte auch nicht. Wenn der Fluß in die falsche Richtung floß, dann stand sicherlich ein furchtbares Unheil bevor.

Sowie der Bug des Kanus über den Uferkies schabte, sprangen die beiden Jungen heraus, wateten an Land und zerrten das Kanu hinter sich her. Erst als sie das Wasser verlassen hatten, schlugen ihre Herzen wieder ruhiger. Jetzt konnten sie es auch deutlich sehen. Statt wie vorher von links nach rechts bewegte sich der Fluß nun in die entgegengesetzte Richtung. Als hätte ein Riese die ganze Welt so angehoben, daß die Quelle tiefer als die Mündung lag.

Jaguar blickte in den Himmel, aber dort kündigte sich kein Unglück an. Er schloß die Augen, suchte nach den Hekura, von denen es selbst hier viele gab. Sie waren anders als dort, wo sein Habono gestanden hatte. Dürrer. Ängstlicher. Huschten im Verborgenen. Aber sie zeigten nicht mehr Angst als sonst. Als sei es ganz normal, daß der Fluß seine Richtung wechselte.

Auch Onduram hatte das Kanu verlassen und schaute die beiden Jungen fragend an. Stockend erklärte Alligator ihr, was passiert war. Onduram blickte auf den Fluß; ein sichtbarer Schauer lief über ihren Rücken.

Alligator zuckte mit den Schultern. „Wenn Jaguar keine Gefahr sieht, kann es nicht so schlimm sein. Ich habe Durst." Er rannte auf einen Bach zu, der ein Stück flußaufwärts – oder jetzt flußabwärts – in den breiten Strom mündete. Das Flußwasser selbst tranken die Jungen nicht mehr, es schmeckte verdorben, manchmal sogar salzig.

Jaguar nahm die Kalebasse mit der Asche seiner Verwandten aus dem Kanu und folgte Alligator zum Bach. Er kniete neben ihm nieder und schöpfte mit der hohlen Hand. Auch Onduram trank, doch sie beugte sich tief über den Bach und tauchte den halben Kopf ins Wasser.

Ängstliche Rufe und Schreie ließen Jaguar aufschauen. Von dem breiten Pfad, der ein Stück vom Fluß entfernt verlief, kam eines dieser sonderbaren Tiere angerannt. Auf seinem Rücken trug es einen Jungmann, und der war es auch, der die Schreie ausstieß. Die Hekura sagten Jaguar, daß das Tier selbst auch ängstlich war und deshalb wie verrückt auf den Fluß zustürmte. Es würde sich und seinen Reiter in die Fluten stürzen.

Jaguar legte die Kalebasse zur Seite, sprang auf und stellte sich dem Tier in den Weg. Er hob die Arme, aber er war zu klein, nicht einmal halb so groß wie das Tier, es würde sich nicht von ihm aufhalten lassen. Er brauchte ein starkes Hekura. Seine Nachtseele! Das Tier dort war ein Pflanzenfresser, es würde den Jaguar mehr fürchten als alles andere. Jaguar schloß die Augen und rief seine Nachtseele. Überrascht fuhr er zusammen, als er sie einen Augenblick später schon in sich fühlte. Er reckte sich und stieß den Schrei des Jaguars aus.

Die Erde bebte unter seinen Füßen, einen Moment glaubte er, auch der Jaguar könne das fremde Tier nicht aufhalten, doch als die Erde sich beruhigte und er noch immer fest auf beiden Beinen stand, öffnete er vorsichtig erst ein, dann beide Augen. Nur wenige Schritte vor ihm stand das große Reittier, die starren Augen vor Angst geweitet, bewegungslos bis auf den Schwanz, der heftig den Boden peitschte.

Der fremde Jungmann glitt von seinem Rücken und sank im Gras zusammen. Obwohl er sicherlich einige Sommer älter als Jaguar war, weinte er offen, anscheinend ohne sich dessen zu schämen.

Jaguar ließ seine Nachtseele wieder frei und ging langsam auf das große Tier zu, legte ihm die Hand auf die Nase. Bei den meisten Tieren war der Geruchsinn der stärkste, und dieses Tier mußte sich erst einmal an seinen Geruch gewöhnen. Er begann leise zu singen, ein beruhigendes Lied, das auch wilde Hekura besänftigte. Er spürte das kleine Hekura in dem Reittier, liebkoste es, wiegte es, bis das Tier auf seine Hinterbeine sank und sein mächtiger Schwanz ruhig lag.

Mehrere Männer rannten auf sie zu, einer ging neben dem Jungmann in die Knie, umarmte ihn, als sei er noch ein kleiner Knabe, ein anderer legte einen starken Riemen um den Hals des Tieres und führte es weg. Die übrigen starrten Jaguar an.

Alligator trat neben ihn, in der Linken den Bogen, in der Rechten einen Pfeil, sollten die Männer feindlich gesonnen sein.

Auch Onduram stellte sich zu ihnen, aber sie blieb hinter den beiden Jungen.

Der Mann, der den Jungmann umarmte, stand auf und ging langsam auf Jaguar zu. Zwei Schritte vor ihm blieb er stehen, verbeugte sich, und sein Mund bewegte sich hinter dem dichten Wald von Haaren. Jaguar blickte fragend zu Alligator.

Alligator sagte etwas, dann antwortete der Mann, drehte sich nach dem Jungmann um und rief ihm etwas zu. Zögernd stand der Jungmann auf, wischte sich die Tränen aus den Augen, kam auf Jaguar zu und streckte seine Hand aus. Jaguar wußte, daß die Knochenhäute sich so begrüßten, aber warum der Jungmann das jetzt tat, war ihm schleierhaft. Hätte er nicht erst den Mann begrüßen müssen?

„Er will sich bei dir bedanken", sagte Alligator. Jaguar warf ihm einen Blick zu, dann griff er nach der Hand des fremden Jungmannes. Der drückte sie ihm kurz und ließ sie dann so schnell los, als hätte er sich verbrannt.

Jetzt legte der Mann seine Hände auf Jaguars Schultern und sein Mund bewegte sich wie rasend. Jaguar schaute hilflos zu Alligator, aber auch der schien nicht zu verstehen, was der Mann sagte.

Das erkannte der Mann dann auch, er ließ Jaguar los und wandte sich an Alligator, sprach langsam auf ihn ein. Alligator nickte, lächelte, und drehte sich zu Jaguar um. „Die Knochenhaut, die sich Notter nennt, lädt uns ein, mit ihm zu essen."

Das war immer ein gutes Zeichen. Ein Gastmahl stand am Anfang von Besuchen und Verhandlungen zwischen den Stämmen. Jaguar nickte. „Gut." Aber warum hatte der Mann ihnen seinen Namen genannt? Kein erwachsener Araparuteri würde einem Fremden seinen richtigen Namen verraten. Vielleicht war das nur eine Bezeichnung der Knochenhäute für Vaterbruder oder etwas ähnliches.

Notter führte sie zu seinem kleinen Clan, der aus so vielen Leuten bestand wie Jaguar Finger und Zehen hatte. Dazu kamen noch einmal halb so viele Tiere, auf denen man reiten konnte, und doppelt so viele Tiere, die sechs Kanus auf Scheiben zogen. Jetzt verließen sie den breiten Pfad und bildeten auf dem toten Boden daneben einen großen Kreis. Jaguar zögerte erst, das Innere zu betreten, aber Alligator schritt furchtlos voraus, und da konnte Jaguar nicht zurückbleiben.

Einige der Knochenhäute lachten und zeigten auf Alligator und ihn, aber ein paar scharfe Worte Notters ließen sie verstummen.

Auch Onduram wurde angestarrt, aber anders.

Das Essen der Knochenhäute war genauso sonderbar wie ihre zweiten Häute. Doch Jaguar hatte Hunger und in dieser Gegend gab es selbst für Alligator nicht viel zu jagen.

Notter deutete auf Jaguars Kalebasse und fragte etwas. Alligator begann zu erzählen, und Jaguar, der sich dicht zu ihm hinüberbeugte, glaubte mehrmals das Wort Schamane zu hören. Er stieß seinem Vaterbrudersohn den Ellbogen in die Rippen. „Was erzählst du?"

„Warum wir hier sind, wohin wir wollen und daß du Schamane bist."

Jaguar runzelte die Stirn. „Du hättest lieber nichts davon gesagt."

„Warum? Sie haben uns bewirtet."

„Aber sie sind Knochenhäute. Vielleicht bedeutet es bei ihnen etwas ganz anderes, wenn man Fremden zu Essen gibt."

Alligator sah plötzlich niedergeschlagen aus, und Jaguar erinnerte sich, daß sein Freund noch ein ganzes Jahr jünger war als er selbst. „Verzeih mir, Alligator, ich wollte dich nicht schelten."

Alligator nickte nur stumm.

Wieder begann Notter zu reden, Alligator lauschte und wandte sich dann an Jaguar. „Sie bieten uns an, mit ihnen zu reisen. Drei

Tage, dann erreichen wir ein großes Dorf, in dem können wir vielleicht unsere Verwandten finden, denn die Knochenhäute bringen dort viele Menschen hin, die sie in unserer Welt fangen."

Jaguar blickte Notter an, sah, wie er den Arm um den Jungmann legte, der sein Sohn war, und dachte an seine Eltern. Vater, Mutter ... sie konnten ihn nicht mehr in den Arm nehmen, nicht mehr liebkosen, nicht mehr streicheln. Niemand, der am Feuer saß, wenn er in das Habono zurückkehrte, und ihm lauschte, wenn er erzählte, was er den Tag über erlebt hatte. Er hatte nur noch Alligator, seinen Vaterbrudersohn, und der war jünger als er, den mußte er beschützen.

Und Tukan und Ara? Waren sie wenigstens noch mit Makaki zusammen, der sich um sie kümmerte? Oder hatten die Knochenhäute sie auseinandergerissen, zerstreut ...

Männer wie diese hier hatten es getan, hatten seine Eltern, sein ganzes Dorf getötet, bis auf diejenigen, die sie verschleppt hatten. Haß flammte in Jaguar auf, instinktiv griff er nach Pfeil und Bogen. Alligator stieß einen erschrockenen Laut aus, und das brachte ihn zur Besinnung. Nicht diese Knochenhäute waren es gewesen. Andere, die sie vielleicht in dem großen Dorf fänden, zu dem die Hellhäutigen sie mitnehmen würden.

14

Mitten in der Nacht wachte Jaguar auf. Als hätte ihn etwas geweckt. Das war noch nie passiert! Er hörte einfach nicht gut genug, als daß ihn ein Nachtgeräusch aus dem Schlaf reißen konnte.

Er richtete sich auf und blickte um sich. Die Feuer waren niedergebrannt, so daß es fast völlig dunkel war; nur die Sterne schenkten ein wenig Licht. Weit konnte er damit nicht sehen. Vielleicht hatte sein Hekuraauge ihn geweckt. Er senkte die Lider und schaute nur mit seinem Hekuraauge umher.

Kein Raubtier. Keine Gefahr. Oder?

Nein, dann wäre Alligator zuerst erwacht. Aber der lag friedlich neben ihm unter der gleichen Decke, hatte sich nicht einmal gerührt, als Jaguar sich aufsetzte.

Und auch Onduram schlief fest unter ihrer eigenen Decke, die die Hellhäutigen ihr gegeben hatten.

Da! Das war es wieder. Wie ein Stich in seinem Kopf. Ein Blitz vor seinem Hekuraauge. Ein Hekura wollte mit ihm sprechen. Mit geschlossenen Augen stand er auf und folgte dem Ruf. Zur Herde. Eines der großen Tiere, auf denen die Knochenhäute ritten. Er erkannte es. Das Tier, das sich und seinen Reiter hatte in den Fluß werfen wollen.

Jaguar öffnete die Augen und suchte das Tier. Es hielt sich abseits, zur Flucht bereit, nur seine Fußfesseln hielten es in der Herde. Jaguar näherte sich ihm vorsichtig. Immerhin war es riesig, konnte ihn mit einem Fußtritt oder Schwanzhieb töten. Kurz überlegte er, seine Nachtseele zu rufen, aber er wollte das Tier nicht noch mehr beunruhigen.

Das Tier wandte ihm den Kopf zu. Er hörte sein Hekura, aber er verstand es nicht. Zu fremd. Jemand müßte übersetzen, so wie Alligator ihm die Sprache der Knochenhäute übersetzte. Ein anderes Hekura.

Jaguar hockte sich hin und schloß erneut die Augen. Dann rief er seine Hekura. Erst kam der Kakadu, dann die Wühlmaus, der Fisch zuletzt. Es fiel ihm schwer, sich außerhalb des Wassers zu bewegen.

Jaguar begann, mit dem Oberkörper vor und zurück wippend, einen Gesang, um mit seinen Hekura zu sprechen. In die monotone Melodie wirkte er seine Frage ein:

„Hekura des Kakadu, Hekura des Kakadu, hörst du mich?

Hekura der Wühlmaus, Hekura der Wühlmaus, hörst du mich?

Hekura des Fischleins, Hekura des Fischleins, hörst du mich?

Meine Freunde, meine Hekura, hört ihr mich?

Meine Freunde, meine Hekura, hört ihr mich?

Das fremde Hekura, das fremde Hekura, hört ihr es?

Das fremde Hekura, das fremde Hekura, was will es von mir?"

Die Hekura schwirrten um und durch seinen Kopf, dann schwebten sie zu dem Reittier, das jetzt ganz ruhig war, umkreisten es mehrmals, kehrten zu Jaguar zurück. Er lauschte auf ihr Wispern. Und verstand.

15

Früh am Morgen brachen die Knochenhäute ihr Lager ab.

Jaguar wandte sich an Alligator. „Sag der Knochenhaut Notter, sein Sohn soll ein anderes Reittier bekommen. Und er soll ihm den Stock mit der scharfen Spitze abnehmen."

Alligator blickte Jaguar einen Moment verständnislos an, dann weiteten sich seine Augen. „Haben die Hekura zu dir gesprochen?"

Jaguar nickte bloß. Alligator rannte los. Jaguar blickte ihm nach. Hoffentlich kannte Alligator genug Worte der Knochenhäute. Und hoffentlich hörte Notter auf ihn. Sonst gäbe es ein Unglück.

Notter rief seinen Sohn und sagte etwas zu ihm, daraufhin schien sein Sohn, der auf den Namen Kalos hörte, wütend zu werden. Er fuchtelte mit dem scharfspitzigen Stock herum und hätte beinahe Alligator verletzt, wenn der sich nicht schnell geduckt hätte. Hastig stellte sich Notter zwischen die beiden. Er griff nach Kalos' Arm und entwand ihm den Stock, dann drehte er sich zu Alligator um. Der deutete auf Jaguar.

Notter winkte ihm. Zögernd ging Jaguar auf ihn zu, ließ dabei Kalos nicht aus den Augen. Der Jungmann funkelte ihn an.

„Sie wollen, daß du erzählst, was passiert ist", sagte Alligator. Jaguar seufzte. Es war nicht gut, wenn die Knochenhäute zu viel wußten. Also beschränkte er sich darauf zu sagen, das Hekura des Reittiers hätte ihn gewarnt, es würde sich nicht mehr von

dem scharfspitzigen Stock an seiner empfindlichsten Stelle wehtun lassen.

Notter musterte ihn, dann wandte er sich an Alligator, stellte
ihm mehrere Fragen, die Alligator zögernd beantwortete. Zuletzt
nickte er, schlug die Spitze des Stockes auf einen Stein, so daß
sie klirrend zerbarst, und wies seinem Sohn ein neues Reittier
zu.

16

„*Kruschar.*" Ein sonderbares, kaum aussprechbares Wort, das
diesen unübersehbaren Haufen an Häusern – denn so nannten
die Knochenhäute die eckigen, kalten Dinger, in denen sie lebten
– benannte, der sich entlang des Flusses erstreckte. Jaguar stand
auf einem Hügel außerhalb Kruschars und schaute und schaute.
Unzählbar viele Knochenhäute und Menschen wimmelten auf
den schmalen Pfaden zwischen den Häusern herum. Und wie
viele Kinder es gab! Die Knochenhäute mußten Junge werfen
wie Ratten.

Notters *Karawane* – das war der Name seines Clans – hatte
doch mehr als drei Tage gebraucht, um Kruschar zu erreichen,
denn die Pfade zur Stadt hin waren voll von Wagen – die Kanus
auf runden Scheiben – und Reittieren, deren Besitzer alle das
große Fest besuchen wollten, das in wenigen Tagen stattfand.

Jaguar hatte viele Feste im Habono erlebt, aber wie sollten so
viele Menschen – ja, auch die Knochenhäute waren Menschen,
wenn auch keine richtigen – zusammen feiern? Wie groß mußte
das Kochfeuer sein, um sie alle zu sättigen? Wie riesig der Platz,
auf dem sie tanzen und ihre Kriegskünste vorführen konnten?
Wie viele Vögel und Affen mußten gefangen werden, um jedem
Besucher sein Gastgeschenk reichen zu können, auf daß er nicht
beleidigt nach Hause zurückkehre?

Jaguar blickte sich nach Alligator um. Sein Vaterbrudersohn
stand neben Kalos. Alligator hatte sich mit dem Älteren ange-

freundet, aber Jaguar traute ihm nicht. Die Hekura hatten ihn gewarnt, der Jungmann sei falsch. Alligator wollte nicht auf ihn hören. Zu sehr faszinierte den Jüngeren, daß Kalos auf den großen Tieren, die er *Drachen* nannte, reiten konnte, daß die anderen Tiere, die er ebenfalls Drachen nannte, auf seinen Befehl hin die schweren Wagen von Sonnenaufgang bis Sonnenuntergang unermüdlich hinter sich herzogen.

Der Jungmann deutete in die andere Richtung. Jaguar sah eines dieser Hausdinger, ein großes, und um es herum weitere kleinere Hausdinger. Eine Mauer umschloß das Ganze, schützte wohl vor Feinden wie die Außenwand des Habono. Hinter der Mauer war die Erde in einem langgestreckten Oval festgestampft, vielleicht fanden dort die Festtänze der Bewohner statt. Und rund um das Knochenhauthabono lagen Felder, auf denen viele Weißhäutige, aber auch ein paar Menschen arbeiteten. Wie in den Dörfern, die am Fluß lagen, trugen auch diese Menschen eine zweite Haut.

Der Jungmann sagte etwas zu Alligator, und der berührte Jaguar aufgeregt am Arm. „Kalos sagt, wir gehen da runter, da können wir uns das Haus ansehen."

Jaguar runzelte die Stirn. Was interessierte Alligator sich so für dieses Haus? Warum lag ihm überhaupt an den Dingen der Knochenhäute so viel? Was zum Beispiel nützte so ein Wagen? Alligator sagte, damit könne man viel mehr tragen als auf dem Rücken – aber wenn die Jäger solch einen Wagen voll Fleisch aus dem Wald mitbrachten, würde das meiste davon verderben, bevor die Menschen es essen konnten. Und viel zu schnell würde es keine Tiere mehr geben und das Habono müßte verlegt werden. Dann wäre nicht genug Zeit, um in den Gärten Mais, Maniok oder Tabak zu ziehen. Nein, so ein Wagen schadete nur. Und die Drachen? Sie fraßen so viel, daß bald gar kein Wald mehr da wäre.

Unwillig folgte er Alligator und dem Jungmann den Hügel hinab. Er konnte Alligator nicht allein lassen, mußte auf den Jüngeren aufpassen, schließlich war er Schamane. Seine Linke lag fest um die Kalebasse mit der Asche der Eltern, in der Rechten hielt er wie sein Vaterbrudersohn Bogen und Pfeile.

Onduram war bei den Knochenhäuten geblieben, als der Jungmann Alligator und Jaguar zu diesem Ausflug einlud. Der Jungmann hatte das Mädchen auch gar nicht mitnehmen wollen. Aus irgendeinem Grund mochte er sie nicht.

Sie erreichten den Knochenhauthabono. Das Tor in der Mauer stand weit offen, also fürchteten die Bewohner wohl keinen Angriff bei Tage.

Ein Knochenhautjunge, kaum älter als Jaguar, kam gerade aus einem der Häuser – einem der kleineren aus Stein -, als sie durch das Tor traten. Er starrte Jaguar und Alligator an, dann, als der Jungmann ihn anrief, lief er auf sie zu. Der Jungmann sprach ein paar Worte mit ihm, und der Junge rannte zurück in das Haus, kam kurz darauf mit einer alten Knochenhaut zurück. Jaguar starrte den Mann an. Keine Haare auf dem Kopf, aber bei ihm waren sie nicht an das Kinn hinuntergewandert sondern auf halber Strecke über den Augen hängengeblieben. Weiß und buschig wuchsen sie dort in leichtem Bogen, als kröchen zwei haarige Raupen über seine Augenbrauen.

Der Jungmann und die alte Knochenhaut sprachen eine Weile schnell miteinander, dabei deutete der Jungmann einmal auf Alligator und mehrmals auf Jaguar, und die Knochenhaut musterte sie, Alligator nur kurz, Jaguar länger. Hinten, am Haus, drückte sich noch der Junge herum, aus Neugierde wohl.

Der Alte bemerkte ihn, und gab ihm so laut einen Befehl, daß sogar Jaguar ihn hörte, wenn auch nicht verstand.

Der Junge rannte über den Hof und in eins der Häuser aus löchrigem Holz, kam kurz darauf wieder heraus und rannte zu dem Alten, gab ihm zwei zweite Häute. Der Alte reichte sie dem Jungmann, und der versuchte, sie an Alligator und Jaguar weiterzugeben. Alligator zögerte kurz, dann nahm er sie an, doch Jaguar schüttelte nur den Kopf. Er war noch kein Jungmann und außerdem würde er höchstens eine Hüftschnur tragen, aber keine dieser unbequem und rau wirkenden zweiten Häute.

Alligator stand ein wenig verloren mit der Haut in der Hand da, bis der Knochenhautjunge sie ihm lachend wieder abnahm, entfaltete und über den Kopf stülpte. Alligator zuckte zusammen, aber er ließ den Jungen machen. Die zweite Haut reichte ihm vom Hals bis auf die Schenkel und war an der Seite offen. Durch mehrere Löcher konnte man noch Alligators braune Haut sehen. Der Junge schlang noch ein Seil um Alligators Mitte; es hielt die zweite Haut zusammen.

„Ich werde mir keine zweite Haut überstülpen lassen!" sagte Jaguar und drehte sich demonstrativ um.

„Kleidung nennen die Knochenhäute sie", sagte Alligator laut. „Jeder zieht so was über seine Haut."

„Ich nicht. Ich bin keine Knochenhaut und ich will auch keine werden."

Alligator sprach mit dem Jungmann und dem Alten, und Jaguar, der ihm den Kopf zuwandte, sah, daß er mehrmals Schamane sagte. Unwillkürlich runzelte Jaguar die Stirn. Warum erzählte Alligator das den Knochenhäuten so oft?

Der Alte zuckte mit den Schultern, klaubte aus einem Lederbeutel, den er am Gürtel trug, ein paar glänzende Scheiben und gab sie dem Jungmann. Der grinste breit und lief, ohne sich von Alligator und Jaguar zu verabschieden, durch das Tor davon.

„Schlecht erzogen, dieser Jungmann", sagte Jaguar.

Wieder gab der Alte dem Knochenhautjungen einen Befehl, und diesmal packte der Junge Alligator und Jaguar an den Händen und zog sie auf das Steinhaus zu, aus dem er vorher gekommen war.

Nun gut, sie konnten ein paar Sonnenläufe hier bleiben, schließlich hatte er heute morgen erst seine Hekura in das große Dorf der Knochenhäute geschickt, damit sie nach seinem Bruder suchten.

In die Wand war ein sehr hohes und breites Tor eingelassen. Zwei Männer konnten übereinander und sicherlich mehr als vier nebeneinander hindurchgehen. Jaguar ahnte schon den Grund. Er spürte Hekura von Drachen in dem Haus, und dann fühlte er die Hekura, die nicht von dieser Welt waren. Jaguar entdeckte sie sofort, die Geistertiere. Ganz am Ende des Hauses standen sie, hölzerne Zäune hinderten sie an der Flucht. Denn nach Flucht riefen ihre Hekura. Die Drachen machten ihnen Angst, die Knochenhäute auch, und etwas, das sie erst vor kurzem erlebt und noch nicht vergessen hatten: unter ihren Hufen hatte unablässig der Boden geschwankt. Eins der Tiere war besonders unruhig, es legte sich hin, sprang wieder auf, schlug sich selbst gegen den Bauch.

Ein Weibchen. Es war weiß. Weißer als ein Kiesel im Bach. Sein Hekura schrie. Aufgebracht wütete es in dem großen, von kurzem Fell bedeckten Körper.

Jaguar hockte sich hin und begann vor und zurück zu wippen und dabei zu singen. Er rief das Hekura des Geistertiers, beruhigte es, nahm ihm die Angst, tröstete es. Allmählich legte sich die Unruhe des Geistertiers, dann stand es still und schaute Jaguar mit seinen großen, dunklen Augen an.

Jaguar erhob sich, ging langsam auf das weiße Geistertier zu und hob seine Hand, ließ das Tier seinen Geruch aufnehmen.

17

Jaguar saß auf der Mauer und schaute auf das festgetrampelte Erdoval hinter dem Knochenhauthabono – Gehöft hieß es in der Sprache der Hellhäutigen – hinunter. Die Geistertiere liefen darauf im Kreis, und auf jedem saß eine Knochenhaut. Jaguar lachte auf, als einer der Männer fast von seinem Reittier fiel. Nur ein Mann, Ron wurde er genannt, konnte wirklich reiten, die anderen klammerten sich wie verzweifelt an den langen Nackenhaaren der Geistertiere fest. Pferde nannten die Knochenhäute die Tiere.

Der dicke Mann, der Häuptling des Hofes, stand mit mürrischer Miene am Rand des Ovals und schrie den Reitern dauernd irgendwelche Befehle zu. Dabei fuchtelte er so wild mit den Armen, als wolle er einen Jaguar vertreiben.

Morgen sollte ein Wettrennen stattfinden, hatte Alligator gesagt. Nicht hier, hinter dem Hof, sondern in Kruschar. Jaguar und Alligator würden die Pferde begleiten, der dicke Mann hoffte, sie könnten sie beruhigen, denn die Tiere schienen sich nichts sehnlicher zu wünschen als ihre Reiter abzuwerfen. Nun, das konnte Jaguar verstehen. Er würde auch nicht gerne mit einer Knochenhaut auf dem Rücken immer im Kreis herumrennen müssen.

Nach einer Weile ging der Dicke in sein Gehöft zurück.

Wieder mußte Jaguar lachen, als eins der Pferde plötzlich aus der Bahn ausbrach und querfeldein davonrannte. Sein Reiter versuchte verzweifelt, es wieder in seine Gewalt zu bekommen, aber es gelang ihm nicht, Reiter und Pferd verschwanden um einen Hügel herum.

„Was lachst du?" fuhr ihn ein anderer Reiter an. „Glaubst du, du kannst es besser?"

„Laß doch", sagte Ron, „es ist doch nur ein Junge."

Jaguar sprang von der Mauer in den Sand hinunter. „Gib Pferd! Ich sitze!"

„Na?" Ron nickte dem anderen Reiter zu. Der stieg von seinem Pferd – das weiße Weibchen, dessen Hekura Jaguar beruhigt hatte – und zog es an einer Leine zu Jaguar. Der deutete auf den schweren Sattel. „Das nicht. Weibchen mag nicht."

Jetzt lachte der Reiter. „Der Kleine will auf dem bloßen Rücken reiten?" Aber er löste den Gurt, der den Sattel hielt, und nahm ihn ab. Ron stieg jetzt auch von seinem Pferd. Jaguar sah, wie sich sein Gesicht vor Schmerz verzog, als sein Bein den Boden berührte. Er war verletzt, aber anscheinend kümmerte sich niemand darum. Hatten die Knochenhäute keine Schamanen? Jaguar jedenfalls konnte die bösen kleinen Hekura genau spüren, die in der Wunde tobten.

Ron streckte die Hände nach ihm aus, wollte ihn wohl auf das Weibchen heben.

„Warte", sagte Jaguar. Er hockte sich vor Ron, schloß die Augen und sang ein Lied, um die bösen Hekura zu beruhigen.

Als er aufschaute, starrte Ron ungläubig auf ihn hinab. Jaguar senkte schnell den Blick. Die Hekura würden wieder zu toben beginnen, wenn Ron das Bein nicht schonte, und seine Gesänge hatten nicht die Kraft, die Hekura ganz zu vertreiben.

Ron bückte sich jedenfalls und hob ihn auf den Rücken des weißen Weibchens. Unruhig machte das Pferd ein paar Schritte zur Seite. Jaguar schluckte. Er saß doch ziemlich hoch und der Boden war hart. Schnell griff er in die langen Haare, die auf der Rückseite ihres Halses wuchsen. Aber noch stieg das Weibchen nicht auf ihre Hinterbeine, wie er es bei einem der anderen Pferde gesehen hatte. Er beugte sich vor und sang leise in ihr Ohr: „Ruhig, meine Freundin, ruhig. Ich bin nicht schwer, du kannst mich tragen, spürst mich kaum ...“

„Drück deine Fersen in ihre Seite“, sagte Ron, „dann geht sie los.“

Zögernd gehorchte Jaguar, und tatsächlich begann das Pferd langsam an der Mauer entlang zu laufen.

Jaguar grinste über beide Ohren.

Hatte Kruschar schon vom Hügel aus so gewirkt, als sei ein Ameisenhaufen plattgetreten worden, so fühlte sich Jaguar inmitten der Knochenhäute wie in einem Schwarm verrückt gewordener Kakadus. Er wurde geschoben, gedrückt, ihm wurde auf die Füße getreten, und einmal traf ihn ein harter Ellbogen am Kopf. Wenn er wenigstens seine Waffen hätte, aber die waren noch im Stall des Hofes. Der alte Mann hatte ihnen verboten, sie mitzunehmen.

Die Pfade der Stadt führten in alle Richtungen, sie wanden sich schlimmer als ein Bach, und zu beiden Seiten ragten die Häuser so hoch auf, daß Jaguar kaum die Sonne sehen konnte. Zum Glück mußte er nur den Pferden folgen, die wenige Schritte vor ihm gingen, sonst hätte er sich hoffnungslos verirrt.

Bis zum Beginn des Rennens wurden die Pferde in einem Stall am Rand des großen Rennovals der Stadt eingestellt. Weit von den Drachen entfernt, damit sie sich nicht noch mehr aufregten.

Auch so scheuten sie schon vor jedem, der sich ihnen näherte. Die Unzahl Knochenhäute, die sie auf dem Weg hierher umspült hatte, hatte nicht nur Jaguar Angst eingejagt.

Jaguar stellte die Urne ab, die er nie aus den Augen ließ, und hockte sich neben das Pferdeweibchen, das er am Vortag geritten hatte. Es erkannte ihn, stubste ihn immer wieder mit der großen Nase an und beschnupperte ihn. Wohl um sicherzugehen, daß er sich nicht schon in eine Knochenhaut verwandelt hatte. Jaguar blickte Alligator an, der sich unter seiner zweiten Haut heftig kratzte. „Soll ich dich lausen?"

„Das sind keine Läuse. Die leben doch nur in Haaren."

Jaguar zuckte mit den Schultern. „Vielleicht wächst dir unter deiner zweiten Haut schon so ein Pelz wie dem Alten." Einmal hatte er den alten Mann, der sie auf dem Hof begrüßt hatte, mit entblößtem Oberkörper gesehen. Zu seinem Schrecken hatte er festgestellt, daß sich die Haare des Alten bis auf Brust und Rücken ausgebreitet hatten.

Alligator zog seine Zweithaut über den Kopf und legte sie neben sich ins Heu. Wirklich daran gewöhnt, sie zu tragen, hatte er sich anscheinend nicht. Aber dafür lachten die anderen Jungen des Hofes auch nicht so häufig über Alligator wie über Jaguar. Der nahm es gelassen. Knochenhäute waren eben dumm.

Von draußen drang vielstimmiges Geschrei an die Ohren der Jungen. Dort wurde wohl schon ein Wettstreit ausgetragen. Jaguar hatte das Gefühl, der Boden würde unter seinem Hintern vibrieren. Das waren sicherlich die Drachen.

Nach und nach kamen die Reiter, und zuletzt betrat der Alte den Stall. Er klopfte jedem der Reiter aufmunternd auf die Schulter.

Jaguar und Alligator sprangen auf und hielten die Pferde fest, während Stallburschen ihnen die Sättel auflegten. Das weiße Weibchen wurde wieder unruhig, Jaguar streichelte sie und sprach sanft auf sie ein.

Kaum war der Sattel befestigt, führte ihr Reiter sie hinaus. Die anderen Pferde folgten. Plötzlich erstarrte Jaguar. Sein Kakaduhekura war gekommen. Er lauschte ihm, dann fuhr er zu

148

Alligator herum. „Mein Bruder ist hier in Kruschar!" Er hob die Urne auf und lief auf die zweite Tür des Stalles zu, die direkt auf den großen Platz neben dem Rennoval führte. Alligator folgte ihm auf dem Fuße.

„Heh!" Der Alte schrie so laut, daß sogar Jaguar ihn hörte. Er wandte kurz den Kopf, sah den Mann auf sich zueilen. „Halt! Wo wollt ihr hin?"

„Wir müssen weg", sagte Jaguar in der Knochenhautsprache und ging weiter.

„Heh!" rief der Alte wieder, aber Jaguar achtete nicht mehr auf ihn. Er hatte Wichtigeres zu tun. Doch er kam nicht weit. Vier kräftige Hände packten ihn, rissen ihn zu Boden, die Kalebasse rutschte ihm aus dem Arm. Auch Alligator wurde festgehalten, und dann schleiften die vier Stallburschen unter dem wütenden Gebrüll des Alten Jaguar und Alligator zurück zum Stall.

„Zehn Hiebe auf die Fußsohlen!" hörte Jaguar den Alten befehlen. „Jedem zehn Hiebe!"

Jaguar wurde hochgehoben und bäuchlings auf eine Bank gewuchtet, zwei Stallburschen setzten sich auf seinen Rücken und seine Beine, ein dritter begann ihm mit einer Reitpeitsche auf die Fußsohlen zu schlagen. Jaguar biß die Zähne zusammen, um nicht aufzuschreien.

Der Alte schaute noch einen Moment zu, dann, als auf dem Rennplatz ein Jubeln anhob, hastete er hinaus.

Zehn Hiebe, das waren zwei Hände voll, aber der Bursche hörte noch nicht auf, schlug weiter auf Jaguars Füße ein, bis Jaguar den Schmerz nicht mehr ertragen konnte und zu schreien anfing. Noch ein paarmal klatschte die Peitsche auf seine Haut, dann warfen die Burschen ihn ins Heu und legten Alligator auf die Bank. Jaguar wischte sich die Tränen aus dem Gesicht. Seine Füße brannten, als hätte er im Feuer gestanden. Blut tropfte ins Heu. Er blickte zu Alligator, der mit fest geschlossenen Augen und zusammengepreßten Lippen auf der Bank lag und keinen Ton von sich gab, wie hart und oft der Bursche ihn auch schlug.

Draußen steigerte sich das Gebrüll der Zuschauer so sehr, daß sogar Jaguar es hörte. Das Rennen mußte in vollem Gange sein, doch das kümmerte ihn nicht. Er mußte die Kalebasse wiederhaben und dann würde er irgendwie mit Alligator den Knochenhäuten entfliehen. Ohne daß die Stallburschen es bemerkten, kroch er auf die noch immer offenstehende Hintertür zu. Die Kalebasse lag noch da, wo er sie fallengelassen hatte. Als er aufstehen wollte, ließ der Schmerz in seinen Fußsohlen ihn gleich wieder stöhnend zusammensinken. Laufen war unmöglich! Also kroch er weiter, holte die Kalebasse und brachte sie in den Stall zurück.

Die Burschen hatten inzwischen von Alligator abgelassen und liefen hinaus; sie wollten wohl nicht das ganze Rennen verpassen.

Jaguar kroch zu Alligator. Der blickte ihn aus seinem verweinten Gesicht an. „Du hattest Recht, den Knochenhäuten kann man nicht trauen."

Jaguar erwiderte nichts, schaute sich nur Alligators Füße an. Die Fußsohlen seines Vaterbrudersohns waren noch blutiger als seine eigenen. „Wir müssen weg, aber wir können nicht laufen."

Alligator brachte ein schwaches Grinsen zustande. „Auf allen Vieren kommen wir nicht weit."

Unvermittelt wurde das Tor zur Rennbahn wieder aufgestoßen, verschwitzte, erschöpfte Reiter brachten ihre Pferde in den Stall, bugsierten sie in ihre Boxen, um gleich darauf wieder hinauszulaufen.

Jaguar starrte die weiße Stute an, die er geritten hatte – und da kam ihm eine Idee. Er stand auf und humpelte auf das Pferd zu; er achtete nicht auf die Stiche, die bei jedem Schritt von seinen Füßen aus durch den ganzen Körper schossen, er blickte nur das Weibchen an und hob seinen Arm, öffnete ihre Box und streckte ihr die Hand entgegen. Das Pferd schnaubte, machte erst einen, dann einen zweiten Schritt auf Jaguar zu, schnupperte an seiner Hand, stieß gegen sie, wich noch einmal einen Schritt zurück, blieb endlich ruhig stehen.

„Ich liebe dich, meine Freundin", sang Jaguar, „ich liebe dich."
Er trat neben sie und löste den Gurt des Sattels, schob ihn von
ihrem Rücken. Sie ließ ihn keinen Moment aus den Augen. Er
legte einen Arm um ihren Hals, klopfte auf ihr Fell. Es tat höl-
lisch weh, als er die rauen Latten der Boxenwand als Leiter benutzte, doch dann stand er hoch genug, hielt sich noch immer mit
einer Hand am Hals des Weibchens fest. „Ich bitte dich, meine
Freundin, ich bitte dich", sang er. „Trage mich, meine Freundin,
trage mich!"

Er schwang ein Bein über ihren Rücken. Sie stand ganz still.
Er zog sich auf sie, nickte dann Alligator zu, der die Kalebasse
aufhob und zu ihm hin humpelte. Jaguar beugte sich zur Seite
und nahm die Kalebasse. Dann kletterte auch Alligator über die
Boxenwand auf das Pferdeweibchen.

Plötzlich fühlte sich Jaguar hochgeworfen, durch die Luft geschleudert, herumgewirbelt – und unzählige Hekura tanzten
um ihn herum wie die irrwitzigen Funken eines auflodernden
Feuers, schützten ihn, schützten ihn vor dem Schrei, dem gräß-
lichen Schrei eines furchtbar mächtigen Hekura, dem Tode nahe,
doch sich ans Leben klammernd, in die Vergangenheit schauend,
die Zukunft sehend ...

Einen Augenblick später war es vorbei, Jaguar saß auf dem
Rücken des Pferdes, als wäre nichts geschehen. Aber er wußte,
das Hekura war in der Nähe und es war gefährlich, denn es war
nicht ganz von dieser Welt.

„Geh, meine Freundin, geh ..." Weg mußten sie, Alligator
und er, schnell weg, weit weg, bevor das Hekura ihn bemerkte
und ...

Mit hastigen, tänzelnden Schritten, als spürte und verstünde
sie Jaguars Eile, verließ sie die Box und trabte durch das Tor und
über den großen Platz von Kruschar.

Jaguar und Alligator waren wieder auf der Suche nach ihren
Verwandten.

Katja N. Obring

Wetten und Rennen

„Wie bitte? Du warst dir nicht sicher?"

Hollor schob den Kopf aggressiv vor und starrte Wribald ins Gesicht. Dann zog er deutlich hörbar Spucke im Mund zusammen und rotzte neben Wribalds rechten Fuß. Der verzog keine Miene, aber Sondria konnte ein Schaudern nicht unterdrücken. Hollor fixierte weiterhin stur Wribalds Augen, aber am Zucken seines Mundwinkels und der Augenbraue konnte sie sehen, dass ihm ihr Abscheu nicht entgangen war.

„Was genau war dir unklar an meinem Befehl? Der ‚Findet sie, tötet sie und bringt mir ihre Beute'-Teil? Oder war es ‚Findet sie, tötet sie und bringt mir ihre Beute'?"

Sie senkte den Kopf. So hatte sie sich das nicht vorgestellt, ihre erste Begegnung mit den glorreichen Rebellen, den Helden vom Ufer des Mondaugensees.

Die zerlumpten Gestalten, die sich um die beiden scharten, kicherten Zustimmung. Sondria holte tief Luft.

„Ist dir nach der Denk- nun auch die Sprachfähigkeit abhanden gekommen?" Hollor warf den Kopf in den Nacken und seufzte übertrieben. Dann wandte er sich betont langsam ihr zu; sie konnte seine Stiefelspitzen sehen, die sich in ihre Richtung drehten.

„Und wenn das mal nicht das Hürchen der Hexe ist. Statt der Dracheneier bringst du mir ein Weib. Typisch!"

Sondria schleuderte ihr Haar zurück und ihre Hand fuhr automatisch zum Kurzschwert an ihrer Hüfte. Oder genauer: dahin, wo es hätte sein sollen. Wo es gewesen war, bevor diese Vagabunden, die sich selbst die „Gerechten Rebellen" nannten, sie entwaffnet hatten. Es war ihr Glück gewesen, dass Wribald sie erkannt hatte; sonst hätte sie als reguläre Jagdbeute demjenigen der Männer gehört, der sie zuerst gesehen hatte.

„Lass sie in Ruhe. Sie gehört mir!" Wribald griff nach Hollors Schulter, aber der schüttelte ihn ab wie ein lästiges Insekt. Der Rebellenführer trat näher auf Sondria zu und griff ihr unters Kinn.

„Du sollst sie in Ruhe lassen!" Plötzlich schwang Wribald das Kurzschwert, das Sondria gerade vermisst hatte. Sie sprang vorwärts, um ihm in den Arm zu fallen, aber Hollor gab ihr einen harten Stoß vor die Brust, sodass sie rückwärts auf die schlammige Erde taumelte. In derselben Bewegung riss er den Arm hoch, packte seinen Bruder am Handgelenk und drehte es brutal nach unten. Wribald schrie auf und ließ das Schwert fallen. Hollor ließ jedoch nicht los, er drehte solange weiter, bis sein Gegenüber mit schmerzverzerrtem Gesicht vor ihm kniete. Dann beugte er sich langsam vor und zischte ihm ins Ohr: „Kleiner Bruder, sieh dich vor. Du hast gerade eben den wahrscheinlich letzten Raubzug dieses Sommers vermasselt. Statt der Dracheneier bringst du mir diese Ketzerin, deren Gesicht sogar der Heilige selbst kennt. Statt Gold bringst du mir Tod und Verrat ins Lager; sieh dich vor! Blut mag dicker sein als Wasser, aber wenn man ein rechtes Loch in dich hineinschlägt, läuft es doch munter genug heraus." Er stieß noch einmal nach, drückte die Nase des Geschlagenen in den Matsch und stolzierte schließlich davon. Über die Schulter rief er: „Deine neue Sklavin sollte dir ein Bad bereiten." Dann war er weg und mit ihm seine Männer.

Stille legte sich über die Szene, aber schnell drängten die Geräusche des Lagers sich in ihr Bewusstsein. Es war durch eine Baumreihe ihrem Blick entzogen und erstreckte sich längs des Seeufers. Eine Weile lag sie einfach so da und lauschte dem Klingen der Waffen, dem dumpfen Geräusch der Schleifsteine, dem Schnauben und Trompeten der Drachen, dem Plappern der Männer, den Schreien der Frauen. Sie lag da, starrte in den Himmel und fragte sich zum wohl millionsten Mal, warum ihr Leben sich so verändert hatte.

Die feuchte Nase Haruns riss sie in die Gegenwart zurück und über ihr stand breitbeinig Wribald, mit schlammtriefendem

Haar, und streckte ihr eine Hand entgegen. Sie griff zu und zog sich hoch. Etwas bohrte sich unangenehm in die weiche Sohle ihres Stiefels – ihr Schwert. Sie bückte sich, hielt dann aber inne und richtete sich wieder auf.

„Nimm's ruhig, du kannst es tragen. Ich – ich erlaube es dir." Wribald rieb sich etwas Matsch von der Stirn. „Na los!"

***

Vor seinem Zelt saßen zwei Mädchen von etwa zehn Jahren. Eins stocherte lustlos im Feuer herum, über dem ein Topf hing, das Andere schnippelte Yok-Wurzeln. Keines blickte hoch, als Wribald die Plane zurückschlug und ihr bedeutete, sie solle eintreten. Als sie zögerte, ging er voran; Sondria folgte ihm schließlich. Drinnen war sie immerhin vor dem schneidenden Wind geschützt, der jetzt so hoch in den Bergen schon eisig pfiff.

„Du hast Sklaven?" Sondria deutete mit einem Kopfrucken nach draußen. Wribald nickte nur und drehte ihr den Rücken zu, bevor er hinter einer Trennwand aus dünnem Stoff verschwand um sich umzuziehen. „Ich dachte, ihr kämpft für die Freiheit", rief Sondria ihm hinterher. Wribald murmelte etwas, das sie nicht verstehen konnte. Wahrscheinlich war es auch egal, und Freiheit hieß mal wieder Freiheit für diejenigen, die sie sich auch leisten konnten. Mit geraubtem Gold ... „Was will Hollor denn mit den Dracheneiern?"

„Sie verkaufen, was sonst?"

„Aber wer würde denn Dracheneier kaufen? Nur die Elfen können damit umgehen."

„Dann liegt nahe, sie an die Elfen zu verkaufen, oder?"

Sondria schüttelte den Kopf. „Warum sollten die Elfen Dracheneier kaufen? Sie produzieren sie."

Wribald schnaubte ungeduldig und kam hinter dem Vorhang vor. Er blickte auf sie nieder und stemmte die Fäuste in die Seiten. „Was will der Heilige mit den Dracheneiern?"

„Woher soll ich das wissen? Und was hat das jetzt mit uns zu tun?"

„Hollor klaut die Eier hauptsächlich, weil der Heilige so sehr dahinter her ist. Ich glaube nicht, dass er sich groß Gedanken gemacht hat, was er damit anfangen will, ehrlich gesagt. Aber ich habe Gerüchte gehört – von einem Pakt mit den Elfen, die westlich des Sees siedeln."

„Ein Pakt mit Elfen?" Das wurde ja immer wilder. „Tut mir Leid, dass ich dir den Raubzug vermasselt habe."

„Mach dir nichts draus, es ist nicht deine Schuld gewesen."

„Aber wenn ich nicht aufgetaucht wäre und deine Männer mehr Interesse daran gehabt hätten, über mich herzufallen, als an den „Füchsen" ..."

„Dann hätten wir die Karawane trotzdem nicht mehr eingeholt. Und Hollor wusste das von Anfang an." Ein harter Zug hatte sich um Wribalds Mund eingenistet. Sondria runzelte die Stirn, woraufhin Wribald zu lachen begann.

„Du hattest doch nicht geglaubt, jemand wie Hollor würde sich ändern, nur weil er seit Neuestem für die Gerechte Sache kämpft? Nein, er verfolgt wie immer seine eigenen Ziele, nur überschneiden die sich gerade zufällig mit der Politik."

„Was hat ihn zu diesem Sinneswandel gebracht? Ein Bandit war er ja immer schon, aber sich gegen den Heiligen zu stellen, dass hätte ich ihm eigentlich nicht zugetraut."

Wribald wandte den Blick ab, aber nicht schnell genug, als dass ihr das plötzliche Flackern in seinen Augen entgangen wäre.

„Das ist eine lange Geschichte. Vielleicht sollten wir erst mal zusehen, dass wir was in den Magen kriegen. Die Versorgung hier ist nicht schlecht."

Wie aufs Stichwort erschien ein blonder Kopf im Zelteingang. „Wollt ihr nun essen, Herr?"

Auf ein Nicken Wribalds hin wuselten die beiden Kleinen durchs Zelt, stellten einen Tisch auf, breiteten ein Tuch darüber, statteten ihn mit zwei Bechern und einer gefüllten Karaffe aus, dann rannten sie wieder hinaus, eine kam mit zwei dampfenden

Schalen zurück, die sie ebenfalls auf den Tisch stellte. Schließlich war sie verschwunden, die Zeltklappe zu.

„Was ist mit den Mädchen? Kriegen die nichts?"

„Doch, natürlich, aber ich kann schlecht meine Sklaven an meinem Tisch essen lassen, oder?"

Sondria zog eine Augenbraue hoch. „Und wofür hältst du mich?"

Wribald schien etwas in seiner Schüssel zu suchen, so angestrengt starrte er hinein. Schließlich rührte er einmal und hob den Löffel zum Mund, hielt dann aber inne. Ohne aufzublicken sagte er: „Für eine Freundin."

***

Sondria schrak hoch. Was war das gewesen? Ein schabendes Geräusch, direkt an der Zeltplane. Sie spürte, dass Harun neben ihr stocksteif angespannt war. Unter ihrer Hand entspannte er sich nicht etwa, sondern richtete seine Nackenhaare auf. Dann hörte sie ein Plätschern und der Geruch bestätigte schnell, was sie schon befürchtet hatte: Da pinkelte jemand ans Zelt. Sie konnte den silbrig glitzernden Bach sehen, der sich langsam seinen Weg unter der Lederkante suchte, genau auf ihr Gesicht zu. Endlich war der Strahl versiegt und eine betrunkene Stimme murmelte etwas wie „Bübchen schon zeigen, dem!", dann entfernten sich unsichere Schritte. Harun begann zu hecheln.

Sondria rückte ihr Lager so weit wie möglich von der Plane ab, was nicht allzuweit war, denn direkt neben der Trennwand aus dünnem Stoff lag Wribald und gab leise Schlafgeräusche von sich: erst ein zartes Gurgeln beim Einatmen, dann ein sich langsam steigerndes Fiepen beim Ausatmen. Gurgel-Fiep-Gurgel-Fiep. Sondria wälzte sich auf die andere Seite. Dort schlug ihr der Uringestank in die Nase. Sie drehte sich zurück. Gurgel-Fiep-Gurgel-Fiep.

Schluss, dachte sie, und kroch leise unter den Decken hervor. Sie war noch komplett bekleidet – dass Wribald nicht vorhatte, sich mit ihr zu amüsieren, hieß ja nichts für die anderen

Rebellen, und sie gedachte es ihnen so schwer wie möglich zu machen – nur das Kurzschwert hatte sie abgenommen und unter ihre Decke gesteckt. Sie zog es heraus und es lag vertraut in ihrer Hand. Für einen Augenblick sah sie ihren Vater, wie er vor ihr gestanden hatte, an dem Tag, der sein letzter sein sollte. In seiner Pranke hatte das gläserne Schwert ausgesehen wie ein Dolch, ein Spielzeug eher als eine Waffe. Aber das war es nicht.

Bevor die Melancholie sie übermannen konnte, band Sondria entschlossen den Gürtel um.

Schritt für Schritt tastete sie sich durch die Dunkelheit, schlug den durchscheinenden Trennvorhang beiseite, blickte auf Wribald nieder. Er tat ihr Leid, er würde morgen ausbaden müssen, dass sie geflohen war. Aber sie hatte keine Wahl. Hollor würde ihr keine Hilfe sein, das war klar. Also wäre es bestenfalls Zeitverschwendung, hier zu bleiben. Und niemand konnte vorhersagen, wann Hollor seine Meinung änderte und sie doch zu seiner Beute erklärte. Heute Nachmittag hatte er offensichtlich etwas anderes im Sinn gehabt, aber das bedeutete gar nichts.

Harun war ihr wie immer dicht auf den Fersen; ohne einen Laut von sich zu geben deckte er ihr den Rücken. Zu ihrem Glück stand Wribalds Zelt nahe am Rand des Lagers, sodass sie nicht den Gesichtskreis der trinkenden Männer betreten musste, die sich um das große Freudenfeuer am Seeufer versammelt hatten. Aber sie hielt kurz inne und betrachtete sie, die „Gerechten Rebellen". Es war ein Sauhaufen, ausgestoßene Söldner, verurteilte Mörder, Schänder, Diebe; Bauern, deren Land von den Klöstern konfisziert worden war und die Rache suchten. Dazwischen Huren, meist ältere Frauen, die in den Kurtisanenhäusern der Städte nichts mehr verdienen konnten; die meisten stammten wohl aus Kitarra und Sondharrim – in der Nähe der großen Klosterkasernen war die Nachfrage an Frauen immer hoch. Und über allem, auf einer Art hölzernem Thron, Hollor. Für eine Sekunde schien es ihr, er gucke ihr genau in die Augen, aber da war Sondria schon in die Dunkelheit zwischen den Bäumen eingetaucht.

***

Wribald schaute dem Doppelschatten nach, der sich da aus seinem Zelt schlich. Was genau ihn geweckt hatte – er konnte es nicht sagen; womöglich der Luftzug der sich öffnenden Zeltklappe. Der Winter stand vor der Tür und nachts wurde es hier auf der Hochebene bitter kalt. Er verspürte einen scharfen Stich der Enttäuschung – er hatte Sondria doch keinen Grund gegeben, davonzulaufen, und dennoch tat sie offensichtlich genau das: Sie floh. Er gab sich keinerlei Illusionen hin darüber, wie sein Bruder diese Nachricht aufnehmen würde. Daher war auch nur eine Reaktion möglich: Er stand auf und schnürte sein Bündel. Dann verließ er das Zelt und rüttelte Kaimara wach, die sich mit Onduram einen Lagerplatz vor seinem Zelt teilte.

„Ich werde einige Zeit weg sein. Ihr bleibt hier, und wenn Hollor euch beanspruchen sollte, seid ihm zu Diensten. Ich werde das dann klären, wenn ich wiederkomme." Die Kleine starrte ihn aus schlaftrunkenen Augen an; schließlich nickte sie. Ob sie ihn wirklich verstanden hatte, wusste er nicht, aber ihm blieb keine Wahl, als die beiden zurückzulassen. Auf seiner Reise würden sie ihn nur behindern, und er wusste ja aus Erfahrung, wie schnell Sondria war.

***

Als endlich die Sonne aufging, hatte Sondria ein gutes Stück Weg zwischen sich und das Rebellenlager gebracht. Der Wald lichtete sich allmählich, denn die Berggipfel wuchsen immer höher in den Himmel. Sie näherte sich den Drachenzähnen; sie würde die Felskette übersteigen müssen, um nach Sondharrim zu gelangen, das auf der anderen Seite der Felsenfestung lag. Jetzt, im Herbst, wurde die Zeit knapp, denn auf den Gipfeln hatten die Schneestürme bereits eingesetzt, und bald würden alle Pässe tief verschneit und unpassierbar sein.

Vor ihr erhob sich im Gegenlicht der aufgehenden Sonne eine Ruine. Sondria konnte nur Umrisse ausmachen, wie verfaulte Zähne ragten die Türme in den orangenen Himmel. Der Großteil des Gemäuers war eingefallen, nur ein Turm und ein Flügel des Hauptgebäudes schienen noch einigermaßen intakt zu sein. Gewaltige Steinquader bildeten das Fundament des Bauwerks, das von einem beinahe völlig zugewucherten Graben umgeben war. Ein Loch gähnte, wo sicher einmal ein festes Tor die Anlage gegen Angreifer geschützt hatte. Die Ruine war sicherlich mehrere hundert Jahre alt, womöglich noch von den sagenumwobenen „Fremden" – seltsam genug war die Architektur, die irgendwie schief und falsch wirkte. Ein Knacken im Gebüsch ließ Sondria herumwirbeln. Vor ihr stand Wribald, mit gezücktem Schwert, und funkelte sie an.

„Warum bist du weggelaufen?"

Sondrias Hand fuhr wie automatisch zum Gürtel und krallte sich um den Schwertknauf.

„Denk nicht einmal daran, und ruf den Köter zu dir – ich will euch beide im Blick haben!"

Sondria tat wie befohlen und Harun setzte sich zu ihren Füßen.

„Also? Warum?"

„Wribald, ich – es tut mir Leid, aber ich kann deinem Bruder nicht trauen. Und meine Mission ist zu wichtig, als dass ich sie einem machtbesessenen Irren überlassen könnte."

Wribald schoss das Blut ins Gesicht. „Mein Bruder mag machtbesessen sein, aber irre ist er nicht!"

„Natürlich ist er das, wenn er glaubt, mit diesem Haufen Diebesgesindel und ein paar Drachen gegen die Armee des Heiligen antreten zu können!"

Wribald schwieg; Sondria konnte das Spiel seiner Muskeln auf den Wangen deutlich sehen, beinahe meinte sie, das Knirschen seiner Zähne zu hören über dem pfeifenden Wind. Er deutete auf die Ruine.

„Los, da rein."

„Wribald, ich muss ..."

„Zunächst mal überleben, wenn ich das richtig sehe. Hörst du das nicht?"

Der Wind hatte sich in den letzten Augenblicken zu einem Crescendo gesteigert, über dem ihre Stimmen kaum noch verständlich waren. Wribald deutete auf den Himmel, der sich innerhalb weniger Minuten von tiefem Orangerot zu Schwarz verdunkelt hatte. Eine heftige Böe riss Sondria beinahe von den Beinen, und an den oberhalb gelegenen Berghängen erhoben sich nun Staub- und Schneewirbel, herumgepeitscht von dem immer heftiger werdenden Wind. Sie nickte und rannte los. Die dichte Vegetation im Burggraben machte das Vorankommen schwierig, hielt aber den Wind etwas ab. Endlich hatten sie sich durch die Ranken gehackt und den Geröllhaufen zum ehemaligen Burgtor erklommen. Sie passierten meterdicke Mauern und im Burghof wandten sie sich sofort dem noch intakten Turm zu. Im Dauerlauf spurteten sie über die rissigen Bodenplatten, Harun immer knapp hinter ihnen, bis sie schließlich in den schützenden Mauern keuchend angekommen waren. Draußen war es nun beinahe wieder so dunkel wie in der tiefsten Nacht, und der Wind ließ Blätter, Äste, sogar ganze Büsche über den Burghof tanzen. Die Temperatur fiel mit jeder Minute – das konnte nur bedeuten, der erste Blizzard des Jahres fegte über die Hochebene. Sondria fluchte; der Sturm konnte sie tagelang hier festhalten, und ohne Vorräte und Feuerholz würden sie es nicht leicht haben, ihn zu überleben. Immerhin hatten sie ein festes Dach über dem Kopf, diese Burg hatte schon Hunderten, wenn nicht Tausenden von Stürmen getrotzt. Sondria seufzte und ließ sich an der Wand in eine sitzenden Position herabgleiten.

„Und was nun?"

Wribald zuckte die Schultern und sah sich um. „Lass uns weiter reingehen und sehen, ob wir ein wärmeres Plätzchen finden. Und vielleicht einen Kamin und etwas Holz."

Wribald hatte Recht; sie würden hier Stunden, wenn nicht Tage gefangen sein, da machte trotziger Unmut wenig Sinn. Sondria stemmte sich hoch und nickte, bevor sie voranging in den dunklen Gang, der weiter in den noch erhaltenen Teil des Gemäuers führte. Sie war immer noch wütend, nicht nur darüber, dass

Wribald ihr schon wieder gefolgt war, sondern vor allem darüber, dass er sie auch eingeholt hatte – und sie hatte ihn noch nicht einmal bemerkt! Ebenso wie ihr großartiger Wachhund, Harun. Sondria schnaubte durch die Nase, dadurch verstand sie nicht, was Wribald gerade gesagt hatte. „Was?", fauchte sie über die Schulter.

„Kannst du langsamer gehen? Ich sehe die Hand nicht vor Augen, geschweige denn den Weg." Ein Rumpeln, dann ein Fluch. Sondria blieb stehen und drehte sich um. Wribald stand einige Meter hinter ihr und rieb sich eine deutlich sichtbare Beule auf der Stirn. Er war vor einen der niedrigen Türstürze gelaufen, die alle paar Meter den Gang kreuzten, und zog ein Gesicht wie ein Fünfjähriger, dem sein Bonbon in den Sand gefallen ist. Sondria musste gegen ihren Willen lachen.

„Haha", knurrte Wribald, „ich weiß nicht, was so lustig ist." Er versuchte, unauffällig eine Haarsträhne über sein Gesicht zu drapieren. „Wie kannst du in dieser Gruft etwas sehen?!"

Gute Frage, dachte Sondria. Tatsächlich traten alle Einzelheiten des Ganges glasklar hervor; es war, als schiene die Sonne durch eine kleines Fenster hoch oben unter der Decke in den Raum. Oder nein, eher, als leuchteten die Wände aus sich selbst heraus. Sie zuckte die Schultern, dann fiel ihr ein, dass Wribald das nicht sehen konnte.

„Ich weiß nicht. Für mich ist es einfach nicht dunkel hier."

„Hast du einen Zaubertrank oder sowas, der dir diese Fähigkeit verleiht? Falls ja, hätte ich auch gerne einen Schluck davon, wenn's recht ist."

„Nein, daran ist nichts Magisches. Ich kann halt gucken, das ist alles." Aber irgendwie beschlich Sondria das Gefühl, dass nichts daran normal war, und Wribalds Miene gab ihr deutlich Recht. Sie beschloss, das Thema fürs Erste abzuschließen. An einer Wand hing der Rest einer Fackel in einem steinernen Halter. Sondria nahm sie heraus und kniete nieder. Aus ihrem Gürtelbeutel holte sie ihren Feuerstein und einen ölgetränkten Lumpen, den sie immer noch von ihrem unseligen Aufenthalt in den Elfenwäldern bei sich trug. Diesen wickelte sie um das Holzstück und setzte dann die improvisierte Fackel in Brand. Obwohl der Griff reichlich kurz war, tat sie ihren Dienst.

„Besser?"

Wribald nickte, blickte aber immer noch misstrauisch aus der Wäsche.

Sie folgten dem Gang, bis sie zu einer großen Halle kamen. Herabgestürzte Mauerteile lagen in einer Ecke, wo auch ein Stück der Decke sowie einige Deckenbalken heruntergekommen waren und das Loch den Blick freigab auf eine Dunkelheit, die auch Sondria nicht durchdringen konnte. An einer der kurzen Wände war ein Kamin eingemauert, und sie entzündeten ein Feuer aus den herumliegenden Trümmerteilen.

Langsam wurde es nah am Feuer ein bisschen wärmer. Wribald holte aus seinem Beutel einige Streifen Trockenfleisch und hielt Sondria einen hin. Sie schüttelte den Kopf, aber Wribald blieb hartnäckig.

„Nun iss schon, bei dieser Kälte brauchst du die Energie. Oder soll ich es lieber deinem Köter geben?"

Er hatte Recht, also griff sie schließlich zu. Sie kauten eine Weile schweigend; das Knistern des Feuers und ein gelegentlicher Seufzer Haruns waren die einzigen Geräusche in dem Raum.

„Seltsam, dass man so gar nichts von dem Sturm hört." Wribalds Stimme klang wie von weit her zu ihr hinüber, und mühsam riss sie den Blick von den tanzenden Flammen los.

„Die Mauern sind wohl zu dick", war alles, was ihr dazu einfiel. Sie wusste nicht, ob es die Wärme war, die sich zögerlich in ihr ausgebreitet hatte, aber sie fühlte sich plötzlich sehr müde. Sie würgte den letzten Bissen Fleisch hinunter und rollte sich so dicht wie möglich am Feuer zusammen. Sie hörte Wribald undeutlich etwas von „erster Wache" sagen, aber da war sie schon fast eingeschlafen.

***

Sondria blickte auf ihren schlafenden Körper hinab und fühlte sich ausgesprochen seltsam dabei. Wie konnte sie dort unten und gleichzeitig hier oben sein? Und – wie *war* sie überhaupt? Eine kurze Musterung ergab einen Frauenkörper, recht kurvig, ganz in schwarzes Leder gehüllt, dazu ein paar beachtliche Schwingen, anscheinend aus Haut, ähnlich wie bei Fledermäusen. Sie schlug die Schwingen noch ein paar Mal probehalber und stellte erfreut fest, dass sie das Fliegen wie von selbst beherrschte.

Da hörte sie ein Geräusch, das Scharren scharfer Krallen auf Stein. Automatisch verwandelte sie sich vollständig in eine Fledermaus und glitt höher, dorthin, wo die Schatten unter der Decke sie verbergen würden, und in Richtung auf den Deckeneinbruch. Etwas bewegte sich dort, etwas Fremdartiges, das eine dunkle Aura verströmte. Ein kleiner Teil von ihr fragte sich, seit wann sie Auren sehen konnte, bisher war ihr das nur nach Einnahme bestimmter Tränke möglich gewesen. Aber diese Frage konnte warten; dort in der Ecke lauerte etwas, und es war gefährlich, dessen war sie sich sicher.

Also stieß sie herab aus ihrer Beobachterposition, hinein in den Schatten hinter den aufgetürmten Steinen, genau auf das Wesen zu. Sie erhaschte noch einen flüchtigen Blick auf zwei krumme Beine und einen buckligen Rücken, dann war es verschwunden, einfach so, als habe es sich in Luft aufgelöst. Sondria konnte eben noch abbremsen, bevor sie mit der Wand kollidierte.

Hier schien fürs Erste keine Gefahr mehr zu drohen, also wechselte sie wieder zurück zu der geflügelten Frauengestalt und erhob sich unhörbar in die Luft. Sie warf noch einen Blick auf ihr schlafendes anderes Ich, dann flog sie lautlos durch den Korridor in Richtung Ausgang. Sie brannte darauf, die Fähigkeiten dieses Traumkörpers zu erforschen, denn sie war sich ganz sicher, dass sie, Sondria, bei vollem Bewusstsein in diesem Körper steckte und das alles nicht nur träumte. Nun galt es, den Beweis dafür anzutreten.

Aber als sie den Gang hinunterfliegen wollte, wurde sie wie von unsichtbaren Bändern zurückgehalten, und schließlich wurde die Anziehung so groß, dass sie wieder zum Feuer zurückkehrte, in ihren schlafenden Körper schlüpfte und diesen zum Aufwachen brachte.

Sie setzte sich auf und rieb ihre Augen, unsicher, ob sie nun geträumt hatte oder ob sie vorhin wirklich ihren Körper verlassen hatte. Wribald musterte sie eingehend; er sah besorgt aus.

„Was ist los?", wollte Sondria wissen. „Warum starrst du mich so an?" Ihr war immer noch kalt, und sie schlang die Arme um die Knie. Wribald warf ein Steinchen ins Feuer.

„Nichts. Du hast geschlafen."

Sondria zog eine Augenbraue hoch.

„Ach, wie scharfsinnig. Ja, ich habe geschlafen, und wenn du willst, kannst du jetzt dasselbe tun, ich werde dann Wache halten."

Wribald schüttelte den Kopf.

„Und dann wieder wegrennen? Keine Chance."

Sondria holte mit dem Arm aus und machte eine allumfassende Geste. „Dir ist schon aufgefallen, dass wir hier festsitzen? Draußen tobt ein Blizzard, schon vergessen?"

Wribald verzog sein Gesicht zu seinem schiefen Lächeln, das er immer dann zeigte, wenn er sich veralbert fühlte. „Entschuldige, aber dir traue ich mittlerweile alles zu. Ich werde nicht schlafen."

„Und wie lange willst du das durchhalten? Wie lange kann ein Mensch ohne Schlaf funktionieren? Zwei Tage, drei? Wribald, sei nicht albern. Ich werde nicht abhauen, ich verspreche es dir." Sie blickte ihm offen in die Augen und er kniff die Lider zusammen, als suche er in weiter Ferne den Horizont ab. Schließlich seufzte er. „So wie im Lager?"

„Da hatte ich dir nichts versprochen – du hast nicht gefragt. Und du musst doch einsehen, dass ich da nicht bleiben konnte. Was, glaubst du, hätte Hollor mit mir angefangen?"

Wribald richtete sich auf und Empörung brachte seine Stimme zum Zittern. „Was wohl? Na, gar nichts. Du warst immerhin m...", er bremste sich im letzten Moment, aber nun wurde Sondria langsam wütend.

„Nein, sag es ruhig: DEINE Beute. Ganz genau, ich war deine Beute. Meinst du ernsthaft, ich könnte so leben, als BESITZ eines anderen, noch dazu eines Menschen, mit dem ich schon Schlammkuchen gebacken habe, als noch keiner von uns einen vollständigen Satz sprechen konnte?!" Sie wandte sich wieder dem Feuer zu; Wribald sollte die Tränen in ihren Augen nicht sehen.

„Aber ich hätte dich doch nie als meine Sklavin behandelt, Sondria! Was glaubst du, warum ich dir das Schwert zurückgegeben habe?" Auf seinen Wangen begannen sich rote Flecken abzuzeichnen, immer ein Zeichen für steigende Erregung bei Wribald.

„Darum geht es doch gar nicht. Ich hätte gewusst, dass alle mich als dein Eigentum betrachten, und das hätte ich nicht ausgehalten. Außerdem wäre Hollor früher oder später auf die Idee gekommen, mich dem Heiligen zu verkaufen. Du hast keine Dracheneier gebracht, das war blöd, und Hollor ist nicht schnell genug im Kopf, um sofort zu erkennen, dass er für mich viel mehr Geld hätte bekommen können. Aber ewig hätte er auch nicht gebraucht, um darauf zu kommen." Sondria strich sich eine Haarsträhne aus dem Gesicht. Wribald saß einfach nur da, starrte sie an und blies die Backen auf. Die Flecken waren verschwunden, stattdessen war er so bleich geworden, dass er im Dämmerlicht des Feuers beinahe zu leuchten schien. Es dauerte eine Weile, bis er seine Sprache wieder gefunden hatte. Dann sagte er nur: „Nein."

Sondria schlug mit der flachen Hand auf den Boden und Staub wirbelte hoch. „Wie, nein? Komm schon, du kennst deinen Bruder!"

Die Flecken waren zurück in seinem Gesicht. „Ja, eben, ganz genau: Ich kenne meinen Bruder. Und er ist sicher kein Heiliger – äh, nicht DER, sondern – ach, du weißt, was ich meine, aber er ist auch kein schlechter Mensch."

Sondria verzog ihr Gesicht in gespieltem Unglauben. „Nein? Dann habe ich die Szene, als du von deinem missglückten

Raubzug zurückkamst, wohl nur geträumt? Eigentlich ist er dir um den Hals gefallen und hat zu seinen Kumpanen gesagt: Hier, schaut her, mein kleiner Bruder, er wird einmal in meine Fußstapfen treten! Er hat dich nicht in den Schlamm gestoßen und gedemütigt vor allen. Alles wieder nur meine überbordende Phantasie ..." Ihre Stimme troff geradezu vor Hohn und Wribald zuckte unter jedem ihrer Sätze zusammen wie unter einem Peitschenhieb. Offensichtlich fiel ihm dazu nichts ein, denn er schwieg. Sondria stand auf und legte etwas Holz nach. Dann ging sie zu dem Geröllhaufen, scheinbar sorglos, doch alle ihre Sinne waren aufs Äußerste angespannt. Aber da war nichts, nur toter Stein und Staub und ein paar Insekten. Sie sammelte noch ein paar Holzlatten ein, die sie neben dem Kamin auf den Boden warf. Schließlich setzte sie sich wieder.

„Lass uns nicht über deinen Bruder streiten. Lass uns lieber überlegen, was wir jetzt machen."

Auch Wribald schien sich beruhigt zu haben, denn sein Gesicht war wieder gleichmäßig gefärbt. Er atmete einmal tief durch, dann räusperte er sich.

„Du weißt, dass in Kruschar bald das Fest des Winteranfangs stattfindet? Seit Wochen treffen Händler und Handwerker dort ein, um den großen Markt aufzubauen. Außerdem soll es ein Rennen geben, mit nie gesehenen Tieren, habe ich gehört."

„Mit nie gesehenen Tieren? Was soll das sein? Und woher weißt du das?"

„Hollor hat Kontakte zu einer Piratin aus dem Norden, und die hat wohl sowas angedeutet – sie plante, die Sabienne zu überfallen, und die züchten solche Tiere. Schnell sollen sie sein, und wendig – und erheblich weniger fressen als die Drachen ..." Seine Stimme klang träumerisch, und Sondria schwante Böses.

„Du willst die Tiere haben, um sie Hollor zu bringen, nicht wahr? Damit er endlich erkennt, was er an dir hat, um ihm endlich zu beweisen, dass du kein Versager bist. Herrjeh, wann kapierst du's endlich? Dein Bruder interessiert sich nur für sich selbst, du bist ihm nur willkommen, wenn er einen Sündenbock braucht." Sondria schüttelte frustriert den Kopf, sie verstand einfach nicht, warum Wribald das auf der Hand liegende nicht begreifen konnte.

Der sprach schnell weiter: „Ist ja auch egal, jedenfalls wird die Stadt voller Menschen sein, da können wir untertauchen, und du findest vielleicht jemanden, der einen Kontakt zu den Göttlichen Schwestern herstellen kann."

Sondria überlegte. Da war was dran, und sie hatte auch die Nase voll davon im Schlamm unter Tannen zu übernachten, sich von Waldpilzen und Beeren zu ernähren. Ein Zimmer, mit einem Bett, in einem Gasthaus, das wäre ein feine Sache ... die Entscheidung war schnell gefallen.

„Du hast Recht, ich muss endlich anfangen, die richtigen Leute zu treffen. Sobald der Sturm abgeklungen ist, brechen wir auf nach Norden. Auf nach Kruschar!"

***

Es war zum Verzweifeln; jedes Mal, wenn Sondria sich zum Ausgang schlich, bot sich ihr das gleiche Bild: wirbelnde Schneemassen, umhergetrieben vom peitschenden Wind. Ihre Vorräte an Trockenfleisch waren längst aufgebraucht, und wenn dieser Sturm noch viel länger anhielt, würden sie ein ernstes Versorgungsproblem haben. Immerhin mangelte es ihnen nicht an Wasser. Sondria seufzte und begann, mit klammen Fingern Schnee in den Topf zu schaufeln. Dann trug sie ihre kalte Fracht hinein und platzierte alles nahe am Feuer.

„Es schneit unverändert." Sie hörte selbst, wie hoffnungslos ihre Stimme klang.

Wribald grunzte, dann sagte er: „Es wird bald aufhören, kein Blizzard hier oben hat jemals länger als vier Tage gedauert, und heute ist der dritte. Morgen, spätestens übermorgen, können wir weiter."

Sondria nickte und beobachtete den Schnee, der in der Wärme des Feuers langsam in sich zusammenfiel.

Ein Geräusch über ihr riss sie aus ihren Gedanken und sie blickte hoch zur Decke, aber da war nichts. Wribald schien nichts gehört zu haben.

Seit ihrem seltsamen Erlebnis in der ersten Nacht war nichts Ungewöhnliches mehr vorgefallen, und Sondria war mittlerweile halb überzeugt davon, dass sie doch nur geträumt hatte. Obwohl sich das alles so real angefühlt hatte ... wieder hörte sie etwas, das wie trippelnde Schritte klang, und diesmal hob auch Wribald den Kopf, um danach ihren Blick zu suchen. Ein weiteres Geräusch lenkte ihre Aufmerksamkeit auf den Geröllhaufen in der Ecke, und sie sah, wie feiner Staub aus dem Loch in der Decke rieselte. Jetzt gab es keine Frage mehr: Da oben war etwas oder jemand. Der junge Rebell und sie bewegten sich wie ein Ballett, in der gleichen Bewegung standen sie beide auf und zogen ihre Schwerter, Wribald das Langschwert der Krieger, sie ihr kurzes Modell. Dann winkte er ihr zu, sich rechts hinter ihm zu halten, während er Schritt für Schritt auf das Loch in der Decke zu schlich.

Als sie dem Steinhaufen immer näher kamen, rieselte wieder etwas Staub herunter, und auch die scharrenden Geräusche waren lauter geworden.

Auf einmal hörte sie eine dünne Stimme: „Pass doch auf, du ungeschicktes Trampel! Sie werden uns bemerken!" Und eine zweite antwortete: „Jetzt bestimmt! Wenn du hier so rumschreist!"

Wribald war wie vom Donner gerührt erstarrt; hektische rote Flecken zierten sein Gesicht. Er holte einmal tief Luft und brüllte dann: „Kaimara! Onduram! Kommt sofort hier runter, auf der Stelle, oder ich komme hoch und prügel euch windelweich!"

Die Geräusche verstummten. Sondria beobachtete mit einer hochgezogenen Augenbraue ihren Freund, der offensichtlich die Stimmen dort oben erkannt hatte.

„Das Schweigen hilft euch nicht! Ich habe euch gehört und erkannt, zeigt euch!" Und langsam, zögerlich, erschienen zwei bleiche Gesichtchen vor dem Dunkel in der Decke. Sondria erkannte die beiden kleinen Sklavenmädchen, die Wribald im Lager bedient hatten. Wie kamen die nun hierher?

„Kommt da runter!", rief Wribald ungehalten zum zweiten Mal. Ein ängstliches Stimmchen antwortete: „Wir wissen nicht, wie. Wir suchen schon seit vorgestern nach einer Treppe, aber wir finden keine. Wir sind über die hintere Rampe hereingekommen, aber das Treppenhaus ist eingestürzt. Und zum Springen ist es zu hoch."

„Mir ist völlig egal, wie ihr es anstellt, und wenn ihr euch Flügel wachsen lasst! Runter da, jetzt!" Mit einer herrischen Geste deutete er vor seine Füße, aber Sondria fiel ihm in den Arm.

„Wribald, nimm Vernunft an. Das überleben sie nicht, sie werden sich auf den Steinen alle Knochen brechen!"

Die beiden Kinder in der Etage über ihnen lauerten auf seine Antwort und auch Sondria war angespannt. Der Wribald, den sie von früher kannte, wäre nicht im Traum auf die Idee gekommen, den beiden etwas zu befehlen, was sie in Gefahr bringen konnte. Aber der hätte auch keine Sklaven besessen und wäre so nicht in Versuchung geraten. Der Wribald vor ihr kaute auf seiner Unterlippe, die Flecken auf seinen Wangen hoben sich deutlich von der ansonsten schneeweißen Haut seines Gesichtes ab, und er rang sichtlich mit einer Entscheidung oder seiner Beherrschung – oder beidem. Schließlich lockerte seine Haltung sich ein wenig.

„Okay, ihr bleibt da oben. Aber ich will euch in Rufweite haben, und wenn der Sturm vorbei ist, werdet ihr zu uns stoßen, draußen. Und bis dahin habt ihr euch hoffentlich eine Erklärung für eure Anwesenheit hier ausgedacht, die mich davon abhält, euch zu Tode zu peitschen." Damit drehte er sich um, rammte sein Schwert zurück in die Scheide und stolzierte zum Feuer zurück, wo er sich steif vor Anspannung niederließ.

Sondria warf noch einen Blick auf die hellen Flecken über ihr und versuchte ein Lächeln, aber sie konnte nicht erkennen, ob die Kleinen zurücklächelten. Es hätte sie auch eher überrascht.

„Diese undankbaren, kleinen Biester!", fauchte Wribald, als Sondria zu ihm stieß. „Sie wollten die Gelegenheit nutzen und abhauen!" Er griff nach dem Bruchstück einer Holzlatte und schleuderte sie in den Kamin, dass die Flammen nur so stoben. Dunkler Rauch kringelte sich aus der Öffnung und zog träge in Richtung Decke.

„Was hast du erwartet? Ihr Fluchtversuch zeigt doch nur, dass ihr Verstand noch nicht aus ihnen rausgeprügelt worden ist." Sondria hörte selbst, dass ihre Stimme schärfer klang als angemessen, wenn man bedachte, dass sie vor wenigen Tagen auch noch Wribalds Sklavin gewesen war – oder besser gesagt, es streng genommen immer noch war. Wribalds Gedanken schienen in eine ähnliche Richtung zu wandern, denn sein Gesicht nahm einen gemeinen Ausdruck an.

„Achte auf deine Worte, sonst ..." Er starrte sie herausfordernd an, und vielleicht hatte er Recht, vielleicht sollten sie das genau hier und jetzt klären. Sondria, die immer noch ihr Schwert in der Hand hatte, baute sich breitbeinig vor ihm auf.

„Sonst was? Was immer du glaubst, was immer dir dein Bruder für Flausen in den Kopf gesetzt hat, ich werde eher sterben als deinen Befehlen gehorchen. Verstehst du?" Sie fasste den Griff ihres Schwertes fester und hob es ein wenig an. Das Licht des Feuers fing sich in der durchscheinenden Klinge, die aussah als glühe sie von innen heraus. Auch der Rebell hatte nun Kampfhaltung eingenommen, die Füße schulterbreit in den Boden gestemmt, die Arme locker an der Seite herabhängend. Aber er zog sein Schwert nicht – noch nicht.

So standen sie sich gegenüber und mit jedem Herzschlag wuchs die Spannung zwischen ihnen, bis Sondria vermeinte, die Energie tatsächlich sehen zu können. Schließlich hob Wribald die Hände und senkte die Schultern.

„Okay, okay. Es stimmt, ich habe kein Recht, dir Befehle zu erteilen. In Ordnung?" Er lächelte, und auch wenn die Geste nicht ganz gelang und recht schief ausfiel, so war es doch ein Versuch, die Situation zu entschärfen, den Sondria honorieren konnte. Also steckte sie ihr Schwert weg und lächelte zurück.

„In Ordnung."

Am nächsten Tag hatte der Sturm sich gelegt. Als Sondria durch das Tor ins Freie trat, empfing sie gleißender Sonnenschein unter einem strahlend blauen Himmel. Das Firmament schien rein und sauber, als habe der Wind es leer gefegt. Sie rannte zurück, um Wribald die freudige Nachricht zu überbringen, der sofort anfing, sein Bündel zu schnüren. Dann befahl er den Kindern, sie draußen vor der Ruine zu treffen.

Der Schnee lag knietief, an manchen Stellen hatte der Wind die Kristalle zu beinahe mannshohen Gebilden aufgetürmt, und das Vorankommen war schwierig. Der einzige, der Spaß hatte, war Harun, der herumtollte wie ein Welpe. Er sprang übermütig herum und biss immer wieder in den Schnee, als wolle er ihn zum Spiel einladen.

Schließlich hatten sie den Burggraben hinter sich gelassen, wo zwischen dem dichten Gezweig kaum Schnee lag, und betraten die weite Ebene. Auch hier war nur weiß zu sehen, so weit das Auge reichte. In der Ferne erhoben sich die blendenden Gipfel der Drachenzähne und in der anderen Richtung funkelte der Mondaugensee unter der gleißenden Sonne. Das Rebellenlager war durch Bäume dem Blick entzogen, aber man konnte Rauchsäulen aufsteigen sehen, die seine Position verrieten.

***

„Ich will nie wieder in meinem Leben Schnee sehen!", fluchte Sondria, als sie zum ungefähr tausendsten Mal an diesem Tag auf etwas Unsichtbarem ausrutschte und längs in die weißen Kristalle stürzte. Ihr Gesicht war so kalt, dass sie es kaum noch fühlen konnte, ihre Zehen hatte sie vermutlich 600 Meter weiter unten verloren, und überhaupt hatte sie den Winter schon immer gehasst. Neben ihr kicherte ein helles Stimmchen, Kaimara, die aufmüpfigere der beiden Sklavenmädchen, die Wribald sein eigen nannte.

„Schau, dort!"

Sondria beschattete die Augen mit der Hand und spähte in die Richtung, die Wribald ihr angedeutet hatte. Zuerst konnte sie nichts erkennen, aber dann sah sie den rasch näher kommenden schwarzen Punkt am Himmel: ein Flugdrache. Ein Schauer rann ihr über die Haut, und der hatte nichts mit dem verhassten Schnee zu tun.

„Wohin fliegt er?", fragte sie Wribald.

„Sondharrim, wenn du mich fragst. Ist jedenfalls die einzige größere Stadt nordöstlich von hier, die ich kenne. Was mag das zu bedeuten haben, seit wann fliegen die Drachen wieder?"

Wribald starrte noch immer in den Himmel, obwohl das wenige, was zu sehen gewesen war, schon längst hinter den höchsten Kämmen der Drachenzähne verschwunden war.

„Woher soll ich das wissen? Es gab einen Flugdrachen, der den Mönchen diente, so heißt es. Angeblich bewachte er das Kloster Loandhar, wo sie eine Reliquie des Sonnengottes selbst aufbewahren." Mit Schaudern dachte sie an den Abend, als ihr Bruder zu einem der seltenen Besuche daheim gewesen war. Er war im dritten Jahr als Rekrut bei den Aharon-Mönchen, und er war in Loandhar stationiert. Eines Abends, als sie in ihren Betten lagen, fragte sie ihn, was das Schönste in seinem neuen Leben sei. Er antwortete, er wache jeden Morgen auf und blicke aus dem winzigen Fenster seiner Kammer, und das erste, was er sehe, sei der große, goldene Drache mit Namen Kchra. Und immer, wenn er dieses mächtige Geschöpf sehe, das dem Gott ebenso diene wie er selbst, dann wisse er, dass er das Richtige tue. Wie könne falsch sein, was solch eine Kreatur tat? Niemand könne einen Drachen zwingen, und niemand brauche ihn zu zwingen, denn er folge nur dem Drachen.

Sondria hatte dagelegen und diesen Jungen angestarrt, der so gar nicht mehr der war, mit dem sie zehn Jahre lang das Zimmer geteilt hatte. Der nun sprach, als gebe es ihn und seine Gedanken und seine Wünsche gar nicht mehr, als sei er nur ein Gefäß, erfüllt von einer Mission, die er weder verstand noch sich selbst ausgesucht hatte. Sie hatte Mitleid mit ihm, und sie fürchtete sich vor ihm. Er wirkte so sicher, so zielstrebig. So unbeirrbar.

„Hallo, jemand zu Hause?" Wribald schüttelte sie unsanft an der Schulter und ihr wurde klar, dass sie einfach dastand und auf die Berge in der Ferne starrte.

„Schon gut, schon gut! Wie weit noch bis zum Pass?"

Wribald kniff die Augen zusammen und wirkte beunruhigt, aber schließlich drehte er sich um und deutete auf einen Gipfel, dessen Form an einen Katzenkopf erinnerte.

„Da, dort ist der Einstieg in den Pass. Es gibt noch einen weiteren, aber der ist zu weit südlich für uns, wir wollen Richtung Norden und den Pass so nah wie möglich an Kitarra treffen. Womöglich gelingt es uns so, allen Kontrollen aus dem Weg zu gehen. Die oberen Zollstationen werden ohnehin nicht mehr besetzt sein, zu kalt, und zu wenig zu holen um diese Jahreszeit, jetzt reist ja keiner mehr über den Pass."

Also trotteten sie wieder stumpfsinnig durch den Schnee, einen Schritt vor den anderen, einen eisigen Atemzug nach dem anderen.

***

Es schien, als sei ganz Dhaomond auf dem Weg nach Kruschar. Die Menschen campierten in Zelten rund um die Fährstation, sie schliefen auf Karren, unter Planen, an der Seite ihrer Drachen. Ein unglaubliches Gedränge herrschte hier, und bald wurde klar, warum: Die Mönche führten strenge Kontrollen durch. Es schien, dass bei weitem nicht alle Willigen eine Reiseerlaubnis erhielten. Unklar war, nach welchen Kriterien die Mönche urteilten, und je mehr Leute sie fragten, desto verwirrender wurde alles, denn jeder nannte andere mögliche Gründe für die Verweigerung eines Passierscheins.

Sondria und Wribald stellten sich geduldig in die Reihe der Wartenden. Etliche Stunden gingen ins Land und der Wind zerrte unbarmherzig an ihrer Kleidung, pfiff durch die Wollstoffe der Jacken und umspielte ihre Ohren mit eiskalten Fingern. Bald schon fühlte Sondria ihre Zehen nicht mehr, dann die Ohren, und schließlich hätte sie nicht beschwören können, noch eine Nase im Gesicht zu haben – hätte diese nicht so furchtbar getropft. Sie wischte den Rotz mit dem Ärmel ab und murmelte: „Wenn es hier nicht bald weitergeht, dann entfache ich einen Höllenfeuerfluch – dann wird's wenigstens etwas wärmer." Anscheinend hatte die Frau hinter ihr mitgehört, denn sie griff nach ihrer Tochter und rückte eine Armeslänge von ihr ab. Sondria fletschte die Zähne in ihre Richtung und die Frau drückte das Mädchen enger an sich. Wribald fasste ihre Schulter.

„Sondria, hör auf damit." Seine Stimme klang müde, und das war wenig überraschend, waren sie doch die letzte Nacht durchgewandert. Sondria zuckte die Achseln und drehte sich um; sie wollte noch etwas sagen, aber die Worte blieben ihr im Hals stecken, als sie sich Nase an Brust mit einem schwarzen Lederharnisch wiederfand.

***

„Die Papiere." Die behandschuhte Hand wedelte vor ihrer Nase herum, und Sondria öffnete gerade den Mund zu einer Erwiderung, als Wribald sich vordrängte. Dabei blockierte er sie effektiv.

„Hier, das ist leider alles, was wir haben. Wir sind in den Drachenzähnen von Banditen überfallen worden, die uns alles genommen haben." Wribald verzog pathetisch das Gesicht, aber der Mönch schien ihn nicht einmal anzusehen. Sorgfältig studierte er die Papiere, die ihnen der Wachmann am Pass nur eine Nacht zuvor ausgestellt hatte. Sondria wurde immer nervöser, und als der Soldat schließlich hoch guckte, verhieß sein Blick nichts Gutes.

„Ihr kommt mit; der Hauptmann wird Euch sprechen wollen."

Wribald und Sondria wechselten einen Blick; Sondria zuckte die Schultern. Sie hatte keine Ahnung, was das nun zu bedeuten haben mochte, aber sie hatten keine Wahl, also folgten sie dem Mann in eines der Zelte nahe der Fährstation.

Offensichtlich handelte es sich hier um offizielle Zelte, denn sie waren ganz aus dem für die Mönche so charakteristischen schwarzen Leder, auf jedem von ihnen flatterte die Fahne des Aharon, das goldene Sonnenauge auf rotem Grund, und zwei Wachen flankierten jeweils die Eingänge. Der Mönch, dem sie folgten, passierte diese und sagte einige Worte zu ihnen, so dass auch Sondria und Wribald passieren konnten. Onduram und Kaimara wurden zur Seite geführt. Im Zelt selbst war ein Teil mit einem Vorhang abgetrennt, den ihr Führer nun beiseite nahm, um hinter ihm zu verschwinden, nachdem er ihnen angedeutet hatte, sie hätten zu warten.

Sondria wollte Wribald eine Frage stellen, aber sobald sie den Mund aufmachte, schüttelte der den Kopf.

In diesem Moment kam ohnehin der Soldat wieder, der sie am Fluss ausgesondert hatte – Sondria mochte noch nicht „festgenommen" denken, obwohl sie sicherlich auf Messers Schneide wandelten – und deutete auf den hinteren Teil des Zeltes.

„Hauptmann de Vhiectoire erwartet Euch."

Sondria stockte der Atem und aus Wribalds Gesicht wich alle Farbe. Ihr Bruder, Soidan. Keine Chance, ihm etwas vorzulügen, er würde sie sofort erkennen, auch wenn sie sich in den letzten zehn Jahren nur noch sporadisch gesehen hatten. Hektisch schaute sie sich nach einer Fluchtmöglichkeit um, fand aber nur Wribalds Blick, der sich in ihren bohrte.

Noch ist nicht alles verloren, dein Bruder wird uns nicht ausliefern, schien er zu sagen.

Da kennst du meinen Bruder schlecht, dachte Sondria, aber sie hatten ohnehin keine Chance, aus diesem Zelt zu entkommen. Also fügte sie sich ins Unvermeidliche und durchschritt den trennenden Vorhang.

Dahinter saß ein weiterer Mönchssoldat, natürlich in der schwarzen Lederuniform, an einem Schreibpult und machte Notizen auf einem Pergament.

Wribald und Sondria traten vor das Pult, aber der Mann blickte nicht auf, sondern sagte nur: „Von jetzt ab keine Störungen mehr." Damit war der Soldat entlassen.

Soidan fuhr einige Minuten fort, Reihe um gerade Reihe Schrift auf den vor ihm liegenden Bogen zu setzen. Sondria und Wribald standen unsicher herum und Sondria musterte das Innere des Zeltes.

Zahlreiche Kerzen auf hohen Haltern lockerten die Dunkelheit auf, aber der strenge, schwarze Hintergrund der Zeltwände wirkte dennoch bedrückend. Daran änderten auch die bunten Webteppiche nichts, die daran aufgehängt waren und offensichtlich Szenen darstellten, die den höchsten Gott der Mönche, Aharon, auf seinem Entwicklungsweg zeigten. So war unter anderem eine Darstellung seines Sieges über Dhoggru darunter, der daraufhin in die Unterwelt verbannt wurde und seitdem unablässig einen Weg suchte, sich zu befreien. Eine weitere Szene zeigte Aharon im Kampf mit einem riesigen Drachen und das nächste Bild stellte Aharon dar, wie er sich Bhiel in ihrer Gestalt als Pferd untertan machte.

Schließlich hob Soidan den Kopf und stand auf, um hinter seinem Schreibtisch hervorzukommen. Er musterte Wribald kurz, dann kam er auf Sondria zu und baute sich vor ihr auf. Er betrachtete sie aufmerksam von oben bis unten, und beinahe schien er an ihr zu schnüffeln. Sondria fand sein Verhalten mehr als rätselhaft, und als er sich schließlich schnaubend umdrehte und zu seinem Tisch zurückging, warf sie Wribald einen fragenden Blick zu. Der zuckte nur die Schultern.

Soidan lehnte sich an die Mahoogholz-Platte des Tisches und verschränkte die Arme vor der Brust.

„Soso, meine kleine Schwester." Ein Lächeln zierte seine Mundwinkel, aber nicht seine Augen. Es war ein alter Scherz: Sondria war wenige Minuten nach ihm geboren worden, also war er der Ältere. Ihr war nicht nach Lachen zu Mute, also wartete sie mit unbewegtem Gesicht ab, was er sonst noch zu sagen hatte. Als ihm klar wurde, dass sie auf den Scherz nicht einging, zuckten seine Augenbrauen kurz in die Höhe, und nun wirkte er wirklich amüsiert.

„Du hast einige Berühmtheit erlangt; du bist die meistgesuchte Hexe im ganzen Land. Allerdings", er strich sich über den kleinen

Kinnbart, „ist es sein Bruder, hinter dem ich gerade her bin." Seine blassblauen Augen wanderten zu Wribald. „Eine Rebellion können wir uns im Moment nicht leisten; das bisschen Ketzerei kann warten." Sondria hörte, wie Wribald tief einatmete. Sie hörte, wie die Gelenke seiner Finger knackten, als er die Hände zu Fäusten ballte, und sie hörte, wie Soidans Rüstung knarrte, als er das Gewicht leicht nach vorn verlagerte. Schließlich stieß Wribald hervor: „Was willst du? Sag es, damit wir es hinter uns bringen können."

Soidan lachte laut heraus. „Immer noch derselbe unbeherrschte Bengel, immer noch versessen, aus dem Schatten seines großen Bruders zu treten. Manche Dinge ändern sich eben nie!" Wribald knirschte mit den Zähnen, aber Sondria wurde es jetzt zu bunt.

„Er hat Recht, Soidan, sag uns, was du willst. Dieses Katz-und-Maus Spiel ist erniedrigend." Ein Funkeln in seinen Augen zeigte ihr, dass er genau das als Belustigung empfand, aber er wurde dennoch ernst und zuckte die Schultern.

„Wie du willst, Schwesterchen, wenn du es so eilig hast, deinem Verderben in die Arme zu laufen. Ich will, dass ihr mich zu Hollor führt."

Wribald schnaubte durch die Nase. „Selbst wenn ich wollte, so wäre das in den nächsten Monaten nicht möglich." Dann wurde ihm klar, dass er womöglich schon zu viel gesagt hatte, und er biss wieder die Zähne zusammen.

„Gräm dich nicht, kleiner Mann, wir wissen, wo das geheime Rebellenlager ist, wir wollen nur dort nicht angreifen." Sondria speicherte diese Information ab – womöglich war sie eines Tages von Nutzen. „Wir wollen nicht unnötig Kräfte verschwenden; es scheint uns sinnvoller zu sein, der Schlange den Kopf abzuschlagen statt sie abzuhäuten, wenn du verstehst, was ich meine. Außerdem berichten meine Späher, dass Hollor sich mit einigen seiner Männer Richtung Kruschar auf die Reise gemacht hat."

Wribald starrte den Soldaten und Jugendfreund herausfordernd an. „Wie kommst du darauf, dass ich dir meinen Bruder ausliefern würde?" Ein böses, ein heimtückisches Lächeln spielte nun um Soidans Lippen, und Sondria lief es kalt über den Rücken. Er hatte noch einen Trumpf im Ärmel, sie kannte schließlich ihren Bruder. Und er vergeudete keine Zeit, bevor er ihn ausspielte. Er griff hinter sich und zog ein schwarzseidenes Tuch von einem etwa faustgroßen Gegenstand, der sich, nun freigelegt, als Kristallkugel entpuppte. Diese nahm er und hauchte vorsichtig auf ihre Oberfläche. Dazu murmelte er einen alten Spruch, den Sondria bei Rabanna gelernt hatte und der bewirken sollte, dass ihm in der Kugel ferne Orte gezeigt würden. Er winkte Wribald zu sich heran, aber als auch Sondria einen Schritt vortrat, hob er abwehrend die Hand und schüttelte den Kopf. Wribald hatte ihn erreicht und Soidan ließ ihn in die Kugel blicken. Das Gesicht des Freundes verlor alle Farbe und ein Stöhnen entrang sich seiner Kehle. Seine Augen, groß und fassungslos, suchten Sondria. Er machte eine hilflose Bewegung mit der Hand, langsam färbten sich seine Wangen hektisch rot und er öffnete den Mund, aber bevor er sprechen konnte, hatte Soidan die Kugel wieder in ihre Haltevorrichtung gelegt und mit dem schwarzen Seidentuch bedeckt.

„Nein, Wribald, sag nichts. Ich werde dir jetzt meinen Plan darlegen, und du kannst entscheiden, wie die Situation, deren Zeuge du eben geworden bist, sich weiterentwickelt. Und, Wribald – kein Wort zu meiner Schwester, ich will die zarten Nerven einer angehenden Heilerin nicht solchen Belastungen aussetzen." Seine letzten Worte troffen geradezu vor Hohn, und Wribald schnappte nach Luft wie ein Fisch auf dem Trockenen. Dann senkte er den Kopf und nickte.

„In Ordnung, lass mich deinen Plan hören."

Soidan grinste breit und zufrieden. Dann erläuterte er ihnen seinen perfiden Plan.

***

Sondria war froh, endlich wieder festen Boden unter den Füßen zu haben, und sie schwor sich heimlich, so bald kein Schiff mehr zu betreten – das dauernde Geschaukel hatte sie krank gemacht. Wribald hatte ihnen Plätze auf einem der Handelsschiffe gebucht, die den Sharrom von Sondharrim nach Kruschar und wieder zurück befuhren. Sie hatten einen hohen Preis gezahlt für die Überfahrt und die falschen Papiere, die aus Sondria nun Wribalds Angetraute Mahgdun machten: Kaimara, die nun im Besitz des Schiffers zurück geblieben war.

In dem einige Wegstunden von der Stadt entfernten Handelshafen hatten sie das Schiff schließlich verlassen und waren zu Fuß weiter gereist.

***

Je näher sie der Stadt kamen, desto voller waren die Straßen. Es schien, als sei das gesamte Land auf dem Weg zum Fest: Bauern lenkten ihre Wagen zum Markt, auf denen sie neben ihren Familien Geflügel und Gemüse transportierten. Hirten trieben ihre Tiere zum Verkauf oder zum Schlachter, Kutschen verstopften die Wege.

Innerhalb der Mauern herrschte ein solches Gedränge, dass Onduram ängstlich Sondrias Hand ergriff um nicht von den Menschenmassen fortgerissen zu werden. Wribald strebte zielsicher erst eine Straße entlang, dann eine andere, und weiter in eine dritte, bis sie schließlich von den Hauptstraßen so weit entfernt waren, dass sie sich beinahe allein auf dem Pflaster bewegten. Schließlich zog Sondria ihn am Ärmel und zwang ihn so, stehen zu bleiben.

„Was ist?", wollte er ungehalten wissen.

„Wo bringst du uns hin?" Sondria hatte ihre Diskussion nicht vergessen, und sie schätzte es nicht besonders, dass er sich nun als Führer ihrer kleinen Truppe anzusehen schien.

„In eine Schänke, die einer Wirtin gehört, die ich kenne; sie hat meinem Bruder schon öfter Unterschlupf gewährt als du in einer Minute mit den Wimpern schlagen kannst, und sie hat gute Beziehungen. Einige ihrer Mädchen arbeiten für die Reichen dieser Stadt." Manchmal hätte Sondria ihm gerne einfach mal eine über das Maul gehauen; aber allein in dieser fremden Stadt hätte sie sich nie zurecht gefunden, also biss sie die Zähne zusammen und nickte nur. Dann schluckte sie ihren Zorn hinunter und fragte: „Und wo ist diese Schänke?"

Wribald machte mit dem Arm eine Bewegung der Gasse folgend. „In der Nähe des Hafens."

***

Sie hatten einen Krug mit Wein und zwei Gläser vor sich stehen. Sondria brütete noch immer vor sich hin. Wribald hatte nach dem zweiten gefauchten „Kannst du auch mal die Klappe halten?!" aufgegeben, sie aufheitern zu wollen. Die Stadt schien ihr auf die Nerven zu schlagen, von Tag zu Tag kam sie ihm angespannter vor. Jetzt deutete sie mit dem Kinn auf die Tür, die sich eben geöffnet hatte, um einer hochgewachsenen, schlanken Frau Eintritt zu gewähren. Ihr Rücken war gerade und sie trug ihr langes, braunes Haar zu einer losen Schlinge im Nacken gebunden. Ihre wettergegerbte Haut verriet ohne Zweifel, dass sie eine vom Seevolk war, ebenso wie die feinen Linien um die anscheinend von Natur aus leicht zusammengekniffenen Augen. Und hätte es noch den Hauch eines Zweifels gegeben, so hätte ihr raumgreifender, leicht wiegender Schritt diesen ausgeräumt. Sondria war auf einmal ganz Aufmerksamkeit, und als die Fremde zur Bar ging, drehte sie leicht den Kopf, ganz so wie eine lauschende Katze.

Wribald setzte an: „Was ist, kennst du ...?", aber sie brachte ihn mit einer knappen Handbewegung zum Schweigen. Er spitzte ebenfalls die Ohren und konnte mit knapper Not und viel Fantasie das Wort „Heilerin" aufschnappen. Und dann „Wunder" und „Erdbeben" und „Gemona". Sondria starrte in ihr Glas, er konnte ihre Anspannung beinahe spüren; wieder fühlte er sich an eine Katze erinnert, nur jetzt an eine, die sich bereit macht zum Sprung. „Sondria, was ist?" Er verlieh seiner Forderung nach Antwort mehr Dringlichkeit, indem er ihr die Hand auf den Arm legte. Dennoch dauerte es mehrere Augenblicke, bis sie endlich den Blick hob.

„Ich weiß es nicht, aber die Frau dort sucht eine Heilerin, und ich habe den Eindruck, sie ist zu jedem Mittel bereit – sie weiß es nicht, aber ihre Stimme bebt vor Angst um diesen Matrosen; er muss sehr wichtig für sie sein ...“ Sie klang nachdenklich und drehte eine Weile das Glas in ihren Fingern, bevor sie fortfuhr. „Aber vielleicht war es doch keine so gute Idee, nach Kruschar zu kommen. Ich meine, wir haben keinerlei Hilfe gefunden und die Wächter sind viel präsenter als wir gedacht hatten. Und die vielen Menschen ...“ Ihre Stimme war nach und nach leiser geworden und verlor sich nun in der Gaststube. Wribald suchte nach Worten, als sich plötzlich eine weibliche Stimme in ihr Gespräch mischte.

„Darf ich mich setzen?“ Die Braunhaarige, mit einer Flasche und einem Glas in der Hand. Wribald beschloss, die Situation in die Hand zu nehmen.

„Wir haben eben überlegt, ob wir dich ansprechen. Du suchst eine Heilerin?“

***

Nachdem sie alle getrunken hatten, erzählte sie von ihrem Matrosen, der von einem Erdbeben verschüttet, aber ungemein wichtig zur Pflege dieser Renntiere sei. Sondria hörte am Beben ihrer Stimme, dass sie nicht die ganze Wahrheit erzählte, aber auch, dass sie nicht log. Sie ließ nur weg, was sie wahrscheinlich nicht einmal sich selbst gegenüber eingestanden hätte, und das machte sie Sondria sympathisch. Es war ermüdend, immer gegen die eigene Natur kämpfen zu müssen, und erfrischend, jemanden zu treffen, dem es ähnlich ging. Geteiltes Leid war zwar nicht halbes Leid, aber immerhin nicht mehr so einsam.

„Sondria hat die Heilkunst gelernt. Übrigens, ich bin Wribald. – Wir sind nicht von hier; so ist sie abkömmlich.“ Die Augen der Piratin, die sich als Nanja vorgestellt hatte, weiteten sich; ob vor Erkennen oder Staunen war nicht zu beurteilen. Aber Sondria meinte, ein amüsiertes Funkeln darin zu entdecken, und sie erinnerte sich dunkel an Geschichten, die Hollor erzählt hatte von dem ungezügelten Leben der Piraten – und Piratinnen. Sogar Wissenschaftlerinnen sollte es geben in ihrer Gesellschaft, und diese sollten große politische Macht haben. Nur zu gern hätte sie die Gelegenheit erhalten, mehr über diese Leute zu erfahren. Zu erfahren, wie sie mit Einwanderern umgingen, zum Beispiel. Sie schüttelte den Kopf – warum nur konnte sie heute Abend ihre Gedanken nicht zusammenhalten, verdammt. Die Frau trommelte leicht mit den Fingern auf den Tisch, und Sondria wurde bewusst, dass sie noch immer kein Wort gesagt hatte. Also sprach sie, und ihre Stimme klang wie die des kleinen Mädchens, dass sie nie wieder sein würde: „Wenn du niemanden sonst findest. Ich weiß nicht, ob meine Fähigkeiten reichen. Und gewiss gibt es Erfahrenere als mich."

Was wohl die Untertreibung des Jahres war. Dennoch schien die Kapitänin interessiert und sie ließ sich auch von Wribalds nun folgenden Worten nicht ablenken.

„Aber nicht doch." Wribald protestierte so laut, dass die beiden Männer zu ihnen herübersahen. Sofort senkte er wieder seine Stimme. „Ich meine, ich weiß, dass Sondria gut ist." Er zögerte einen Augenblick. „Bis zum Fest kannst du doch problemlos aus der Stadt verschwinden."

Und da war er wieder, der rote Nebel. Konnte dieser Schwachkopf nicht einfach mal die Klappe halten? Wenn nicht, würde sie ihm das wohl beibringen müssen, oder noch besser, sie gewöhnte ihm das Sprechen ganz ab. Oder noch besser, das Atmen direkt auch – entsetzt über sich selbst rief sie ihre Gedanken zur Ordnung. Wribald war zwar ein ziemliches Trampel, aber er war ihr Freund, und er wollte nur ihr Bestes, auch wenn er eine unerträglich ungeschickte Art hatte, das auszudrücken. Sondria zählte im Stillen von Zehn rückwärts auf Null und schaffte es, schnell genug wieder bei Sinnen zu sein, um die Frage der Piratin mitzubekommen: „Hat Sondria einen Grund, aus der Stadt zu verschwinden?"

Wribald riss die Augen auf. „Wieso? Wie kommst du auf die Idee?"

Genug war genug, und sie beschloss, dieser Charade ein Ende zu machen. Ab und an musste sie einfach mal die Wahrheit sprechen, auch wenn Wribald zu meinen schien, ein Problem löse sich dadurch auf, dass man lange genug einen Bogen darum machte und es niemals benannte. Ein bisschen wie ihr Vater, wenn sie es recht bedachte ... Die wasserhellen Augen der Kapitänin hingen an ihr, obwohl es Wribald war, der wieder sprach. Endlich hatte Sondria sich wieder vollständig unter Kontrolle und schob schließlich Wribalds Hand von ihrem Arm.

„Es stimmt", sagte sie leise, und zu Wribald: „Lass mich!" Sie blickte Nanja offen an. „Ja, ich bin auf der Flucht. Der Heilige und seine Mönche sind hinter mir her. Sie möchten mich tot sehen wie meinen Vater. Und die Rebellen auch – Wribalds Bruder, meine ich. Aber ich kenne wirklich Rituale, die zu heilen vermögen. Doch fehlt es mir an Übung. Besser wäre es, du fändest eine Erfahrenere."

***

Die prächtige Kutsche erregte einiges Aufsehen am Kai von Kruschar; und offenbar war das Wappen auf ihren Türen bekannt, denn eilfertig sprangen allerlei Hafenarbeiter herbei, um ihre Dienste anzubieten. Natürlich benötigten sie diese nicht, schließlich waren nur er, Sondria und Nanja aus dem Gefährt geklettert, das wenige Minuten nach ihrer Übereinkunft vor der Schänke bereit gestanden hatte. Sie kletterten an Bord, wo sie von einem verwegen aussehenden Mann empfangen wurden, der seine besten Jahre offensichtlich schon hinter sich hatte. Der alte Matrose sprach ohne aufzublicken, und mit dem Pfeifenstiel im Mund nuschelte er so, dass Wribald ihn beinahe überhört hätte.

„Bist du Hollors kleiner Bruder?" Er stöhnte innerlich; wenn die Leute doch endlich aufhören könnten, ihn nur nach seinem Bruder zu beurteilen! Wribald zuckte die Schultern und nickte.

Er wartete darauf, dass der Mann weiterspräche, aber er blieb still. Eben als er selbst zum Sprechen ansetzte, legte sich ihm eine leichte Hand auf die Schulter. Er zuckte zusammen und wirbelte herum, und er vermeinte, hinter sich ein abfälliges Schnauben zu hören. Aber vor ihm stand Nanja und bedeutete ihm, ihr unter Deck zu folgen.

„Komm, ich will dir etwas zeigen." Also kletterte er hinter ihr die hölzernen Stufen hinab, die in den Bauch des Schiffes führten. Weiter und weiter ging es hinunter, und als sie die Wasserlinie passierten, begann ein leises Glucksen um sie herum die Luft zu erfüllen. Wribald fühlte sich eingeengt, er war nicht an so kleine Räume gewohnt und fragte sich, wie man freiwillig sein Leben auf einem so beengten Gefährt zubringen konnte, dauernd in Gefahr durch dieses Element, das nur darauf lauerte, durch die kleinste Ritze einzudringen. Schließlich öffnete die Kapitänin mit einem großen Schlüssel das Schloss zu einem der Lagerräume. Sie winkte ihn hinein und er tastete sich langsam im Halbdunkel vorwärts. Nach und nach schälten sich Konturen aus den Schatten, und als er begriff, was er da sah, schwindelte ihm kurz: Eisenwaffen! Ein ganzer Laderaum voll davon – damit könnten sie eine komplette Armee ausrüsten! Oder noch besser, eine besiegen. Wribald griff sich aufs Gutdünken eines der Schwerter und hob es hoch; seltsamerweise war es gar nicht so schwer, wie er erwartet hatte. Probehalber schwang er es und die Kapitänin sprang mit missbilligendem Grunzen außer Reichweite. Er entschuldigte sich und stellte das Schwert zurück.

„Damit könnten wir die Mönche besiegen!", sprudelte es aus ihm heraus. „Nenn einen Preis, ich weiß, dass mein Bruder ihn bezahlen wird!"

Nanja lächelte ein schiefes Lächeln und nickte. „Sende nach deinem Bruder und wir werden verhandeln." Wribald fühlte sich, als hätte man ihm in den Magen geschlagen; wieder einmal würde er nur der Bote sein, nicht derjenige, der das Geschäft machte. Und das machte seinem Zwiespalt ein Ende. Plötzlich war ihm sonnenklar was er tun musste, wie er Sondria retten konnte, seinem Bruder eine Lektion erteilen und in Aharons Namen womöglich auch Soidan loswerden konnte.

Nanja bedeutete ihm, dass es an der Zeit sei, das Schiff zu verlassen, da sie nun jeden Moment den Anker lichten würden. Wribald ließ sich zu Sondria bringen, um sich zu verabschieden, aber sie lag schlafend in der Koje der Kapitänskajüte und er wollte sie nicht wecken. So strich er ihr nur übers Haar und ging wieder an Land, wo Onduram schon auf ihn wartete. Das war auch gut so, denn er hatte einen Auftrag für sie.

$$***$$

Die Piratin geleitete Sondria zu einer Mulde zwischen den Felsen, nicht weit vom Ufer entfernt. Dort, geschützt vor den Seewinden, lag ein Mann auf einem improvisierten Lager. In der Nähe brannte ein großes Feuer, um das herum sich die Piraten versammelt hatten und wo sie nun Rum tranken, ausgelassene Lieder sangen in Sprachen, die Sondria (wohl zu ihrem Glück) nicht verstand und einige sich der Pflege ihrer Waffen widmeten. Die Aura dieser Gesellen hing wie eine Glocke über ihnen, blau und violett vorwiegend, die Farben der Diebe und Mörder, aber am Rande ihrer Wahrnehmung war noch etwas anderes, schwerer fassbar, weiter entfernt. Sie kniff die Augen zusammen und spähte zum Inselinneren, aber sie konnte nichts sehen.

Nanja neben ihr verspannte sich immer mehr, und Sondria legte ihr eine Hand auf den Arm, in einer, wie sie hoffte, beruhigenden Geste. Aber die Anspannung der Frau ließ nicht nach, und als sie den Kranken aus der Nähe sah, wurde ihr klar, warum. Er lag im Sterben, das war nicht zu übersehen, die dunklen Mächte lauerten am Rande des Feuerscheins darauf, seine Seele in Besitz zu nehmen. Hätte sie nur mehr Zeit gehabt, hätte sie nur andere Bücher zur Verfügung gehabt. Aber jetzt war nicht der Zeitpunkt für Hätte-wenn-Gedanken, jetzt war die Zeit, schnell zu handeln.

Sie spürte mehr als dass sie sah, wie seine Lebensenergie aus ihm heraussickerte; deshalb schottete sie ihren Geist soweit wie nötig ab. Ganz ging nicht, sie musste eine Verbindung mit ihm eingehen, um die Schwere und genaue Lage seiner Verletzungen zu erforschen.

Eben als sie in die Knie gehen wollte, um seine Hand zu greifen, hüstelte hinter ihr jemand in angewiederter Manier, und sie hörte die näselnde Stimme des dicken Mannes im Goldbrokat, der ihr auf dem Schiff als Ratsherr Margoro vorgestellt worden war. „Der ist hinüber." Die Piratin sprang auf, und das letzte, was sie hörte, bevor sie in die Verbindung glitt, waren die Worte Nanjas: „Zeig ihm die Pferde."

Aber nun konzentrierte sie sich einzig auf den vor ihr liegenden Mann, Ron. Seine Hand war heiß und er atmete mühsam und stoßweise. Je enger sie sich mit ihm verband, desto deutlicher spürte sie seine Schmerzen, und sie musste sich zusammenreißen, um sich nicht zusammenzukrümmen wie ein Wurm im Sonnenlicht. Mehrere seiner Rippen waren gebrochen und einige Knochensplitter hatten sich in die Lunge gebohrt. Der Schaden war nicht so groß, dass er sofort tödlich gewesen wäre, aber die Punkturen hatten angefangen, sich zu entzünden. Und wenn sie das nicht in den Griff bekam, würde er sterben. Schnell, aber qualvoll. Mit einem Ruck entriss sie ihm ihre Hand und schilderte Nanja in groben Zügen, was mit dem Matrosen los war. Die Augen der Piratin waren dunkel vor Sorge und Sondria spürte deutlich, dass hinter ihrem Interesse mehr lag als das Geschäft. Sitaki kam endlich mit dem von ihr geforderten heißen Wasser, und so nahm sie den Tiegel mit Heilsalbe aus ihrem Beutel und begann, mit ruhigen Händen die Verbände um den Brustkorb des Mannes zu lösen.

„Hilf mir," forderte sie Nanja auf, denn je länger die Frau nichts zu tun hatte, desto deutlicher breitete sich ihre Aura der Hoffnungslosigkeit aus, und das wiederum lockte die dunklen Geister näher, und DAS konnten sie überhaupt nicht gebrauchen. Also machte sie einen Aufguss mit Mondsichelkraut und ließ Nanja seine Wunden säubern, während sie einen Trank braute, der ihr helfen sollte, in Trance mit Bhiel in Kontakt zu treten. Schließlich war alles getan, was sie an äußerlichen

Hilfsmaßnahmen leisten konnten, und damit Zeit für Nanja, sich zurückzuziehen. Nur ein Blick war nötig und sie hatte begriffen. Dennoch zögerte sie, den Mann allein zu lassen, und schlich nur langsam und nur wenige Meter weit weg.

Als sie sicher war, dass niemand mehr innerhalb der Barriere war, häufte sie Elfenbusch auf einen Teller und zündete es an. Sobald die ersten beißenden Dämpfe aufstiegen, hob sie den Becher mit ihrem Mondsichelkrauttrank zum Mund und schüttete ihn hinunter. Die Wirkung war wie ein Faustschlag in den Magen, und sie sackte in die Knie. Kurz fragte sie sich, ob sie wohl überdosiert hatte, aber immer schneller verschwammen die Grenzen zur Anderswelt, und sie begann, schattenhafte Gestalten wahrzunehmen, die sich am Rand des durch die Runen geschützten Bereichs drängten wie Kinder am Gitter des Bärenkäfigs. Ihr Heulen und Jaulen klang deutlich zu ihr herüber und sie musste als erstes den Schutz verstärken. Also nahm sie eine Hand voll des einfachen Sandes, etwas anderes hatte sie nicht mehr, und streute ein Schutzpentagramm auf seine bloße Brust. Die Wesen pfiffen und johlten, aber durch ihr Wüten erkannte sie ein anderes Geräusch, das von Hufen. Bhiel war auf dem Weg zu ihr, die große Göttin selbst kam, ihr zu helfen. Sie hob den Kopf, und da war sie, nicht ganz so prächtig wie sonst und ohne den üblichen Schmuck aus Sternen und Kometen in Mähne und Schweif, aber eindeutig Bhiel. Sie trabte auf die Piratin zu und zu Sondrias unermesslichem Staunen schien diese sie zu sehen! Sondria erhob sich und ging, ohne weiter nachzudenken, auf sie zu. Sie musste die Göttin beschützen, sie vor den Händen der Ungläubigen behüten, wer konnte wissen, was passieren würde, wenn – die Piratin versuchte, Bhiel festzuhalten, aber natürlich ließ diese sich nicht einfangen, sondern tänzelte elegant zur Seite weg und trabte weiter auf Sondria zu, um wenige Meter vor ihr zum Stehen zu kommen.

„Wie geht es dir, Wandlerin?", fragte die Göttin.

Sondria näherte sich und streckte die Hand aus, um sie zu berühren.

„Ich habe gelernt, aber noch lange nicht genug", antwortete sie, und ein dunkler Schatten schien über sie hinweg zu ziehen.

„Nein, noch lange nicht genug. Und du musst mehr über dich selbst lernen, mein Kind. Du beginnst, zur Gefahr für andere zu werden. Lerne deine Träume beherrschen!" Die Göttin warf ihren schönen Kopf in die Höhe und scharrte mit dem Vorderhuf.

„Aber wie kann ich denn meine Träume beherrschen? Niemand kann das!" Verzweiflung durchflutete Sondria, Trauer ungeahnten Ausmaßes, und sie hätte nicht einmal sagen können, worum sie da trauerte.

„Deine Träume sind anders, Kind, deine Träume sind keine Träume. Sie sind Realität, blutige und warme und fleischliche Realität. Lerne deine Träume zu beherrschen!" Und sie stieg, drehte sich auf der Hinterhand und galoppierte davon, während hinter ihr der Matrose anfing zu schreien, zu schreien, wie sie noch nie einen Menschen hatte schreien hören, und Sondria wusste, die Dämonen waren da.

***

Es dauerte kaum drei Tage, da klopfte es an der Zimmertür, und vor ihm stand die alte Köchin der Herberge.

„Was ist", herrschte Wribald sie an.

„Unten sind Männer, die nach Euch fragen, Herr."

Wribald spürte, wie ihm das Blut in die Füße sackte. „Was für Männer?"

„Nun, Männer eben. Bewaffnete Männer, nicht eben reinlich, wenn ihr mich fragt, offensichtlich keine Stadtmenschen." Wribald entspannte sich ein wenig; immerhin keine Mönche, die ihn wie auch immer aufgespürt hatten. Wahrscheinlich die Boten von Hollor, die ihm Antwort brachten darüber, ob und wie und womit er die Waffen bezahlen sollte.

Also rappelte er sich von der Bettstatt hoch und lief die hölzerne Treppe hinunter in den Gastraum. Kurz bevor er um die Ecke bog und tatsächlich sehen konnte, was dort vorging, stockte ihm der Atem erneut. Er hörte nur eine Stimme, aber diese Stimme würde er selbst in der Unterwelt noch wiedererkennen.

„Wo zum Teufel bleibt der Hampelmann?! Und warum habe ich noch immer keinen Rum!? In Dhoggrus Namen, welche Sorte Kaschemme ist das denn hier!" Und man hörte eine Faust, die auf eine Tischplatte krachte. Hollor.

Er blieb stehen und lehnte sich an die Wand. Warum nur hatte er geglaubt, Hollor ließe ihn diese Aktion allein durchziehen? Viel Feind, viel Ehr. Und hier stand einiges auf dem Spiel, nicht nur genug Eisenwaffen, um endlich die große Schlacht wagen zu können, nebenbei auch noch die Renntiere und die Ehre, wenn sie einen der großen Edelmänner der stolzen, freien Handelsstadt Kruschar überfielen. Natürlich würde Hollor sich diese Gelegenheit nicht entgehen lassen, und schon gar nicht würde er ihm, dem Kleinen, diese Chance gönnen. Wribald spuckte ungehalten auf den Boden, dann sammelte er sich und betrat den Gastraum.

„Kleiner Bruder!" Hollor breitete die Arme aus und wollte ihn umarmen. „Wie gut, dich unter den Lebenden zu sehen! Und was für wundervolle Nachrichten sendest du mir!"

Wohl oder übel ließ er sich von seinem Bruder an dessen stinkende Brust drücken. Er versuchte, ein Grinsen in sein Gesicht zu zwingen, aber seine Muskeln schienen wie tot. Wribald merkte genau, wie die Begleiter seines Bruders ihn wachsam musterten. Immerhin war Hollor klug genug gewesen, mit einer kleinen Gruppe anzureisen: seiner rechten Hand Garbor, dessen Leibwache und noch weiteren vier Männern aus dem engsten Kreis. Auch so erregte die Gruppe mehr als genug Aufmerksamkeit; überall in der Wirtsstube steckten die Leute ihre Köpfe zusammen und tuschelten sorgenvoll. Aber Hollor kümmerte das nicht weiter, er bestellte kurzerhand mehrere Krüge Rum und ließ sie in der Kneipe verteilen. Das beendete das Gewisper schnell und alle prosteten ihm zu, wohl ahnend, dass sie in gefährlicher Gesellschaft tranken, aber dafür tranken sie umsonst. Alles hat einen Preis und manchmal zahlt man eben nicht in Gold.

Hollor bedeutete ihm, an seinem Tisch Platz zu nehmen. Er schickte alle bis auf Garbor weg, dann stützte er die Ellbogen auf den Tisch und nickte Wribald zu.

„Na, dann erzähl mal."

Aber Wribald brannte etwas anderes auf der Seele: „Wo ist Onduram?"

Hollor guckte verständnislos: „Wer?"

„Das Sklavenmädchen, das ich zu dir geschickt habe, mit der Botschaft."

„Ach so." Hollor zuckte die Achseln. „Wir – wir haben sie verloren. Komische Geschichte, erzähle ich dir ein anderes Mal. Seltsame Schatten und Gestalten, kleine schwarze Männer, alles recht unheimlich. Wir mussten sie gehen lassen. Ich besorg dir eine Neue, versprochen."

Wribald schluckte. Nicht nur, dass er sich an Onduram gewöhnt hatte, nicht nur, dass er jetzt schon Sondrias Vortrag hörte, nein, vor allem war die Kleine der bisher einzige Mensch gewesen, den er getroffen hatte, der etwas über diese fremdartigen Renntiere wusste. Nun, dann musste es ohne sie gehen.

Er berichtete Hollor von dem Waffenlager an Bord der Brigantine, vom Angebot der Piratin, von dem großen Rennen und den fremden Tieren.

„Und du meinst also, diese Pferde würden uns einen Vorteil verschaffen in einer Schlacht? Ja, sind sie denn groß genug, um es mit einem Drachen aufzunehmen?"

Wribald musste zugeben, dass er noch keines dieser Tiere gesehen hatte, aber wenn sie gegen Drachen rennen konnten, dann doch sicher auch kämpfen, oder? Hollor wiegte nachdenklich den Kopf.

„Ich sag dir, was wir machen. Wir kaufen die Waffen, dann gehen wir zum Rennen. Und wenn – und ich sage dir, nur WENN – diese Tiere den Aufwand wert sind, dann werden wir diesen Typen, diesen Margoro, finden. Es wäre dumm, sich wegen einiger unnützer Viecher einen so mächtigen Mann zum Feind zu machen."

Wribald nickte. Was hätte er auch sonst machen sollen? Schließlich war Hollor der Anführer der Rebellen, nicht er. Ewiger Zweiter, das war wohl sein Schicksal.

***

Noch während Sondria sich umdrehte, konnte sie sehen, wie die dunklen Wesen sich auf ihn stürzten. Aber bevor sie ihre Klauen in ihn schlagen konnten, geschah etwas Seltsames: Harun, ihr Hund, erschien auf der Bildfläche. Und die Wesen wichen vor ihm zurück, grollend und knurrend, äußerst widerwillig, wie es schien, aber dennoch. Bald war ein Kreis gebildet, innerhalb dessen nur der Hund saß und seinen glühenden Blick auf den Kranken richtete. Der griff sich plötzlich mit den Händen an die Kehle, und Sondria schrie auf: „Nein!!" Zu deutlich war die Erinnerung daran, wie Rabanna sich vor ihr auf dem Boden gewälzt hatte, besessen von einem mächtigen Geist, dem Mächtigsten der Geister überhaupt, dem Gott der Unterwelt: Dhoggru. Und es schien, als hätte er wieder einen Weg gefunden, sich in ihre Angelegenheiten einzumischen.

Sie stürzte auf den am Boden liegenden Kranken zu und begann, an seinen Händen zu zerren. Seine Lippen wurden bereits blau, und es war unheimlich, welche Kraft dieser todgeweihte Mensch plötzlich entwickelte. Neben sich hörte sie, wie der Hund hechelte, und über die Schulter sagte sie: „Ich weiß, dass du in meinen Hund gefahren bist. Lass mich in Ruhe, lass diesen Mann in Ruhe!"

Der Hund kicherte. „Warum sollte ich? Du gehörst mir, schon vergessen?" Er kratzte sich mit einer Pfote am Ohr und kurz lockerte sich der Griff Rons um seinen Hals. Sondria nutzte diese Chance und keilte ihre Finger zwischen die seinen. Schon wurde der Griff wieder enger.

„Lass ihn in Ruhe! Er hat nichts mit mir zu tun!" Ihre Hände wurden allmählich gefühllos, die Blutzirkulation wurde von Rons eisenhartem Klammern unterbrochen.

192

Der Hund legte den Kopf schief und musterte sie. Tief in seinen sonst braunen Augen sah sie kleine Flammen tanzen und um seine Lefzen lag ein amüsierter Zug. Er spitzte die Ohren und beobachtete, wie sie erfolglos versuchte, Rons Finger zu lösen.

„Wir sehen uns bald wieder, junge Lady." Die Flammen in Haruns Augen verloschen, Rons Hände entspannten sich und er sog mit gierigem Zug Luft in seine Lungen. Kurz öffnete er die Augen und in seinem Blick las sie, dass er genau wußte, wem er da eben von der Schippe gesprungen war. Aber sie las darin auch, dass die akute Gefahr vorüber war, dass nun nur noch Gefahr von den niederen Dämonen drohte, die weiterhin am Rand ihres Pentagrammes heulten und geiferten.

Und als wäre das eine Art Signal gewesen, sank sie ohnmächtig zu Boden.

***

„Und sie haben dir nicht gesagt, wann sie zurück sein wollen?" Hollor hatte die Augenbrauen zusammengezogen und seine Augen waren zu wütenden Schlitzen verengt. Wribald schüttelte den Kopf.

„Nein, sie sagte nur, sie müsse auf eine Insel, dort habe es ein Erdbeben gegeben, bei dem einer ihrer Matrosen verschüttet wurde. Er ist wohl wichtig für Nanja, denn die Piratin hat einigen Aufwand betrieben, eine Heilerin aufzutreiben." Dass diese dann Sondria gewesen war, hatte er bisher wohlweislich nicht erwähnt, und er konnte nur hoffen, dass sein Bluff nicht aufflog.

„Wo wir gerade von Heilerin sprechen – wo ist denn deine Freundin abgeblieben?" Hollor stellte die Frage nicht zum ersten Mal und langsam fühlte Wribald sich genervt.

Aber er hatte keine Wahl, also erzählte er seinem Bruder, dass Sondria mit der Piratin auf Gemona war, um sich um Ron zu kümmern. Hollor hörte schweigend zu und überlegte.

„Sie hat soviel Erfahrung, dass sie den Mann heilen kann?"

Wribald wiegte den Kopf hin und her.

„Ich weiß es nicht. Sie erzählt nicht viel darüber, und bisher habe ich sie nie bei der Ausübung ihrer Kunst gesehen."

Hollors Finger machten ein kratzendes Geräusch, als er sein Kinn rieb.

„Hmhm. Soso. Nun ja, wir werden sehen. Bis die Piraten zurück sind, werde ich mich mit den Männern in unser Lager in den Wäldern zurückziehen. Nun guck nicht so, was glaubst du, wie ich so schnell hier sein konnte? Ich lasse dir Garbors Leibwächter da, er weiß, wo wir zu finden sind. Sobald die Piratin zurück kommt, benachrichtigst du mich, ist das klar?"

Wribald nickte. „Ja, sicher, Bruderherz." Hollor hieb ihm wuchtig auf die Schulter; den ätzend sarkastischen Tonfall hatte er wohl überhört.

***

Die Gedanken der johlenden und kreischenden Menge drängten auf sie ein wie ein summender Insektenschwarm. Sondria konzentrierte sich, um ihre Geistsperre aufrecht zu erhalten. Sie sah sich um in der Arena, sicherlich fünftausend Menschen hatten Platz in den schräg ansteigenden Tribünen und sie waren dicht an dicht gefüllt. Es schien, als habe sich die halbe Insel hier eingefunden, um die erste Begegnung zwischen Drachen und Pferden nicht zu verpassen.

Das erste Rennen war schon vorbei, als sie endlich einen Sitzplatz nahe einem der Ausgänge gefunden hatte. Sie ließ ihren Blick schweifen und suchte nach bekannten Gesichtern. Bald hatte sie Margoro und Nanja auf der Ehrentribüne entdeckt. Nanja wirkte sorgenvoll und Sondria konnte nur schwer dem Impuls wiederstehen, ihr zuzuwinken. Sicher würde die Piratin sie sowieso in der Menge nicht ausmachen können.

Links von ihrer Position entdeckte sie Wribald und in seiner Nähe einige der Rebellen. Hollor war nirgends zu sehen, aber das musste nichts heißen.

Sondria fühlte sich seltsam losgelöst von den Ereignissen um sie herum, die Nächte auf Gemona standen ihr noch deutlich vor Augen, schienen den sonnigen Tag zu überschatten und mit dunklen Fingern nach ihrem Gemüt zu fassen. Sie lehnte sich in ihrem Sitz zurück, nur um sofort wieder nach vorn zu schnellen, als sie die Berührung von Fingern auf ihren Schultern spürte.

„Pst, nicht aufregen, ich bin es nur, kleine Schwester." Soidan! Was machte er hier in Kruschar? Sie atmete tief durch, dann setzte sie an, sich umzudrehen.

„Nein, nein, guck weiter nach vorn, sonst verpasst du den ganzen Spaß!"

Auf der Rennbahn wurden nun die Drachen in die Startpositionen gebracht für das nächste Rennen, und im Hintergrund konnte sie die Pferde erkennen, die sichtlich nervös umhertänzelten. Ob ihre Nervosität der Menschenmenge oder der erzwungenen Nähe zu den Drachen entsprang, war nicht auszumachen, aber wahrscheinlich behagte ihnen beides nicht. Der schwarze Hengst wieherte laut und die Drachen drehten schnaubend die Köpfe zu ihm um. Dann wurden alle Tiere in einer Reihe entlang der Startlinie aufgestellt und ein Mann in den leuchtenden Farben des Hauses Margoro blies eine große Muschel, aus der ein tiefer, durchdringender Ton erklang. Das Rennen hatte begonnen, aber Sondria bekam kaum mit, was auf der Rennbahn vor sich ging, denn sie hatte Hollor entdeckt. Er hatte sich als Diener kostümiert und lungerte in der Nähe der Ziellinie herum, die Augen aufs Publikum gerichtet. Hinter sich hörte sie an Soidans heftigem Atem, dass er Hollor ebenfalls erspäht hatte. Seine Hand krampfte sich in ihre Schulter und er zischte: „Mach jetzt keine Dummheiten, hörst du?!"

Sondria erwiderte nichts darauf, sondern konzentrierte sich wieder auf die Rennbahn, wo eben ein Drache und ein Pferd durcheinanderwirbelten, in einem Gewirr von Hufen, Klauen und Schwanz. Das übrige Feld zog an den Gestürzten vorbei, das Pferd richtete sich auf und humpelte auf drei Beinen davon, während der Drache trompetend auf der Seite lag, seinen bedauernswerten Reiter unter sich. Sein langer Schwanz zuckte wild hin und her, und mehrere Helfer rannten auf ihn zu – er musste von der Bahn gebracht werden, bevor das Feld die Runde beendet hatte und diese Stelle erneut passierte. Schließlich war es gelungen, das schwere Tier wieder auf seine Beine zu wuchten, und es wurde von der Bahn geführt. Der Reiter wurde auf einer Trage weggebracht und Sondria sah, wie sich die Heiler am Rand der Bahn bereit machten.

Das Feld zog Runde um Runde, immer mehr Tiere blieben zurück oder fielen durch Unfälle und Zusammenstöße aus, aber Ron hielt sich tapfer auf dem Schwarzen, immer knapp hinter der Spitze des Feldes, bis er zum entscheidenden Endspurt ansetzte. Sondria ertappte sich dabei, wie sie ihre Daumen drückte und leise „Du schaffst es, Ron, du schaffst es!" vor sich hinmurmelte. Soidans Hand lag nicht mehr auf ihrer Schulter, aber für den Moment war ihr Bruder vergessen, alle ihre Gedanken waren auf den Schwarzen und Ron auf seinem Rücken gerichtet. Die letzte Runde, Ron hielt die Spitze, und als er tatsächlich als Erster über die Ziellinie schoss, war es für einen Herzschlag totenstill im Stadion. Dann brandete ohrenbetäubender Jubel auf, die Menge hielt es nicht mehr auf ihren Sitzen und um sie herum brach die Hölle los. Das letzte, was sie sehen konnte, bevor die an ihr vorbeiströmenden Menschen ihr die Sicht auf das Geläuf raubten, war, wie Ron Nanja von der Tribüne riss, sie vor sich auf das Pferd warf und beide sich einen Weg zum Ausgang des Zirkus bahnten. Soidan blieb verschwunden, aber sie hörte, wie von weit entfernt und gedämpft durch den Jubel der Bevölkerung, den Schlachtruf der Rebellen: „Für Dhaomond! Für die Freiheit!" Einzelne Entsetzensschreie mischten sich unter die Triumphrufe, wurden lauter, mehr, bis schließlich die Menge von der Bahn zurückwogte. Sondria, die sich endlich wieder auf die Füße gekämpft hatte, wäre beinahe ein zweites Mal überrannt worden, aber diesmal war sie gewappnet und boxte sich ihren Weg frei zur Treppe, die nach draußen führte.

Als sie unten angekommen war, folgte sie dem Gang, der sie endgültig nach draußen bringen würde. Kurz vor dem Bogen, der den Ausgang bildete, verlangsamte sie jedoch ihren Schritt und drückte sich eng an die Wand. Vorsichtig spähte sie um die Ecke, und richtig, draußen lauerte eine Einheit der Aharon-Krieger, den Blick auf den Triumphbogen gerichtet, durch den traditionell die Siegertiere das Stadion verließen. Schreie und kleine Staubwolken drangen daraus hervor, und schließlich schälte sich ein schattenhafter Umriss aus dem Gewirbel: Hollor, auf dem Rücken eines braunen Pferdes, der wild ein Eisenschwert schwang und brüllte wie von allen guten Geistern verlassen.

Die Mönche nahmen sofort Aufstellung und einer von ihnen begann, Inkantationen zu murmeln. Sondria erkannte einige Worte, es schien ein Bannzauber zu sein. Tatsächlich wurden die Bewegungen des Pferdes immer träger, und so fest Holler es auch in die Seite trat, nun lief es wie ein Schlafwandler genau auf die Mönche zu. Der Rebellenführer schien so von dem Problem mit seinem Reittier gefangen, dass er zu spät bemerkte, wo es ihn hintrug, obwohl die hinter ihm in dem Bogen aufgetauchten Rebellen ihm Warnungen zuriefen.

Die Mönche sprangen vor, packten ihn an den Beinen und rissen ihn zu Boden. Er wehrte sich wie ein Dämon, aber gegen die Übermacht von zwölf gut trainierten Kriegern hatte er keine Chance. Das letzte, was Sondria von ihm sah, bevor er in der Staubwolke am Boden verschwand, war sein aufgerissener Mund: „Wribald! Wo bist du? Hilf mir!"

Aber Wribald, den sie nun in der Gruppe der anderen Rebellen näher am Ausgang erkannte, blickte nur einmal kurz zu seinem Bruder hinüber, dann rief er einen Befehl, und die Gruppe der Renegaten jagte teils auf Pferden, teils auf Drachen, die sie bei dem Überfall erbeutet hatten, in die Gegenrichtung davon – wohl auf das nächstgelegene Stadttor zu. Sondria folgte Wribald mit den Augen und sprach ein stilles Gebet für ihren Freund, der nun zum Verräter am eigenen Bruder geworden war. Dann wandte sie sich um und tauchte in der Menge der verwirrt und verängstigt schwatzenden Bürger Kruschars unter.

Ihre Zeit in dieser Stadt war abgelaufen und ihr Weg würde sie nun nach Loandhar führen, weiterhin auf der Suche nach den Göttlichen Schwestern, dem Orden, dem ihre Mutter angehört und deren Lehren sie befähigt hatte, mit dem dämonischen Teil ihrer selbst in Frieden zu leben. Frieden, das war es, was Sondria sich am meisten wünschte.

Die Autoren:

Annemarie Nikolaus lebt seit über einem Jahrzehnt in Norditalien. 2001 hat sie mit dem Schreiben literarischer Texte begonnen. Seither sind einige Kurzgeschichten – vom Krimi bis zum Märchen – auf Deutsch wie auf Italienisch erschienen. Inzwischen arbeitet sie fast ausschließlich an Romanen. Homepage: www.annemarie-nikolaus.de

Linda Arndt, 32. Studierte Psychologie und lebt jetzt mit Mann, zwei kleinen Söhnen, der besten Freundin und allerlei Getier auf einem Resthof in Niedersachsen. Die Fantasy- Ecke bedeutet für sie vor allem nächtliche Ausflüge aus dem Alltag, mitten hinein in die Fantasiewelten anderer Köpfe und darüber zu sprechen, wie man diese Welten in Wörter verwandelt, die anderen den Zutritt zu ihnen ermöglichen ...

Utz – R. Kaufmann schreibt vor allem Drehbücher für Kinder- und Jugendfilme („Die Drei aus der Haferstraße"), in letzter Zeit aber vermehrt auch Romane und einzelne Kurzgeschichten.

Katja N. Obring, wohnhaft im westlichen Ruhrgebiet, wo sie in der Gastronomie ihr Geld verdient, einige Erfahrungen am Theater gesammelt hat und Kurzgeschichten und Romane schreibt.

Das Projekt:

Das vorliegende Buch ist ein Projekt, das als Gemeinschaftsarbeit aus der „Fantasy- Ecke" erwachsen ist. Eine kleine Gruppe im Internet, in der sich die Freunde und Freundinnen von Abenteuer, Magie und Monstern treffen. Eine Ecke für Menschen jeden Alters, die Fantasy, Science Fiction und Horror lesen und schreiben.

Die „Fantasy-Ecke" existiert seit dem Sommer 2001 und tauscht sich über eine Mailing-Liste aus. Wir sind zu finden unter:

http://de.groups.yahoo.com/group/fantasy_ecke/

Und hier entstand Muwriun, die Dracheninsel. Wir erdachten uns in liebevoller Kleinarbeit eine Welt, um sie in unseren Geschichten wieder zu verwerfen. Unsere Protagonisten hatten ihre eigene Welt im Gepäck und überraschten uns mit unbekannten Seiten unserer Dracheninsel. Die Geschichten berühren sich, wie wir Autoren es auch im Internet tun, jeder mit seinem eigenen Blick, seiner eigenen Sprache auf eine Welt, die uns doch allen gleichermaßen bekannt sein sollte. Wir hoffen, werte Leser und Leserinnen, diese Geschichten sind ein Gewinn für Euch, wie sie es für uns waren.

Die Autoren von Muwriun, der Dracheninsel